Diogenes Taschenbuch 21742

de
te
be

und zur Tür hinausgehen und nie wiederkommen. Ich werde es zwar nicht wollen. Ich werde ihn zwar immer noch lieben, genauso sehr wie an dem Tag, da ich dies sage. Ich werde mein Haus zurücklassen. Ich werde mein Kind zurücklassen, in dem Haus, das einmal seins sein wird, und ich werde mein Herz zurücklassen, bei dem Mann, dem es gehört (wie könnte ich es auch mitnehmen?), aber ich werde gehen, und ich werde nie mehr zurückkommen.

Wir haben dagegen angekämpft. Wie erbittert wir dagegen angekämpft haben, mit allen Mitteln, die wir kannten. Mit allen Mitteln, die es gibt. Wir haben es vertrieben, tausendmal haben wir es vertrieben, und immer wieder kehrt es zurück, in einem Blick, einem Wort, einem Gedanken. Es ist da.

Es ist zwecklos, wenn ich zu ihm sage: »Du hast es nicht getan. Du hast es mir einmal gesagt. Einmal ist genug. Kein Grund, es jetzt, so spät, noch einmal zu wiederholen. Ich *weiß*, daß du's nicht getan hast. Ach, mein Liebling, mein Bill, du lügst nicht. Du lügst nie, egal worum es geht, ob um Geld oder um Ehre oder um Liebe ...«

(Aber hier geht es weder um Geld noch um Ehre, noch um Liebe. Hier geht es um etwas ganz anderes. Hier geht es um Mord.)

Es ist zwecklos, wenn ich ihm doch nicht glaube. In dem Augenblick, wo er es sagt, glaube ich's vielleicht. Aber im nächsten Augenblick, oder eine Stunde, einen Tag oder eine Woche später glaube ich ihm schon wieder nicht mehr. Es ist zwecklos, denn wir leben nicht nur innerhalb eines einzigen Augenblicks. Das können wir nicht. Unweigerlich kommen die anderen Augenblicke, die Stunden, die Wochen und, o Gott, die Jahre.

Denn jedesmal, wenn er spricht, weiß ich, daß ich es nicht war. Soviel weiß ich. Ich weiß es so gut. Zu gut. Und dann bleibt nur...

Es ist zwecklos, ganz und gar zwecklos.

Und jedesmal, wenn ich spreche, weiß er vielleicht, daß er es nicht war (aber das kann ich nicht mit Sicherheit wissen. Das kann ich einfach nicht. Es ist ihm unmöglich, mich zu erreichen.) Und das weiß er. So gut, so gut. Und dann bleibt nur...

Es ist zwecklos, ganz und gar zwecklos.

Eines Abends vor sechs Monaten fiel ich vor ihm auf die Knie. Unser kleiner Junge stand zwischen uns. Ich legte unserm Kind die Hand auf den Kopf, und ich schwor es ihm hoch und heilig. Leise, damit der Kleine es nicht verstünde.

»Bei meinem Kind. Bill, ich schwör's dir beim Kopfe meines Kindes, daß ich es nicht war. Oh, Bill, ich hab's nicht getan...«

Er hob mich auf, nahm mich in die Arme und drückte mich an sich.

»Ich weiß, daß du's nicht getan hast. Ich weiß es. Mehr kann ich nicht sagen. Wie soll ich es dir sonst noch sagen? Komm, leg deinen Kopf an mein Herz, Patrice. Vielleicht kann mein Herz es dir besser sagen als ich – hör ihm zu. Merkst du nicht, daß es dir glaubt?«

Und für einen Augenblick tut es das auch. Für diesen einen Augenblick unserer Liebe. Aber dann kommt der andere Augenblick, der immer danach kommt. Und er hat schon wieder gedacht: »Aber ich weiß, daß ich's nicht war. Ich weiß ganz genau, daß ich's nicht war. Und da bleibt nur...«

Und noch während seine Arme mich fester denn je

umschlingen und seine Lippen meine feuchten Augen trockenküssen, glaubt er mir schon nicht mehr.

Es gibt keinen Ausweg. Wir sind gefangen, wir sitzen in der Falle. Jedesmal schließt sich der Teufelskreis, und wir sind drinnen, können ihn nicht durchbrechen. Denn wenn er unschuldig ist, muß ich es gewesen sein. Und wenn ich unschuldig bin, muß er es gewesen sein. Aber ich *weiß*, daß ich unschuldig bin. (Doch weiß er vielleicht, daß er auch unschuldig ist.) Es gibt keinen Ausweg.

Oder, erschöpft von den Versuchen, es zu vertreiben, sind wir ihm verzweifelt entgegengeeilt, haben versucht, es zu packen, um es so ein für allemal hinter uns zu bringen.

Einmal konnte er sie nicht mehr ertragen, diese unsichtbare gespenstische Nachtwache, mit der es uns allgegenwärtig im Nacken saß. Nachdem eine Stunde lang kein Wort zwischen uns gefallen war, sprang er plötzlich von seinem Sessel auf, schleuderte das Buch, in dem er nur zum Schein gelesen hatte, wie einen Ziegelstein weit von sich. Schleuderte sich selbst so heftig empor, als wollte er sich gleich auf etwas stürzen, das er dort vor sich sah. Und mein Herz wurde mit emporgeschleudert.

Er stürmte quer durchs Zimmer und hielt plötzlich inne, wie in die Enge getrieben. Er ballte die Faust, holte aus und schlug dröhnend gegen die Tür, die ohne den Schutz der schweren Holztäfelung zersplittert wäre. Dann fuhr er in hilflosem Trotz herum und schrie:

»Es ist mir egal! Es spielt keine Rolle! Hörst du? Es spielt keine Rolle. Andere haben es auch schon getan. Zigmal. Und haben danach glücklich weitergelebt. Warum sollten wir das nicht auch können? Er hat nichts getaugt. Er hat's verdient. Er war's nicht wert, daß man auch nur einen Gedanken an ihn verschwendet. Das haben damals alle gesagt, und das würden sie heute immer noch sagen. Er ist es nicht wert, daß wir auch nur eine Minute durch diese Hölle gehen, durch die wir schon so lange gegangen sind...«

Und dann hat er uns beiden einen Drink gemacht, goß die Gläser ungestüm voll und ging damit auf mich zu. Und ich verstand, stimmte ihm zu, wir waren uns einig. Ich erhob mich und ging ihm entgegen.

»Hier, nimm. Trink drauf. Trink's aus. Einer von uns *hat's* getan. Es spielt keine Rolle. Es ist vorbei. Wir wollen jetzt endlich wieder richtig leben.«

Und er schlug sich auf die Brust und sagte: »Also gut, *ich* hab's getan. So. Ich war's. Jetzt ist es erledigt. Jetzt ist es endlich vorbei...«

Und dann blickten wir uns plötzlich tief in die Augen, unsere Gläser stockten auf halbem Wege, sanken herab – und es war wieder da.

»Aber das glaubst du doch nicht«, flüsterte ich entsetzt.

»Aber du«, hauchte er betroffen.

Ach, es ist alles und überall.

Wir sind weggefahren, und es ist dort, wo wir sind. Es ist in den blauen Tiefen vom Lake Louise und hoch oben in den flockigen Wolkentürmen über Biscayne Bay. Es rollt unablässig mit der Brandung bei Santa Barbara herein und lauert zwischen den Korallenfelsen von Bermuda, eine dunklere Blume als die andern.

Wir sind zurückgekommen, und es ist dort, wohin wir zurückgekehrt sind.

Es ist zwischen den gedruckten Zeilen auf den Seiten der Bücher, die wir lesen. Aber es späht dunkel hervor, und die Zeilen verblassen bis zur Unkenntlichkeit. »Denkt er jetzt, während ich lese, gerade dran? So wie ich? Ich werd nicht zu ihm aufblicken, ich werd ins Buch sehen, aber – denkt er jetzt gerade dran?«

Es ist die Hand, die morgens überm Frühstückstisch der einschenkenden Kaffeekanne die Tasse hinhält. Einen Augenblick lang blutrot in der Einbildung, dann wieder blaß, so wie sie sein sollte. Oder für den andern ist es vielleicht diese andere Hand gegenüber, diejenige, die den Kaffee ausschenkt, je nachdem, auf welcher Seite des Tisches der Betrachter sitzt.

Einmal habe ich gesehen, wie sein Blick auf meiner Hand ruhte, und ich wußte, was er in diesem Moment dachte. Weil ich am Tag zuvor seine Hand auf ähnliche Weise betrachtet hatte, und ich hatte genau das gedacht, was er jetzt dachte.

Ich habe gesehen, wie er kurz die Augen schloß, um das fürchterliche Trugbild wegzuwischen. Und ich schloß meine, um das Wissen zu verscheuchen, das seine mir vermittelt hatten. Dann öffneten wir beide wieder die Augen und lächelten uns an, um uns zu vergewissern, daß soeben gar nichts geschehen war.

Es ist in den Bildern, die wir auf der Kinoleinwand sehen. »Gehen wir lieber. Ich… find's langweilig, du nicht auch?« (Irgend jemand wird da oben bald irgend jemand umbringen, und er weiß, daß es kommt.) Aber obwohl wir tatsächlich aufstehen und hinausgehen, ist es schon zu spät. Weil er weiß, warum wir gehen. Und ich auch. Und selbst wenn ich es bis dahin nicht gewußt hätte, würde es mir spätestens dadurch klar, daß wir überhaupt gingen. Und so hat die Vorsichtsmaßnahme doch nichts genutzt. *Es* hat sich wieder unserer Gedanken bemächtigt.

Trotzdem, es ist klüger zu gehen, als zu bleiben.

Ich erinnere mich an einen Abend. Da kam es zu schnell, plötzlicher, als wir voraussehen konnten. Fast ohne Vorwarnung. Wir konnten nicht rechtzeitig hinaus. Wir gingen noch den Gang hoch, den Rücken zur Leinwand, als plötzlich ein Schuß ertönte und eine anklagende Stimme stöhnte: »Du – du hast mich umgebracht.«

Ich hatte das Gefühl, als wäre das *seine* Stimme, die da zu uns sprach, zu einem von uns. Ich hatte das Gefühl, als würde sich in diesem Augenblick jeder Kopf im Publikum zu uns umdrehen, um uns anzustarren, distanziert und neugierig, wie man es von großen Menschenmengen kennt, wenn plötzlich jemand ihre Aufmerksamkeit erregt.

Meine Beine schienen mir für einen Moment den Dienst versagen zu wollen. Ich schwankte eine Weile, als würde ich gleich hilflos zu Boden sinken, mitten auf dem teppichbezogenen Gang. Ich blickte mich nach ihm um, und ich sah eindeutig, wie er kurz zusammenzuckte und den Kopf schützend zwischen die Schultern einzog. Und er hielt ihn doch sonst immer so hoch und aufrecht. Im nächsten Augenblick war er auch wieder aufrecht, aber diesen einen Augenblick lang war er es nicht, da war er geduckt.

Dann, als spürte er, daß ich ihn brauchte, weil er *mich* vielleicht brauchte, legte er mir den Arm um die Hüfte, stützte mich, versprach mir eher Hilfe, als daß er mir tatsächlich welche leistete. So legten wir den restlichen Weg zurück, den Gang hinauf und hinaus.

Im Vorraum waren unsere Gesichter kreidebleich. Wir sahen uns nicht an, das sagten uns die Spiegel an der Wand.

Wir trinken nie Alkohol. Wir wissen, daß es ein Fehler wäre. Ich glaube, wir spüren, daß wir damit die Tür zu unserm Bewußtsein nicht verschließen, sondern sie vielmehr weit aufstoßen und das ganze Grauen hereinlassen würden. Aber ich erinnere mich, daß er an diesem Abend, als wir endlich draußen waren, sagte: »Willst du irgendwas?«

Er sagte nicht »was zu trinken«, nur »irgendwas«. Aber ich verstand, was »irgendwas« bedeutete. »Ja«, flüsterte ich zitternd.

Wir haben nicht einmal gewartet, bis wir zu Hause waren. Das hätte zu lange gedauert. Wir gingen in ein Lokal neben dem Kino und stellten uns kurz an die Theke und kippten schnell irgendwas hinunter. Keine drei Minuten später waren wir wieder draußen. Dann stiegen wir ins Auto und fuhren nach Hause. Unterwegs sagte keiner von uns beiden auch nur ein einziges Wort.

Es ist sogar im Kuß, den wir uns geben. Irgendwie fangen wir es genau zwischen unseren Lippen ein. Jedesmal. (Habe ich ihn zu heftig geküßt? Wird er deswegen denken, daß ich ihm da gerade wieder vergeben habe? Habe ich ihn zu schwach geküßt? Wird er deswegen denken, daß ich da gerade wieder daran gedacht habe?)

Es ist überall, es ist immer da. *Wir* sind es.

Ich weiß nicht, welches Spiel gespielt wurde. Ich weiß nur, wie es heißt. Man nennt es Leben.

Ich bin mir nicht sicher, wie es gespielt wird. Es wurde mir nie gesagt. Es wird einem nie gesagt. Ich weiß nur, daß wir es wohl falsch gespielt haben. Wir haben dabei gegen irgendeine Regel verstoßen und es nicht gemerkt.

Ich weiß nicht, was auf dem Spiel steht. Ich weiß nur, daß wir ausgespielt haben, daß es für uns nichts mehr zu gewinnen gibt.

Wir haben verloren. Soviel weiß ich. Wir haben verloren. Wir haben verloren.

1

Die Tür öffnete sich nicht. Sie hatte etwas unbarmherzig Endgültiges an sich, als würde sie ab jetzt für alle Zeiten so verschlossen bleiben. Als könnte nichts in der Welt sie je wieder öffnen. Türen können etwas ausdrücken. Wie diese. Sie war starr, leblos. Sie führte nirgendwohin. Sie war nicht der Anfang von irgend etwas, so wie es sich für eine Tür gehört. Sie war das Ende von etwas.

An der Holzleiste über dem Klingelknopf war ein längliches Metallrähmchen angebracht, das für ein Namensschild gedacht war. Es war leer. Das Schild war nicht mehr da.

Das Mädchen stand regungslos vor der Tür. Vollkommen regungslos. So wie man steht, wenn man schon lange gestanden hat, so lange, daß man schon vergessen hat, wie man sich bewegt, daß man sich schon daran gewöhnt hat, sich nicht zu bewegen. Ihr Finger ruhte auf dem Klingelknopf, aber sie drückte ihn nicht mehr. Es wurde keinerlei Druck ausgeübt. Von der Batterie hinter dem Türrahmen kam kein Ton. Als hätte sie ihren Finger schon so lange in dieser Stellung gehalten, daß sie ganz vergessen hatte, ihn wegzunehmen.

Sie war etwa neunzehn. Trostlose, hoffnungslose neunzehn, keine leuchtende, glänzende. Sie hatte zarte, feine Züge, aber ihr Gesicht war irgendwie zu abgehärmt, ihr Teint zu blaß, und ihre Wangen waren zu schmal. Schönheit war unterschwellig vorhanden, bereit, bei der ersten Gelegenheit wieder von ihrem Gesicht Besitz zu ergreifen. Aber irgend etwas hatte diese Schönheit vertrieben, so daß sie nun über dem Gesicht schwebte, durch dieses Etwas daran gehindert, ihren Platz wieder einzunehmen.

Ihre haselnußbraunen Haare waren matt und glanzlos, als seien sie seit einiger Zeit vernachlässigt worden. Die Absätze ihrer Schuhe waren etwas abgelaufen. Über den Rand des einen Schuhs lugte eine faltige Stopfstelle in der Ferse ihres Strumpfes. Sie war zweckmäßig gekleidet, als ginge es ihr nur darum, sich zu bedecken, ohne dabei auf Wirkung oder gar Mode zu achten. Für eine Frau war sie recht groß, um die eins siebzig. Aber zu dünn. Außer an einer Stelle.

Sie hielt den Kopf gesenkt, als sei sie es müde, ihn aufrecht zu halten. Oder als hätten unsichtbare Schläge ihn Stück um Stück gebeugt.

Endlich rührte sie sich. Endlich. Als würde sie von ihrem eigenen Gewicht heruntergezogen, löste sich ihre Hand vom Klingelknopf, fiel herab und hing da einsam an ihrer Seite. Ein Fuß drehte sich, hielt inne, dann drehte sich der andere. Sie stand jetzt mit dem Rücken zur Tür. Die Tür, die sich nicht öffnete. Eine Tür wie eine Grabinschrift, unverrückbar endgültig.

Sie tat einen langsamen Schritt von der Tür weg. Dann noch einen. Ihr Kopf war jetzt tiefer denn je gesenkt. Sie bewegte sich langsam von dort weg und ließ die Tür hinter sich. Als letztes ging ihr Schatten. Aufrecht an der Wand schleppte er sich ihr langsam hinterher. Sein Kopf war auch etwas gesenkt. Er war auch dünn. Er war auch unerwünscht. Er blieb noch einen Augenblick lang, nachdem sie selbst schon verschwunden war, glitt dann von der Wand herab ihr hinterher, und dann war auch er verschwunden.

Es blieb dort nichts weiter als die Tür zurück. Und die blieb stumm, unerbittlich, verschlossen.

2

In der Telefonzelle war sie wieder regungslos. So regungslos wie zuvor. Sie hielt die Tür auf, um genug Luft zum Atmen zu bekommen. Wenn man sich in so einer Zelle länger als ein paar Sekunden aufhält, hat man das Gefühl, man erstickt. Und in dieser hier war sie schon länger als ein paar Sekunden.

Sie wirkte wie eine Puppe in ihrer Schachtel, die auf einer Seite geöffnet ist, damit man den Inhalt sehen kann. Eine schäbige Puppe. Ein verbilligtes Restexemplar. Eine Puppe ohne glänzende Schleifen, ohne buntes Einwickelpapier. Eine Puppe, die niemand verschenken und niemand haben will.

Sie schwieg, obwohl dieser Ort doch dafür gedacht war, daß man dort redete. Sie wartete darauf, etwas zu hören. Etwas, das nicht kam. Sie hielt den Hörer aufs Ohr gerichtet, und am Anfang mußte er ganz nah dran gewesen sein, im rechten Winkel, so wie man einen Hörer halten soll. Aber jetzt schon längst nicht mehr. Während lange, enttäuschende Minuten verstrichen waren, war er immer weiter heruntergesunken, und jetzt hing er ihr nur noch auf Schulterhöhe, dort festgeklammert, trostlos wie eine welke Ansteckblume, eine häßliche schwarze Hartgummi-Orchidee.

Aus der anonymen Stille kam endlich eine Stimme. Aber nicht die, die sie hören wollte, nicht die, auf die sie gewartet hatte.

»Es tut mir leid, aber ich hab's Ihnen doch schon gesagt. Es hat keinen Zweck, auf die Verbindung zu warten. Unter dieser Nummer gibt es keinen Anschluß mehr, und mehr kann ich Ihnen auch nicht sagen.«

Ihre Hand glitt, ohne den Hörer loszulassen, von ihrer Schulter und fiel ihr wie abgestorben herunter. Als sollte sich diese Hand zu etwas anderem in ihrem Innern gesellen, das ebenfalls abgestorben war. So endgültig wirkte es, wie sie da fiel und sich nicht mehr rührte. Aber manchmal war selbst dem Nachruf auf das Leben weder Anstand noch Würde vergönnt.

»Kann ich meinen Nickel wiederhaben?« flüsterte sie. »*Bitte*. Ich bin doch gar nicht durchgekommen, und es... es ist mein letzter Nickel.«

3

Wie eine an lockeren Fäden baumelnde Marionette stieg sie die Stufen der Mietshaustreppe hinauf. Eine Wandlampe, die mit ihrem glockenförmigen, festonierten Glasschirm wie eine verwelkte Tulpe herabhing, verbreitete einen rauchigen gelben Schein. Der Läufer, der die Treppe wie eine Pilzkruste überzog, war so abgetreten, daß er eher einem langen Streifen verfaulter Pflanzenreste glich. Jegliches Muster, jegliche Farbe war schon seit langem daraus gewichen. Der Geruch paßte zum Bild. Sie erklomm drei Stiegen und bog dann in einen Korridor ein.

Sie blieb vor der letzten Tür stehen und zog einen langen Eisenschlüssel aus ihrer Tasche. Dann blickte sie auf den Boden vor der Tür. Vor ihrem Fuß schaute ein weißes Dreieck unter dem Rand hervor. Es wurde zu einem Umschlag, als die Tür zurückschwang.

Sie griff in die Dunkelheit, tastete mit der Hand neben der Tür die Wand entlang, und das Licht ging an. Ein trübes Licht. Ein trüber Raum.

Sie machte die Tür zu und hob den Umschlag auf. Er hatte umgekehrt auf dem Boden gelegen. Sie drehte ihn um. Ihre Hand zitterte ein wenig. Ihr Herz auch.

In hastiger, nachlässiger Bleistiftschrift stand da nur:

Helen Georgesson

Kein Miss, kein Mrs., keinerlei sonstige Anrede.

Sie schien jetzt stärker zum Leben zu erwachen. Ihr Blick verlor etwas von seiner tiefen Hoffnungslosigkeit. Ihr Gesicht verlor etwas von seiner verhärmten Anspannung. Sie packte den Umschlag so fest, daß er unter ihrem Griff zerknitterte. Ihre Bewegungen waren jetzt forscher als bisher. Sie ging in die Mitte des Raums, wo mehr Licht war.

Dort blieb sie stehen und blickte den Umschlag wieder an, als fürchtete sie sich ein wenig vor ihm. Ihre Miene verriet brennende Neugier, eine eher verzweifelte als freudige Dringlichkeit.

Sie riß mit ausholenden Bewegungen an der Umschlagklappe, als würde sie mit Nadel und Faden lange, unsichtbare Stiche nähen.

Ihre Hand fuhr hinein, um herauszuziehen, was drin war, um zu lesen, was er ihr zu sagen hatte. Denn Umschläge enthalten Worte, die einem etwas sagen. Dafür sind Umschläge da.

Ihre Hand kam wieder hervor, leer, unverrichteter

Dinge. Sie drehte den Umschlag um und schüttelte ihn aus, um herauszufinden, was er enthalten mußte, was beim ersten Mal ihren Fingern so hartnäckig widerstanden hatte.

Es kamen keine Worte, keine Schrift.

Zwei Dinge fielen heraus, auf das Bett. Nur zwei Dinge. Das eine war eine Fünf-Dollar-Note. Nur eine unpersönliche, anonyme Fünf-Dollar-Note mit Lincolns Konterfei. Und daneben, in winzigen Großbuchstaben das kleine Siegel, das sich auf allen Scheinen befindet: »Diese Urkunde ist gesetzliches Zahlungsmittel für alle Schulden, öffentliche wie private.« Für alle Schulden, öffentliche wie *private*. Wie konnte der Graveur ahnen, daß dies einmal irgendwann irgendwo irgend jemand das Herz brechen würde?

Und das zweite war ein Streifen Bahnfahrkarten, deren Abschnitte vom Abreisebahnhof bis zum Zielbahnhof verliefen, wie das bei Bahnfahrkarten üblich ist. Die Abschnitte waren im Verlauf der Fahrt nacheinander abzutrennen. Auf dem ersten Abschnitt stand »New York«, hier, wo sie jetzt war. Und auf dem letzten »San Francisco«, woher sie gekommen war. Vor hundert Jahren. Letztes Frühjahr.

Es war keine Rückfahrkarte. Die Karte war nur für die Hinreise. Um hinzufahren und – dortzubleiben.

Der Umschlag hatte also doch zu ihr gesprochen, auch wenn er keine Worte enthielt. Fünf Dollar gesetzliches Zahlungsmittel für *alle* öffentlichen und privaten Schulden. San Francisco – ohne Rückfahrt.

Der Umschlag fiel zu Boden.

Es dauerte lange, bis sie es begriffen zu haben schien. Als hätte sie zum ersten Mal eine Fünf-Dollar-Note gesehen. Als hätte sie noch nie zuvor so eine wie eine Ziehharmonika gefaltete Bahnfahrkarte gesehen. Sie starrte immerzu auf sie hinab.

Dann begann sie leicht zu zittern. Zuerst ohne einen Laut von sich zu geben. Dabei zuckte ihr Gesicht um die Augen und um die Mundwinkel herum, als stünde ein heftiger Gefühlsausbruch unmittelbar bevor. Für kurze Zeit schien es, als kündigten sich Tränen an. Aber es waren keine Tränen.

Es war Lachen.

Ihre Augen zogen sich zu schmalen Schlitzen zusammen. Ihre Lippen zuckten zurück und stießen rauhe, gebrochene Laute hervor. Wie rostiges Lachen. Ein Lachen, das man zu lange im Regen gelassen hatte, das ganz schimmelig und verdorben war.

Als sie den zerschlissenen Koffer hervorholte, ihn auf das Bett legte und den Deckel aufriß, lachte sie immer noch. Als sie ihn packte und schloß, lachte sie immer noch.

Sie schien gar nicht mehr aufhören zu wollen.

Ihr Lachen hörte nicht auf. Wie ein Lachen über einen langen, langen Witz, der kein Ende hat.

Aber Lachen sollte fröhlich, volltönend und lebendig sein.

Dieses Lachen war ganz anders.

4

Der Zug war bereits seit einer Viertelstunde unterwegs, und sie hatte immer noch keinen Platz gefunden. Die Wagen waren vollbesetzt mit Urlaubsreisenden, die

Gänge waren voll, und sogar die Vorräume waren voll. So einen Zug hatte sie noch nie erlebt. Sie war an der umlagerten Barriere zu weit hinten gewesen, war mit ihrem unhandlichen Koffer zu langsam vorangekommen, und sie war zu spät eingestiegen. Ihre Fahrkarte berechtigte sie nur zum Besteigen des Zuges, einen Anspruch auf einen Sitzplatz hatte sie damit nicht. Sie fühlte sich müde und welk. Erschöpft kämpfte sie sich durch einen Gang nach dem andern, ging wankend und taumelnd gegen die Fahrtrichtung des Zuges. Der bleierne Koffer zog sie herab.

In den Gängen standen die Fahrgäste dicht an dicht, und dies war jetzt der letzte Wagen. Danach gab es keinen mehr. Sie war durch alle durchgegangen. Niemand bot ihr einen Platz an. Es war ein durchgehender Zug, er durchfuhr ganze Bundesstaaten, ohne zu halten, und eine Geste der Höflichkeit hätte jetzt zuviel gekostet. Dies war keine Straßenbahn, kein Bus, der alle paar Minuten hielt. Wenn man einmal so ritterlich war, für jemanden aufzustehen, stand man Hunderte und Hunderte von Meilen.

Schließlich blieb sie stehen und blieb dort, ganz einfach weil es ihr unmöglich war, sich umzudrehen und dorthin zurückzugehen, woher sie gekommen war. Zwecklos, weiterzugehen. Sie konnte das Ende des Wagens sehen, und dahinter waren keine mehr.

Sie setzte ihren Koffer längs zum Gang ab und versuchte sich auf seine Kante zu setzen, so wie sie es bei so vielen andern gesehen hatte. Aber wegen ihrer ungewohnten Proportionen verlor sie kurz das Gleichgewicht und wäre dabei fast umgekippt. Als sie es endlich geschafft hatte, lehnte sie den Kopf an die Seitenkante des

Sitzes neben ihr und blieb so. Zu müde, um ihre Umgebung wahrzunehmen, zu müde, um sich irgendwelche Gedanken zu machen, sogar zu müde, um die Augen zu schließen.

Wie kommt es, daß man genau dort stehenbleibt, wo man stehengeblieben ist? Wie kommt das? Wie? Hat es einen Grund, oder hat es keinen? Warum nicht einen Meter davor, warum nicht einen Meter dahinter? Warum gerade dort, wo man ist, und nirgendwo sonst?

Der eine wird sagen: reiner Zufall. Und wenn du nicht da stehengeblieben wärst, wärst du eben woanders stehengeblieben. Deine Geschichte wäre dann anders verlaufen. Während du lebst, webst du dir deine Geschichte selbst.

Aber andere sagen: Du hättest nirgendwo sonst als hier stehenbleiben können, selbst wenn du es gewollt hättest. Es wurde bestimmt, es wurde befohlen, daß du an dieser Stelle stehenbleiben solltest und nirgendwo sonst. Deine Geschichte wartet dort schon auf dich, sie wartet dort schon seit hundert Jahren auf dich, lange bevor du überhaupt geboren wurdest, und du kannst keinen Deut daran ändern. Alles, was du tust, mußt du tun. Du bist der Zweig. Und das Wasser, auf dem du treibst, hat dich hierhergeführt. Du bist das Blatt. Und der Wind, auf dem du treibst, hat dich hierhergeweht. Dies ist deine Geschichte, und du kannst ihr nicht entrinnen. Du bist nur der Schauspieler, nicht der Regisseur. Das wird jedenfalls von einigen behauptet.

Ihr gesenkter Blick fiel gerade über den Rand der Armlehne auf den Boden. Sie sah zwei Schuhpaare nebeneinander. Auf der Innenseite, zum Fenster hin, ein winziges Paar Lackschuhe, keck, frech, ohne Rücken, ohne Seiten, ohne Spitze, eigentlich ohne irgend etwas außer dolchähnlichen Absätzen und ein paar Riemen. Und an der Außenseite, zu ihr hin, ein Paar Männerschuhe, die im Vergleich dazu kompakt, massig und ungemein schwer aussahen. Der eine Schuh ruhte mit dem Absatz auf dem Boden, der andere hing darüber. Die dazugehörigen Beine waren offenbar übereinandergeschlagen.

Ihre Gesichter sah sie nicht und wollte sie auch nicht sehen. Sie wollte gar kein Gesicht sehen. Sie wollte gar nichts sehen.

Einen Moment lang geschah nichts. Dann rückte einer der beiden Lackschuhe zu dem benachbarten Budapester hinüber, stubste ihn sanft an, als wollte er ihm diskret und unauffällig etwas mitteilen. Der Budapester rührte sich nicht, er verstand die Botschaft nicht. Er spürte etwas, aber nicht, was es bedeutete. Eine große Hand kam herunter und kratzte zögernd an dem Socken knapp über dem Budapester und verschwand wieder.

Der Lackschuh wiederholte den Versuch, wie ungehalten über soviel Begriffsstutzigkeit. Nur teilte er jetzt einen gezielten scharfen Tritt aus, mit Biß, und zwar gegen den ungeschützten Knöchel über dem panzerartigen Budapester.

Das wirkte. Oben raschelte eine Zeitung, als habe sie jemand zur Seite gelegt, um zu sehen, was diese ganze Stubserei eigentlich sollte.

Oben wurde eine Bemerkung geflüstert, zu leise, um von irgendeinem andern Ohr gehört zu werden als von dem, für das sie bestimmt war.

Als Antwort kam ein tiefes, fragendes Brummen.

Die beiden Budapester kamen mit den Sohlen flach auf dem Boden auf. Dann schwenkten sie leicht zum Gang hin, als hätte ihr Besitzer seinen Oberkörper herumgedreht, um in diese Richtung zu sehen.

Das Mädchen auf dem Koffer schloß überdrüssig die Augen, um dem Blick auszuweichen, der, wie sie wußte, bestimmt auf sie gerichtet war.

Als sie sie wieder öffnete, waren die Budapester durch den Spalt zwischen den Sitzen hervorgekommen, und ihr Besitzer stand in seiner vollen Größe im Gang an ihrer Seite. Eine ordentliche Größe. Eins neunzig.

»Setzen Sie sich auf meinen Platz, Miss«, bot er an. »Nur zu, Sie können sich ruhig eine Weile auf meinen Platz setzen.«

Sie versuchte mit einem matten Lächeln und einem halbherzigen Kopfschütteln abzulehnen. Aber die Rükkenlehne aus Velours sah schrecklich einladend aus.

Die junge Frau, die sitzengeblieben war, bekräftigte sein Angebot. »Setzen Sie sich ruhig, meine Liebe«, drängte sie. »Er möchte, daß Sie sich hinsetzen. Wir beide möchten es. Sie können doch nicht da draußen bleiben, wo Sie sind.«

Die Rückenlehne aus Velours sah schrecklich einladend aus. Sie mußte immerzu hinsehen. Aber sie war fast zu müde, um aufzustehen und die Änderung zu vollziehen. Er mußte ihren Arm ergreifen und ihr helfen, sich vom Koffer zu erheben und auf den Platz überzuwechseln.

Ihre Augen schlossen sich kurz, als sie selig in die Polster sank.

»Na also«, sagte er herzlich. »Ist das nicht besser?«

Und die junge Frau neben ihr, ihre neue Nachbarin, sagte: »Sie sind aber *wirklich* müde. Ich hab noch nie jemand gesehen, der *so* erledigt ist.«

Sie lächelte dankbar und versuchte immer noch, ein

wenig zu protestieren, obwohl der Vorgang schon längst abgeschlossen war. Aber die beiden wischten ihre Einwände beiseite.

Sie sah sie an. Jetzt wollte sie wenigstens *ihre* Gesichter sehen, wenn schon keine anderen, obwohl sie noch kurz zuvor überhaupt kein Gesicht mehr sehen wollte, nirgendwo, nie wieder. Aber Freundlichkeit wirkt wie ein Stärkungsmittel.

Sie waren beide jung. Na ja, das war sie auch. Aber sie waren beide glücklich, fröhlich, sonnten sich im Segen der Welt. Das war der Unterschied zwischen ihnen und ihr. Sie strahlten es aus. In beiden gleichermaßen leuchtete eine Art vergoldete Glut, etwas, das mehr war als bloße gute Laune, mehr als bloßes Glück, und zunächst konnte sie nicht feststellen, was es war. Aber dann, ganz plötzlich, verrieten es ihre Augen, jedes Kopfwenden, jede Bewegung: Sie waren über beide Ohren ineinander verliebt. Es glühte überall um sie herum, fast wie Phosphor.

Junge Liebe. Frische, makellose Liebe. Diese erste Liebe, die jeder nur einmal in seinem Leben erlebt und die nie wiederkommt.

Aber im Gespräch drückte sich das eher verdreht aus, zumindest bei ihr, wenn auch nicht bei ihm. Beinahe jede Bemerkung, die sie an ihn richtete, war eine freundschaftliche Beschimpfung, eine sanfte Beleidigung, eine liebevolle Herabsetzung. Kein einziges zärtliches oder auch nur gewöhnlich rücksichtsvolles Wort schien sie für ihn übrig zu haben. Doch ihre Augen straften sie Lügen. Und er verstand. Für alle ihre empörenden Unverschämtheiten hatte er dieses Lächeln, mit dem er sie anbetete, verehrte, so gut verstand.

»Na mach schon«, sagte sie und schnipste ihre Finger

gebieterisch. »Steh da nicht wie ein Trottel rum. Du willst uns doch sicher nicht auf die Nerven gehen. Verschwinde und beschäftige dich.«

»Oh, Verzeihung«, sagte er und tat so, als würde er seinen Kragen aufstellen, wie jemand, den man hinausgeekelt hatte. Er ließ seinen Blick unschlüssig den Gang entlangschweifen. »Ich glaub, ich geh mal in den Vorraum eine rauchen.«

»Kannst von mir aus auch ruhig zwei rauchen«, sagte sie schnippisch.

Er wandte sich um und kämpfte sich durch den vollen Gang.

»Das war nett von ihm«, sagte das Mädchen dankbar und blickte ihm nach.

»Ach, er ist erträglich«, sagte ihre Gefährtin. »Er hat schon seine guten Seiten.« Sie zuckte die Achseln. Aber ihre Augen stempelten sie zur Lügnerin.

Sie sah sich rasch um, um sich zu vergewissern, daß er außer Hörweite war. Dann lehnte sie sich zu ihrer Nachbarin hinüber und senkte ihre Stimme vertraulich. »Ich hab's doch gleich gemerkt«, sagte sie. »Deswegen sollte er ja auch aufstehen. Wo Sie doch in anderen Umständen sind, meine ich.«

Das Mädchen, das auf dem Koffer gesessen hatte, senkte mißbilligend und verwirrt den Blick. Sie schwieg.

»Ich bin's auch. Sie sind nicht die einzige«, fügte ihre Gefährtin eilig hinzu, mit einer winzigen Spur von Prahlerei, als könnte sie es nicht schnell genug loswerden.

Das Mädchen sagte nur: »Oh.« Was anderes fiel ihr nicht ein. Es klang platt, oberflächlich. So wie wenn man sagt: »Tatsächlich?« oder »Was Sie nicht sagen.« Sie versuchte, sich ein mitfühlendes, interessiertes Lächeln abzuquälen, aber es glückte ihr nicht besonders. Vielleicht hatte sie das Lächeln schon verlernt.

»Im siebten«, erläuterte die andere ungefragt.

Das Mädchen spürte den Blick, als würde von ihr eine entsprechende Antwort erwartet, wenn auch nur der Ordnung halber.

»Im achten«, flüsterte sie kaum hörbar. Sie wollte es nicht sagen, aber sie konnte nicht anders.

»Wunderbar«, lobte ihre Gefährtin sie für diese numerische Information. »Großartig.« Als ginge es hier um irgendein Kastensystem und als stellte sie überrascht fest, daß sie zu einer Angehörigen des Hochadels sprach – einer Herzogin oder Marquise –, die einen um dreißig Tage höheren Rang bekleidete. Und überall um sie herum, von ihnen dünkelhaft ignoriert, der weibliche Pöbel.

»Wunderbar, großartig«, flüsterte das Mädchen innerlich, und ihr Herz schluchzte angstvoll und ungehört auf.

»Und Ihr Mann?« fragte die andere schnell. »Fahren Sie jetzt gerade zu ihm?«

»Nein«, sagte das Mädchen und starrte auf den grünen Velours der Sitzlehne vor ihnen. »Nein.«

»Ach, dann haben Sie ihn also in New York zurückgelassen?«

»Nein«, sagte das Mädchen. »Nein.« Ihr schien, als sehe sie es da auf der Rückenlehne geschrieben, in flüchtigen Buchstaben, die wieder verblaßten, sowie sie gelesen wurden: »Ich habe ihn verloren.«

»Oh, das tut mir aber...« Es schien das allererste Mal zu sein, daß ihre muntere Gefährtin Bekanntschaft mit Kummer machte, der mehr war als der bloße Kummer über eine kaputte Puppe oder der Liebeskummer eines Backfisches. Es war eine ganz neue Erfahrung, was da über ihr strahlendes Gesicht glitt. Und selbst jetzt war es natürlich nicht ihr eigener Kummer, sondern der von jemand anderm. So wirkte sie. Als hätte sie selbst nie Kummer gehabt, hätte jetzt keinen und würde auch nie welchen haben. Eins dieser seltenen, von den Göttern geliebten Geschöpfe, die das Jammertal der Welt auf glitzerndem Weg durchqueren.

Sie verkniff sich das letzte Wort ihrer Mitleidsbekundung, kaute an ihrer Oberlippe, legte spontan ihre Hand auf die ihrer Gefährtin und zog sie gleich wieder zurück.

Dann sprachen sie taktvollerweise nicht mehr über solche Dinge. Solche grundlegenden Dinge wie Geburt und Tod, die soviel Freude und soviel Schmerz bereiten können.

Sie hatte maisgoldenes Haar, dieses sonnengeküßte Geschöpf. Es umgab ihren Kopf wie ein dauniger Hof. Sie hatte Sommersprossen wie kleine goldene Farbspritzer, die vom Pinsel eines nachlässigen Malers über ihre Aprikosenwangen versprenkelt worden waren, und der Rükken ihrer winzigen, kessen Nase hatte einen Sattel. Das Schönste an ihr war jedoch der Mund. Und wenn ihr übriges Gesicht auch nicht ganz an seine unvergleichliche Schönheit herankommen mochte, reichte allein schon dieser Mund aus, sie schön zu machen, und er lenkte dabei die ganze Aufmerksamkeit auf sich. Genauso wie ein einziges Licht ausreicht, um einen Raum hell zu erleuchten. Man braucht keinen ganzen Kronleuchter. Wenn er lächelte, lächelte alles andere mit. Ihre Nase kräuselte sich, ihre Augenbrauen bogen sich, ihre Augen legten sich in Fältchen, und Grübchen erschienen, wo eben noch keine gewesen waren. Sie sah aus, als würde sie viel lächeln. Sie sah aus, als hätte sie viel, worüber sie lächeln konnte.

Sie spielte ständig mit dem Trauring an ihrem Ringfinger. Streichelte ihn, liebkoste ihn. Sie tat es inzwischen wahrscheinlich ganz unbewußt. Es mußte ihr mittlerweile zur Angewohnheit geworden sein. Aber ursprünglich, Monate früher, als er ganz frisch an ihrem Finger saß, mußte sie so stolz darauf gewesen sein, daß sie den Drang verspürt hatte, ihn immerzu aller Welt zu zeigen. Als wollte sie sagen: »Seht mich an! Seht nur, was ich habe!« Mußte ihn so geliebt haben, daß sie ihn nicht lange unberührt lassen konnte. Und nun, obwohl Stolz und Liebe keineswegs geringer waren, hatte sich daraus eine gewinnende kleine Angewohnheit gebildet, die sich gehalten hatte. Ganz gleich welche Bewegung ihre Hände vollführten, ganz gleich welche Geste sie ausdrückten, behielt diese Angewohnheit immer die Oberhand, war sie für den Betrachter immer am augenfälligsten.

Er war mit einer Diamantenreihe besetzt, die an beiden Enden mit einem Saphir abgeschlossen wurde. Sie sah, daß der Blick ihrer neuen Platznachbarin darauf ruhte, und so drehte sie ihn noch mehr zu ihr, damit sie ihn sich besser ansehen konnte, wischte mit einer kecken kleinen Geste darüber, als wollte sie auch noch das letzte hartnäckige hypothetische Staubkörnchen beseitigen. Die Bewegung sollte den Anschein erwecken, daß der Ring ihr in diesem Moment gänzlich gleichgültig war. Genauso wie ihre Haltung ihrem Mann gegenüber den Anschein erwecken sollte, als sei auch *er* ihr völlig gleichgültig. Eine Bewegung und eine Haltung, die wie der Teufel persönlich logen.

Als er nach zehn Minuten wieder erschien, plauderten sie schon ganz angeregt, wie es neue Freunde zu tun pflegen. Er hatte eine ziemlich auffällige geheimnistuerische Miene aufgesetzt und sah sich verstohlen um, als habe er ihnen eine höchst geheime Botschaft zu überbringen. Er legte eine Hand abschirmend an den Mund, beugte sich herab und flüsterte: »Pat, einer der Schaffner hat mir einen Tip gegeben. Der Speisewagen wird in ein paar Minuten aufgemacht. Eine ganz heiße Insider-Information. Du weißt, was das in diesem Gedränge bedeutet. Ich glaube, wir sollten schon mal in die Richtung gehen, wenn wir bei der ersten Ladung dabeisein wollen. Wenn sich's erstmal herumgesprochen hat, gibt's einen Massenansturm.«

Sie sprang eifrig auf.

Sofort dämpfte er sie scherzhaft mit erhobenen Händen. »Pscht! Laß dir bloß nichts anmerken! Tu so, als wär nichts besonderes. Als würdest du einfach aufstehen, um dir die Beine zu vertreten.«

Sie unterdrückte ein verschmitztes Kichern. »Wenn ich zum Speisewagen gehe, *kann* ich nicht einfach so tun, als wär nichts. Das sieht man mir schon zehn Meter gegen den Wind an. Du kannst von Glück reden, wenn du mich von einem Zwanzig-Meter-Sprint zurückhalten kannst.« Aber sie ging auf seine verschwörerische Art ein, hob übertrieben die Beine und ging auf Zehenspitzen in den Gang, als hätte das Ausmaß an Geräusch, das sie verursachte, irgend etwas mit dem zu tun, was sie vorhatten.

Im Vorbeigehen zupfte sie das Mädchen neben ihr auffordernd am Ärmel. »Na los. Sie kommen doch mit, oder?« flüsterte sie konspirativ.

»Was ist mit den Plätzen? Die verlieren wir dann doch, oder?«

»Nicht wenn wir unser Gepäck drauftun. So.« Sie ergriff den Koffer des Mädchens, der bislang im Gang gestanden hatte, und zusammen hievten sie ihn längs auf den Sitz, der somit wirkungsvoll belegt war.

Von ihrem eigenen Koffer verdrängt, war das Mädchen aufgestanden, aber sie zögerte noch, sich den beiden anzuschließen.

Die junge Ehefrau schien zu begreifen. Darin war sie schnell. Sie schickte ihn vor, außer Hörweite, damit er ihnen den Weg bahnte. Dann drehte sie sich zu ihrer neuen Freundin um und beruhigte sie taktvoll. »Sie brauchen sich um nichts zu kümmern. *Er* kümmert sich um alles.« Und dann versprach sie ihr verschwörerisch, um ihr die Verlegenheit zu nehmen: »Ich werd schon dafür sorgen. Dazu sind sie ja schließlich da.«

Das Mädchen stotterte einen nicht ehrlich gemeinten Protest, der nur allzu deutlich machte, wie richtig die Vermutung war. »Nein, es ist ja nicht..., daß ich nicht...«

Aber die andere hatte ihre Einwilligung schon als gegeben angesehen, wollte keine Zeit mehr darauf verschwenden. »Schnell, sonst verlieren wir ihn«, drängte sie. »Hinter ihm ist schon wieder alles dicht.«

Sie schob sie vor sich her, eine Hand freundschaftlich auf ihre Hüfte gelegt.

»Gerade jetzt darf man sich nicht vernachlässigen«, ermahnte sie sie mit gedämpfter Stimme. »Das *weiß* ich zufällig. Das hat man mir selbst gesagt.«

Währenddessen bahnte ihnen der Ehemann wie ein Pionier eine breite Schneise mitten durch den vollen Gang, so daß die Leute sich weit über die Sitze zurückbeugen mußten, um sie durchzulassen. Und doch nie mit einem verärgerten Blick. Er schien das gewisse Etwas zu haben. Freundlich, aber energisch.

»Ist schon nützlich, wenn man einen Mann hat, der früher in einer Football-Mannschaft gespielt hat«, bemerkte seine junge Frau selbstgefällig. »Er gibt einem volle Balldeckung. Sehen Sie nur, was für einen breiten Rücken er hat.«

Als sie ihn eingeholt hatten, klagte sie: »Wart doch auf mich. Ich hab schließlich zwei zu füttern.«

»Ich auch«, lautete die völlig unritterliche Bemerkung, die er ihr über die Schulter zuwarf. »Ich habe Hunger für zwei.«

Dank seiner Voraussicht waren sie die ersten im Speisewagen, der schon überlaufen war, kaum daß die Türen aufgeworfen wurden. Sie sicherten sich einen guten Dreiertisch, der schräg zum Fenster stand. Die, die Pech hatten, mußten draußen im Gang anstehen, nachdem man ihnen die Türen ungastlich vor der Nase zugemacht hatte.

»Bevor wir uns hinsetzen, wollen wir uns aber endlich mal vorstellen«, sagte die junge Ehefrau und entfaltete fröhlich ihre Serviette. »Er heißt Hazzard, Hugh, und ich Hazzard, Patrice.« Sie verzog abschätzig das Gesicht, und schon waren wieder ihre Grübchen da. »Komischer Name, nicht?«

»Ein bißchen mehr Respekt, wenn ich bitten darf«, knurrte ihr junger Gatte, ohne von der Speisekarte aufzublicken. »Den Namen hast du nur auf Probe. Ich hab mich noch nicht entschieden, ob du ihn behalten darfst.«

»Wie heißen Sie denn?« fragte sie ihren Gast.

»Georgesson«, sagte das Mädchen. »Helen Georgesson.«

Sie lächelte den beiden zögernd zu. Schenkte ihm den Rand ihres Lächelns und ihr die Mitte. Es war kein sehr breites Lächeln, aber es war aufrichtig und dankbar.

»Sie sind beide so schrecklich nett zu mir«, sagte sie.

Sie senkte den Blick zur Speisekarte, die sie zwischen beiden Händen ausgebreitet hielt, damit sie nicht das Flakkern von Rührung entdeckten, das ihre Lippen für einen Augenblick erbeben ließ.

»Es muß schrecklich viel Spaß machen ..., Sie zu sein«, murmelte sie sehnsüchtig.

5

Als die Deckenbeleuchtung in ihrem Wagen ausgeschaltet wurde, damit jene, die es wollten, schlafen konnten, waren sie bereits gute alte Freundinnen. Sie waren jetzt per du, auf Patrices Betreiben. Freundschaft erblüht schnell im Treibhausklima des Reisens. Sie ist manchmal schon innerhalb weniger Stunden voll erblüht. Und dann wird sie durch die unvermeidliche Trennung der Reisenden genauso plötzlich wieder abgebrochen. Selten, wenn überhaupt, überlebt sie diese Trennung lang. Deswegen haben Menschen auf Schiffen und in Zügen auch weniger Hemmungen voreinander, sie kommen schneller zu dem Punkt, wo sie sich dem andern anvertrauen, ihm alles über sich selbst erzählen. Sie werden diesem andern nie wieder begegnen und sich auch nicht sorgen müssen, welche Meinung, sei es eine gute oder schlechte, er sich gebildet hat.

Die beschirmten Lämpchen an den Seiten der Sitze, die nach Bedarf an- und ausgemacht werden konnten, brannten noch zum größten Teil, aber im Wagen war es doch schon angenehm schummerig und ruhig geworden, einige Fahrgäste dösten bereits. Patrices Mann ruhte regungslos, den Hut tief ins Gesicht gezogen, auf dem Koffer, der jetzt wieder im Gang stand. Seine Beine hatte er in einer abenteuerlichen Stellung vor sich über kreuz auf den Sitz gelegt. Er schien es jedoch einigermaßen bequem zu haben, nach den sonoren Lauten zu schließen, die hin und wieder aus dem Innern seines Hutes drangen. Eine ganze Stunde zuvor hatte er sich aus ihrer Unterhaltung ausgeschaltet und war allem Anschein nach nicht einmal vermißt worden, woraus sich vielleicht schließen läßt, daß bei Gesprächen zwischen Frauen Männer offenbar keine wesentliche Rolle spielen.

Patrice betätigte sich als Späherin, behielt mit wachsamem und besitzergreifendem Blick eine bestimmte Tür im Auge, ganz hinten am dunklen Ende des Gangs. Sie kniete aufrecht auf ihrem Sitzplatz und starrte über die Lehne. Diese etwas unkonventionelle Stellung vermochte jedoch in keiner Weise ihren Redefluß zu hemmen, der so froh und munter dahinplätscherte. Dank der erhöhten Stellung, die sie eingenommen hatte, war man auf den beiden Sitzen hinter ihr in der Lage, das meiste davon mitzubekommen. Doch zweierlei trug dazu bei, daß sich bei den Fahrgästen keinerlei Interesse regen konnte: Es waren beides Männer, und sie schliefen beide.

Über die schmale Chromtür, der ihre Aufmerksamkeit galt, blitzte plötzlich eine Kette von Lichtreflexen.

»Sie ist gerade rausgekommen«, zischte sie leise und vollführte auf ihrem Sitz eine Reihe von Verrenkungen und Drehungen, als sei dies etwas ungemein Wichtiges, das unverzügliches Handeln erforderte. »Schnell! *Jetzt!* Jetzt ist unsere Chance. Beeilung, bevor uns jemand zuvorkommt. Da ist so eine Dicke drei Sitze weiter, die Stück um Stück ihre Sachen rausgeholt hat. Wenn die's zuerst schafft, können wir's vergessen!« Von ihrer eigenen

Aufregung mitgerissen (und alles im Leben erschien ihr köstlich prickelnd und aufregend), ging sie sogar soweit, ihrer Nachbarin einen kleinen Stoß zu versetzen und zu drängen: »Renn los! Halt die Tür für uns frei. Wenn die dich da schon sieht, überlegt sie sich's vielleicht anders.«

Grausam und herzlos knuffte sie ihren entspannt schlummernden Gatten an allen möglichen Stellen, um ihn wachzubekommen.

»Schnell, Hugh! Der Kosmetikkoffer! Wir verpassen unsere Chance. Da oben, du Dummkopf. Da oben im Gepäcknetz ...«

»Schon gut, immer mit der Ruhe«, brummte der schläfrige Hugh, die Augen immer noch ganz unter seiner Hutkrempe versteckt. »Quatschen, quatschen, quatschen. Die Frau ist dazu geboren, ihren Kiefer zu trainieren.«

»Und der Mann ist dazu geboren, einen drauf zu bekommen, wenn er nicht endlich spurt.«

Schließlich schob er seinen Hut zurück. »Was willst du denn jetzt schon wieder von mir? Du hast ihn doch schon runtergeholt.«

»Na dann geh wenigstens mit deinen langen Beinen aus dem Weg und laß uns vorbei! Du versperrst uns den Weg!«

Er zog seine Beine wie eine Ziehbrücke an, umschlang sie und streckte sie dann wieder aus, als die Frauen durchgegangen waren.

»Wohin so eilig?« fragte er unschuldig.

»So eine dumme Frage, was?« bemerkte Patrice zu ihrer Gefährtin.

Die beiden rannten fast den Gang hinunter, ohne ihn weiter aufzuklären.

»Er hat Größe 56, und das nützt mir überhaupt nichts in einem Notfall«, klagte sie unterwegs und schwenkte die Tasche.

Er hatte sich neugierig nach ihnen umgedreht, ohne das Geringste zu begreifen. Dann sagte er: »Oh.« Jetzt verstand er wenigstens, was sie vorhatten, wenn auch nicht den Tumult, den sie dabei veranstalteten. Dann zog er sich wieder den Hut über die Nase, um seinen unterbrochenen Schlummer an der Stelle fortzusetzen, wo er von dieser hektischen weiblichen Logistik unterbrochen worden war.

Patrice hatte währenddessen die Chromtür hinter sich und ihrer Begleiterin zugemacht und den Riegel mit einer kleinen trotzigen Drehung vorgelegt. Sie stieß einen tiefen Seufzer aus. »So. Wir wären drin. Was man hat, das hat man. Ich laß mir soviel Zeit, wie ich will«, verkündete sie entschlossen, während sie den Kosmetikkoffer abstellte und den Deckel aufschloß. »Wenn jetzt jemand rein will, muß er eben warten. Hier drin ist sowieso nur Platz für zwei. Und die zwei müssen schrecklich gute Freunde sein.«

»Wir sind ohnehin fast die letzten, die noch auf sind«, sagte Helen.

»Hier, willst du?« Patrice zog eine Handvoll flockiger Gesichtstücher aus dem Köfferchen. Sie teilte sie sich mit ihrer Freundin.

»Ich hab die drüben schrecklich vermißt. Sie waren einfach nirgends zu kriegen. Ich hab überall rumgefragt, und keiner hat gewußt, was ich meine...«

Sie hielt inne und betrachtete ihre Gefährtin. »Ach, du hast ja gar nichts zum Abreiben drauf. Hier, kannst dich damit eincremen, dann hast du was zum Abreiben.«

Helen lachte. »Bei dir wird mir ganz schwindlig«, sagte sie mit fast sehnsüchtiger Bewunderung.

Patrice zog die Schultern hoch und schnitt eine schelmische Grimasse. »Das ist das letzte Mal, daß ich so auf die Pauke hauen kann. Ab morgen abend muß ich mich vielleicht von meiner besten Seite zeigen. Nüchtern und gesetzt.« Sie machte ein langes Gesicht und faltete die Hände über ihrem Bauch wie ein prüder Pfaffe.

»Ach, weil du jetzt deine neue Verwandtschaft kennenlernst«, erinnerte sich Helen.

»Hugh sagt, sie sind gar nicht so. Ich brauchte mir überhaupt keine Sorgen zu machen. Kann natürlich sein, daß er etwas voreingenommen ist, zu ihren Gunsten. Ich würde nicht viel von ihm halten, wenn er's nicht wäre.«

Sie strich sich zwei mystische Kreise auf die Wangen und verteilte sie, alles mit offenem Mund, was bei dem Ritus selbst aber keine Rolle spielte.

»Bedien dich ruhig«, forderte sie ihre Freundin auf. »Steck deinen Finger rein, und hol dir einen Klumpen raus. Ich weiß nicht genau, wofür die Creme gut ist, aber sie riecht gut. Man vergibt sich also nichts.«

»Stimmt das wirklich, was du mir da gesagt hast?« fragte Helen, ihrem Beispiel folgend. »Daß die dich bis jetzt noch kein einziges Mal gesehen haben? Das kann ich nicht glauben.«

»Hand aufs Herz, Ehrenwort, sie haben mich noch kein einziges Mal zu Gesicht bekommen. Ich hab Hugh drüben kennengelernt, wie ich dir vorhin schon gesagt hab. Wir haben auch drüben geheiratet und haben bis vor kurzem auch noch dort gewohnt. Meine Eltern leben nicht mehr, ich hab ein Stipendium gekriegt und drüben Musik studiert. Und er hatte eine Stelle bei irgend so einer staatlichen

Behörde, die so einen komischen Kürzelnamen hatte, du weißt schon. Du, die wissen nicht einmal, wie ich *aussehe*!«

»Hast du ihnen denn nicht einmal ein Foto von dir geschickt? Nicht einmal, als ihr geheiratet habt?«

»Wir haben nicht einmal Hochzeitsfotos machen lassen. Du weißt doch, wie das in unserer Generation heutzutage ist. Zack-bumm, und man ist verheiratet. Ich wollte ihnen immer eins schicken, aber ich war nie ganz zufrieden mit denen, die ich hatte. Unsicherheit, verstehst du. Ich wollte doch *so* einen guten ersten Eindruck machen. Einmal hat Hugh für mich sogar eine Sitzung beim Fotografen arrangiert, und als ich die Abzüge sah, hab ich gesagt: ›Die schickst du nur über meine Leiche!‹ Diese französischen Fotografen! Ich wußte ja, ich würde die Verwandtschaft früher oder später sehen, und Schnappschüsse sind so ... so ... Jedenfalls die von mir. Und dann hab ich schließlich zu ihm gesagt: ›Nun hab ich schon so lange damit gewartet, jetzt schick ich keine mehr. Ich heb's als Überraschung auf, sollen sie mich stattdessen in Fleisch und Blut sehen. Auf die Weise machen sie sich keine falschen Hoffnungen und sind dann nicht enttäuscht.‹ Ich hab auch immer seine Briefe zensiert, hab ihm nicht erlaubt, mich zu beschreiben. Du kannst dir vielleicht vorstellen, wie sich das angehört hätte. ›Mona Lisa‹. ›Venus auf der Muschelschale‹ und so. Und ich hab gesagt: ›Von wegen!‹, wenn ich ihn dabei erwischt hab, und hab's weggekratzt. Wir hatten etliche solche Gerangel, haben uns gegenseitig durchs Zimmer gejagt, um dem andern den Brief wieder abzunehmen.«

Sie wurde kurz ernst. Oder kam dem zumindest so nahe, wie es ihr möglich war.

»Weißt du, jetzt wünsch ich mir irgendwie, ich hätt das nicht gemacht. Ich meine, daß ich so mit ihnen Verstecken gespielt habe. Jetzt hab ich wirklich kalte Füße gekriegt. Meinst du, die werden mich wirklich mögen? Was ist, wenn nicht? Was ist, wenn sie sich eine ganz andere Vorstellung von mir gemacht haben und ...«

Wie der kleine Junge im Radiosketch, der von einem selbsterfundenen Schreckgespenst plappert, bis er sich schließlich selbst damit erschreckt.

»Wie schafft man es bloß, daß das Wasser in diesem Ding bleibt?« unterbrach sie sich. Sie schlug leicht gegen den Stöpsel, der im Waschbecken eingelassen war. »Jedesmal, wenn ich Wasser reinlassen will, läuft's gleich wieder ab.«

»Ich glaube, man muß ihn drehen und dann reindrükken.«

Patrice zog den Trauring ab, bevor sie ihre Hände eintauchte. »Halt den mal für mich. Ich will mir die Hände waschen. Ich hab schreckliche Angst, daß ich ihn verliere. Als wir noch drüben wohnten, ist er einmal in den Abfluß gerutscht, und die mußten erst ein ganzes Rohrteil rausnehmen, bevor sie ihn mir wieder rausholen konnten.«

»Er ist wunderschön«, sagte Helen sehnsüchtig.

»Ja, nicht?« stimmte Patrice zu. »Sieh mal hier. Innen sind unsere beiden Namen eingraviert. Ist das nicht eine süße Idee? Steck ihn dir doch kurz auf den Finger. Das ist am sichersten.«

»Bringt das nicht Pech, wenn man das macht? Ich meine, wenn du ihn abnimmst und ich ihn anziehe?«

Patrice schüttelte stolz den Kopf. »Ich könnte *nie* Pech haben«, verkündete sie. Es war fast eine Herausforderung.

Und ich, dachte Helen düster, könnte nie Glück haben.

Sie betrachtete ihn neugierig, wie er langsam ihren Finger hinunterglitt, ganz leicht und geschmeidig. Er fühlte sich seltsam vertraut an, wie etwas, das schon seit langem hätte an dieser Stelle sein sollen, das dort hingehörte und bislang merkwürdigerweise gefehlt hatte.

So fühlt sich das also an, dachte sie bitter.

Das brausende Dröhnen des dahinstampfenden Zuges war hier, wo sie sich befanden, nur noch als dumpfes Zittern zu spüren.

Patrice trat zurück. Sie hatte ihre Toilette nun endlich beendet. »Also, das ist meine letzte Nacht«, seufzte sie. »Morgen abend um diese Zeit sind wir schon da. Das Schlimmste hab ich dann hinter mir.« Sie umklammerte ihre eigenen Arme, als liefe ihr ein kleiner Angstschauer durch den Körper. »Hoffentlich gefällt ihnen, was sie bekommen.« Sie warf einen verstohlenen Seitenblick auf ihr Spiegelbild und zupfte an ihren Haaren.

»Es wird schon alles gutgehen, Patrice«, beruhigte Helen sie. »Man *muß* dich einfach gernhaben.«

Patrice kreuzte die Finger und hielt sie hoch, um sie ihr zu zeigen. »Hugh sagt, sie sind sehr wohlhabend«, plauderte sie weiter. »Das macht es manchmal um so schlimmer.« Sie kicherte bei der Erinnerung. »Müssen sie wohl auch sein. Sie mußten uns sogar Geld für die Heimfahrt schicken. Wir waren immer knapp bei Kasse, die ganze Zeit, die wir drüben waren. Aber es war eine sehr lustige Zeit. Ich glaube, das ist die einzige Zeit, die richtig lustig ist. Wenn man knapp bei Kasse ist. Findest du nicht auch?«

›Manchmal – nicht‹, erinnerte sich Helen, aber sie antwortete nicht.

»Jedenfalls«, plapperte ihre Vertraute weiter, »sobald sie erfahren hatten, daß ich in andern Umständen bin, war es soweit! Sie waren absolut dagegen, daß ich das Kind drüben bekomme. Ich hatte eigentlich auch keine große Lust dazu, und Hugh wollte es auch nicht. Die Kleinen sollten in den guten alten USA geboren werden, stimmt's? Das ist das mindeste, was man für sie tun kann.«

›Manchmal ist das alles, was man für sie tun kann‹, dachte Helen ironisch. Das – und siebzehn Cents.

Sie war jetzt auch fertig.

»Jetzt, wo wir schon hier sind, können wir doch noch schnell eine rauchen«, drängte Patrice. »Es scheint ja auch keiner mehr zu warten. Und wenn wir uns da draußen unterhalten, stört das vielleicht jemand. Die wollen doch alle schlafen.« Die kleine Flamme des Feuerzeugs flackerte kupferig in den Spiegeln und dem glänzenden Chrom um sie herum. Sie stieß einen Seufzer aus, der tief empfundene Zufriedenheit ausdrückte. »Ich liebe diese Gespräche mit einer andern Frau so vorm Insbettgehen. Es ist schon Jahre her, seit ich sowas das letzte Mal gemacht habe. Als ich noch auf die Schule ging, glaub ich. Hugh sagt, im Grunde würde ich mich in Frauengesellschaft am wohlsten fühlen.« Sie hielt inne und dachte mit fragend geneigtem Kopf darüber nach. »Ist das nun gut oder schlecht? Ich muß ihn mal fragen.«

Helen konnte ein Lächeln nicht unterdrücken. »Gut, denk ich. Ich wollte keine Frau sein, die sich nur in Männergesellschaft wohlfühlt.«

»Ich auch nicht«, stimmte Patrice eilig zu.

»Ich hab dabei immer jemand vor Augen, der vulgäre Ausdrücke benutzt und aus dem Mundwinkel spuckt.«

Sie kicherten beide. Doch Patrice, mit ihrem flatterhaften Schmetterlingswesen, war schon beim nächsten Thema, als sie die Asche ihrer Zigarette in den Abfallbehälter stippte. »Wie oft ich wohl rauchen kann, wenn ich zu Hause bin?« Sie zuckte die Achseln. »Naja, da ist ja immer noch das stille Örtchen.«

Und dann kam sie plötzlich wieder auf ihren gemeinsamen Zustand zu sprechen.

»Hast du eigentlich Angst? Von wegen... du weißt schon.«

Helen bejahte es mit ihrem Blick.

»Ich auch.«

Sie zog nachdenklich an ihrer Zigarette. »Ich glaube, jeder hat ein bißchen Angst, oder? Die Männer denken immer, wir hätten keine Angst. Ich brauch nur Hugh anzusehen« – ihre Grübchen vertieften sich schelmisch –, »und ich sehe, daß er Angst für zwei hat, und so laß ich's mir nicht anmerken, daß ich auch Angst habe. Und dann beruhige ich *ihn*.«

Helen fragte sich, wie das war, wenn man mit jemandem über so etwas reden konnte.

»Freuen *die* sich denn darüber?«

»Und wie. Die sind ganz aus dem Häuschen. Erstes Enkelkind. Sie haben uns nicht einmal gefragt, ob wir überhaupt zurückkommen *wollen*. ›Ihr kommt nach Hause.‹ Schluß, aus.«

Sie hielt den Rest ihrer Zigarette unter einen der beiden Hähne und löschte sie mit einem kurzen starken Wasserstrahl.

»Fertig? Wollen wir wieder zu unseren Plätzen zurück?«

Sie beschäftigten sich beide mit kleinen Dingen. Das ganze Leben ist so, daß man sich ständig mit kleinen

Dingen beschäftigt, ein Leben lang. Und dann brechen plötzlich große Dinge mitten in sie hinein. Und wo sind die kleinen Dinge, was ist aus ihnen geworden? Was waren sie?

Ihre Hand war an der Tür und legte den Riegel zurück, den Patrice vorgeschoben hatte, als sie hereingekommen waren. Patrice war irgendwo hinter ihr, legte gerade irgend etwas in den aufgeschlagenen Kosmetikkoffer zurück, wollte ihn dann zumachen und mitnehmen. Sie konnte sie verschwommen in der Chromverkleidung der Wand vor sich erkennen. Kleine Dinge. Kleine Dinge, aus denen das Leben besteht. Kleine Dinge, die aufhören...

Ihre Sinne täuschten sie. Ihnen blieb keine Zeit, sich dem anzupassen, was jetzt passierte. Sie spielten ihr etwas vor. Zunächst hatte sie den flüchtigen Eindruck, daß sie etwas Falsches mit der Tür gemacht hatte, sie ganz aus den Angeln gehoben hatte. Einfach indem sie den kleinen Riegel berührt hatte. Als würde der gesamte Türblock auf sie herunterstürzen, mitsamt den Angeln aus seinem Rahmen fallen. Und doch tat er das gar nicht, er löste sich gar nicht, er brach gar nicht aus der Wandpartie heraus, in die er eingelassen war. Und so war ihr zweiter flüchtiger Eindruck, ebenso falsch und ebenso nur eine Sache von Sekunden, daß die gesamte Wand des Abteils mitsamt der Tür kippte und im Begriff war, auf sie herabzustürzen. Und auch das geschah nicht. Stattdessen schien sich die ganze Nische auf den Kopf zu drehen, sich auf einer verrückten Achse zu verschieben, sodaß sich das, was der Boden gewesen war, auf dem sie bislang gestanden hatte, plötzlich in eine senkrechte Wand vor ihr verwandelte. Die Tür war jetzt hoffnungslos außer Reichweite, eine versiegelte Falltür über ihrem Kopf.

Das Licht ging aus. Es war kein Licht mehr an, und doch waren die Sinnesbilder, die ihr durch den Kopf wirbelten, so eindringlich explosiv, daß sie mit ihrer eigenen Leuchtkraft im Dunkeln weiterglühten. Es dauerte ziemlich lange, bis sie begriff, daß um sie herum absolute Finsternis herrschte, daß sie mit ihren Augen nicht mehr sehen konnte. Nur im Nachglanz des Grauens ihrer Phantasie.

Da war auch das qualvolle Gefühl, als wären die Geleise auf einmal weich geworden, als würden sich die festen Stahlstangen zu Bändern kräuseln und als würde der Zug immer noch versuchen, ihren Krümmungen zu folgen. Der Wagen schien immer schneller hoch und runter zu rasen wie eine jäh abstürzende und hochtauchende Achterbahn. Da war ein fernes Reißen und Knirschen, das näherkam und anschwoll. Es erinnerte sie an eine Kaffeemühle, die sie zu Hause gehabt hatten, als sie klein war. Aber die zog einen nicht in ihren Rachen, zermahlte nicht alles, was sie zu fassen bekam, so wie das hier.

»Hugh!« Der körperlose Boden selbst schien es hinter ihr herauszuschreien. Nur einmal.

Dann verstummte der Boden.

Es gab kleinere Eindrücke. Von Nähten, die sich öffneten, und von schweren Metallwänden, die sich über ihrem Kopf verbogen, bis die Öffnung, die sie umfaßten, nicht mehr quadratisch, sondern zeltförmig war. Die Dunkelheit erbleichte plötzlich zu einer gespenstischen Blässe, die heiß und prickelnd ihren Atem berührte. Austretender Dampf. Er verschwand gleich wieder, und die Dunkelheit kehrte mit voller Macht zurück. Ein kleines rötliches Licht flackerte irgendwo auf, weit weg. Dann verlosch auch das wieder und war ebenfalls verschwunden.

Es gab jetzt keinen Laut, keine Bewegung. Alles war still, wie im Traum, vergessen. Was war das? Schlaf? Tod? Das glaubte sie nicht. Aber Leben war es auch nicht. Sie erinnerte sich an das Leben. Noch vor ein paar Minuten war da Leben gewesen. Im Leben gab es viel Licht und Menschen und Bewegung und Laute.

Dies mußte etwas anderes sein. Irgendeine Übergangsphase, irgendein anderer Zustand, von dem man ihr bis jetzt noch nichts erzählt hatte. Weder Leben noch Tod, sondern irgend etwas dazwischen.

Was immer es war, es enthielt Schmerz. *Alles* war Schmerz, nur Schmerz. Schmerz, der ganz klein begann und wuchs und wuchs und wuchs. Sie versuchte sich zu bewegen und konnte es nicht. Ein schmales, gerundetes Etwas, das kalt und schwitzend auf ihren Beinen lag, hielt sie unten. Es lag quer über ihr – wie ein aus der Fassung herausgesprungenes Wasserrohr.

Schmerz, der wuchs und wuchs. Wenn sie hätte schreien können, hätte ihn das vielleicht gelindert. Aber sie schien es nicht zu können.

Sie legte die Hand an den Mund. Sie stieß auf einen kleinen metallenen Reif, einen Ring an einem ihrer Finger. Sie biß drauf. Das half, das linderte es etwas. Je stärker der Schmerz wurde, desto fester biß sie.

Sie hörte sich ein wenig stöhnen, und sie schloß die Augen. Der Schmerz ging weg. Aber er nahm alles mit sich, Gedanken, Wissen, Bewußtsein.

Sie öffnete die Augen wieder, zögernd. Minuten? Stunden? Sie wußte es nicht. Sie wollte nur schlafen, noch mehr schlafen. Gedanken, Wissen, Bewußtsein kehrten zurück. Aber der Schmerz kehrte nicht zurück. Der schien endgültig weg zu sein. An seiner Stelle war da nur diese Trägheit. Sie hörte sich leise wimmern, wie ein Kätzchen. Oder war das gar nicht sie?

Sie wollte nur schlafen, noch etwas schlafen. Und die machten soviel Lärm, ließen sie nicht schlafen. Dröhnten und hämmerten auf diese Blechteile und stemmten irgendwas auf. Sie rollte ihren Kopf protestierend zur Seite.

Ein dünner Lichtstrahl fiel herein, von irgendwo über ihrem Kopf. Wie ein langer, dürrer Finger, der sie anstieß, auf sie zeigte, der versuchte sie in der Dunkelheit zu finden.

Er berührte sie eigentlich nicht richtig, tastete überall an den falschen Stellen nach ihr herum.

Sie wollte nur schlafen. Sie miaute ein wenig aus Protest. Oder war sie das nicht? Und plötzlich war da eine angstvolle Hektik, das Schlagen wurde schneller, die Stimmen aufgeregter.

Dann hörte auf einmal alles auf, alles kam zu einem vollkommenen Stillstand. Und unmittelbar über ihr erklang eine Männerstimme, seltsam hohl und verschwommen, wie wenn man durch einen Schlauch spricht.

»Ganz ruhig. Wir kommen. Noch eine Minute, Schätzchen. Halten Sie's noch aus? Sind Sie verletzt? Geht's Ihnen sehr schlecht? Sind Sie allein da unten?«

»Nein«, sagte sie schwach. »Ich... ich hab hier unten gerade ein Kind gekriegt.«

6

Genesung war wie eine langsame Reise aus der Nacht in den Tag. Am Anfang war alles Nacht, ununterbrochene Polarnacht, mit winzigen Bruchstücken von Tag, die jeweils nur ein paar Minuten dauerten. Nächte waren Schlaf, und Tage waren Wachen. Dann, ganz allmählich, dehnten sich die Tage aus, und die Nächte zogen sich zusammen. Alsbald war da statt vieler kleiner Tage im Zeitraum von vierundzwanzig Stunden nur jeweils ein langer Tag in der Mitte, so wie es sein sollte. Bald hatte es sogar begonnen, sich an einem Ende zu überschneiden, über den Untergang der Sonne hinaus anzudauern und in die ersten paar Stunden des Abends einzudringen. Anstatt vieler kleiner Tage im Verlauf einer Nacht waren da jetzt viele kleine bruchstückhafte Nächte im Verlauf eines Tages. Nickerchen oder Schläfchen. Tag und Nacht hatten sich umgekehrt.

Genesung fand auch zugleich auf einer zweiten Ebene statt. Neben der zeitlichen Dauer veränderte sich auch die räumliche Dimension. Der Radius dessen, was sie um sich herum wahrnahm, erweiterte sich entsprechend der Ausdehnung ihrer Tage. Anfangs war das Feld, das ihr jedesmal ins Bewußtsein drang, nur sehr begrenzt. Die Kopfkissen unter ihrem Kopf, das obere Drittel ihres Bettes, ein undeutliches Gesicht dicht neben ihr, das sich zu ihr hinabbeugte, sich entfernte, wieder zurückkehrte. Und vor allem eine kleine Gestalt, die sich jeweils für einige Augenblicke an sie schmiegen durfte. Etwas Lebendiges und Warmes, das ihr gehörte. In diesen Momenten erwachte sie mehr zum Leben als zu irgendeiner anderen Zeit. Es war Speis und Trank und Sonne. Es war ihre Lebenslinie zurück ins Leben. Der Rest blieb unscharf, in den nebligen grauen Fernen verloren, die sich um sie herum erstreckten.

Doch dieser Kern ihres Blickfeldes vergrößerte sich ebenfalls. Bald hatte es den Rand ihres Bettes erreicht.

Dann hatte es ihn übersprungen, drang bis zum breiten Graben des Zimmers dahinter, dessen Grenzen noch unsichtbar waren. Dann hatte es die Wände des Zimmers erreicht und konnte vorerst nicht weiter. Aber das war keine durch unzureichendes Bewußtsein verursachte Beschränkung mehr, hier war sie an die Grenzen ihrer körperlichen Fähigkeiten gestoßen. Selbst gute Augen sind nicht dafür geschaffen, durch Wände zu sehen.

Es war ein angenehmes Zimmer. Ein unendlich angenehmes Zimmer. Das konnte kein zufällig entstandener, willkürlicher Eindruck sein. Er war zu unmittelbar, zu allesdurchdringend. Jede Saite, die sie anschlug, stimmte: ob Farbe, Proportionen, Akustik, Ruhe oder körperliches Wohlbefinden. Und vor allem Geborgenheit und die Sicherheit, endlich irgendwo hinzuzugehören, eine Zuflucht, einen Hafen gefunden zu haben, wo sie sie selbst sein konnte. Ein Höchstmaß an technischem Wissen und Können mußte hier eingeflossen sein, um diese Gesamtwirkung zu erzielen, die sie nur als angenehm bezeichnen konnte.

Ein warmglühendes, schattiges Elfenbeinweiß, kein kaltes klinisches Weiß. Rechterhand ein Fenster mit Jalousie. Wenn sie hochgezogen war, kam die Sonne wie ein massiver Balken, wie ein Stück kupfergoldenes Erz herein. Und wenn sie heruntergelassen war, verschwammen die zerteilten Strahlen und bildeten einen mit glitzernden Staubkörnchen gesprenkelten Schleier, der das Fenster wie einen Heiligenschein umfaßte. Und zu andern Zeiten wieder lagen die Stäbe dicht zusammen und verströmten ein kühles blaues Dämmerlicht im Zimmer. Und sogar das war angenehm, ließ einen die Augen mühelos schließen und einschlummern.

Es standen auch immer Blumen da, rechts, am Kopfende des Bettes. Nie die gleiche Farbe hintereinander. Sie wurden wohl täglich gewechselt. Die Farben wiederholten sich zwar, doch nie unmittelbar nacheinander. Gelb, am nächsten Tag Rosa und am nächsten Violett und Weiß und dann wieder Gelb. Schließlich hielt sie schon nach ihnen Ausschau. Es brachte sie dazu, die Augen öffnen zu wollen, um zu sehen, welche Farbe sie diesmal haben würden. Vielleicht waren sie deswegen da. Das Gesicht brachte sie ihr und hielt sie ihr näher hin, damit sie sie sich ansehen konnte, und stellte sie dann wieder zurück.

»Ich möchte meinen kleinen Jungen sehen«, waren immer die ersten Worte, die sie jeden Tag sagte. Doch als nächstes sagte sie fast immer: »Ich möchte die Blumen sehen.«

Und nach einiger Zeit gab es Obst. Nicht ganz am Anfang, sondern etwas später, als sie wieder Appetit hatte. Das stand woanders, nicht ganz so nahe, drüben beim Fenster. In einem Korb mit einer großohrigen Seidenschleife, die aufrecht auf dem Henkel stak. Niemals das gleiche Obst zweimal hintereinander, das heißt, nie das gleiche Arrangement oder Verhältnis der verschiedenen Sorten und nie auch nur die geringsten Anzeichen von Druckstellen und Überreife, und so wußte sie, daß es täglich frisches Obst sein mußte. Die Seidenschleife war auch nie zweimal hintereinander die gleiche, vermutlich war auch der Korb täglich ein anderer. Täglich ein neuer Korb mit frischem Obst.

Und wenn es ihr auch nie ganz soviel bedeuten konnte wie die Blumen, weil Blumen eben Blumen sind und Obst nur Obst, tat es doch auch gut, es zu betrachten. Schwarze, grüne und violette Trauben, die wie Kirchenfenster erglühten, wenn die Sonne sie durchleuchtete. Bartlett-Birnen, die mit einem rosigen Glanz überzogen waren, der eher gelbwangigen Äpfeln angestanden hätte. Plüschige gelbe Pfirsiche, kleine kecke Mandarinen, Äpfel, die in ihrer Vollblütigkeit fast violett aussahen.

Jeden Tag, in kühles, knisterndes dunkelgrünes Papier gebettet.

Sie hatte nicht gewußt, daß man in Krankenhäusern so aufmerksam war. Sie hatte nicht gewußt, daß Patienten derart betreut wurden. Selbst Patienten, die bei ihrer Einlieferung nur siebzehn Cents in ihrer Geldbörse hatten – oder hätten, wenn sie eine Geldbörse hätten.

Sie dachte manchmal an die Vergangenheit, erinnerte sich an sie, ließ es Revue passieren, das bißchen, das da war. Aber sie brachte Schatten ins Zimmer, trübte seine hellen Ecken, dünnte selbst die dicken, balkenartigen Sonnenstrahlen aus, die durchs Fenster fielen, ließ sie wünschen, daß ihre Decke enger um ihre Schultern läge. Und so vermied sie es allmählich, an ihre Vergangenheit zu denken, sie heraufzubeschwören.

Sie dachte:

Ich war in einem Zug. Ich war zusammen mit einem andern Mädchen in einem Waschraum eingeschlossen. Sie erinnerte sich an den metallischen Glanz der Apparaturen und Spiegel. Sie sah das Gesicht des andern Mädchens: drei Grübchen im Dreieck angeordnet, eins auf jeder Wange, eins am Kinn. Wenn sie sich Mühe gab, spürte sie sogar wieder das Schaukeln und Vibrieren, den leicht unsicheren Halt der Füße. Aber ihr wurde dabei etwas mulmig, weil sie wußte, was als nächstes kam, in sehr wenigen Sekunden. Jetzt wußte sie es, aber damals hatte sie es nicht gewußt. An diesem Punkt schaltete sie gewöhnlich das Bild ihrer Vorstellung wie einen Lichtschalter aus, um im Keim zu ersticken, was mit Sicherheit als nächstes käme.

Sie dachte an New York. Sie erinnerte sich an die Tür, die sich ihr nicht öffnen wollte. Sie erinnerte sich an den Streifen Fahrkarten ohne Rückfahrkarte, der aus einem Briefumschlag fiel. Dann stiegen immer wirklich dunkle, dichte Schatten auf. Dann gab es einen Temperatursturz im Zimmer. Wenn sie mit ihren Gedanken in die Zeit vor der Zugfahrt zurückging, um sich an New York zu erinnern.

Sie schloß rasch die Augen, drehte den Kopf auf dem Kissen zur Seite und sperrte die Vergangenheit aus.

Die Gegenwart war bei weitem gütiger. Und man konnte sie so leicht haben, jeden beliebigen Augenblick des Tages. Man konnte sie haben, ohne sich überhaupt anzustrengen. Bleib in der Gegenwart, begnüg dich mit der Gegenwart. Die Gegenwart ist sicher. Verirr dich nicht aus ihr heraus – in keine der beiden Richtungen, weder vorwärts noch rückwärts. Weil da draußen überall um sie herum nur Finsternis ist, und man weiß nicht, was einen dort erwartet. Bleib, wo du bist.

Sie öffnete die Augen und wärmte sich wieder. Das hereinströmende Sonnenlicht, dick und warm und stark genug, um einen Schlitten vom Fenstersims zum Boden zu tragen. Die Blumenpracht in Technicolor, der schleifengeschmückte Obstkorb. Die wohltätige Stille überall. Bald werden sie das kleine Geschöpf hereinbringen, dann darf es sich an sie schmiegen, und sie wird dieses Glück wieder erleben, das so neu für sie war, das in ihr den Wunsch erzeugte, es zu umarmen und nie loszulassen.

Begnüg dich mit der Gegenwart. Laß die Gegenwart anhalten. Frag nicht, such nicht, stell sie nicht in Frage, hadere nicht mit ihr. Halt dich an ihr fest, so fest du kannst.

7

Eigentlich waren es die Blumen, die ihr zum Verhängnis wurden, die der Gegenwart ein Ende setzten.

Eines Tages wollte sie eine haben. Wollte eine von den übrigen trennen, sie in der Hand halten und ihren Duft direkt unter ihrer Nase einatmen. Es genügte ihr nicht mehr, sich nur mit den Augen an ihnen zu erfreuen, sie in ihrer abstrakten Gruppenformation zu betrachten.

Inzwischen waren sie näher herangerückt worden. Und sie selbst konnte sich jetzt auch schon freier bewegen. Sie hatte eine Weile still auf der Seite gelegen und sie bewundert, als der Wunsch in ihr keimte.

Da war eine kleine, tiefhängende, die sich zu ihr hinbog, und sie dachte, die hol ich mir. Sie drehte sich noch weiter herum, so daß sie ganz auf der Seite lag, und griff nach ihr.

Ihre Finger umfaßten den Stengel, und er zitterte zart unter ihrem Druck. Sie wußte, daß sie mit einer Hand allein den Stengel nicht hätte abbrechen können. Das wollte sie sowieso nicht, wollte die Blume nicht beschädigen, wollte sie sich nur kurz ausleihen. Und so begann sie den Stengel senkrecht aus der Vase zu ziehen. Er schien endlos lang zu sein, und ihre Hand schwang hoch hinauf bis hinter ihren Kopf.

Sie stieß gegen die Bettrückwand, gegen den Teil, der so nah hinter ihr war, daß sie ihn nie hätte sehen können, ohne den Kopf ganz herumzudrehen. Etwas dort oben wackelte und zitterte, als würde es sich gleich lösen und herunterfallen.

Sie drehte den Kopf ganz herum und wich sogar ein bißchen zurück in eine halbsitzende Position – so etwas hatte sie bis jetzt noch nie versucht –, um es ins Blickfeld zu bekommen. Es war ein federleichter, länglicher Metallrahmen, der mit einer Seite an die oberste Stange des Bettes geklemmt war. Er enthielt einen Bogen Papier. Er war mit dünnen, säuberlichen Buchstaben beschriftet, die vor ihren Augen verschwammen, bis endlich das leichte Schaukeln, das ihr Stoß ausgelöst hatte, wieder aufhörte.

Es hatte nur Zentimeter über ihrem Kopf gehangen, knapp über ihrem Kopf, die ganze Zeit, aber sie hatte es erst jetzt gesehen.

Ihr Krankenblatt.

Sie spähte angestrengt darauf.

Plötzlich explodierte die Gegenwart und all ihre Sicherheit in tausend Stücke, und die Blume fiel aus ihrer ausgestreckten Hand zu Boden.

Oben auf dem Blatt verliefen, ordentlich und symmetrisch, drei Zeilen.

Der erste Teil war jeweils gedruckt, und der Rest war mit Schreibmaschine eingetragen.

Oben stand: STATION

Und dahinter: *Entbindung*

Da drunter stand: ZIMMER

Und dahinter: *25*

Und ganz unten stand: NAME DER PATIENTIN

Und dahinter stand: *Hazzard, Patrice (Mrs.)*

8

Als die Schwester die Tür öffnete, veränderte sich ihre Miene. Ihr Lächeln erstarb. Die Veränderung auf ihrem Gesicht war quer durchs ganze Zimmer zu erkennen, bevor man sich dem Bett überhaupt genähert hatte.

Sie kam herüber, um Fieber zu messen. Dann richtete sie das Krankenblatt.

Keiner von beiden sagte etwas.

Es war Angst im Zimmer. Es waren Schatten im Zimmer. Die Gegenwart war nicht mehr da. Die Zukunft hatte ihren Platz eingenommen. Und hatte Angst mitgebracht, Schatten und Fremdheit, schlimmer als das, was selbst die Vergangenheit hätte bringen können.

Die Schwester hielt das Thermometer ans Licht und las es ab. Dann verfinsterte sich ihre Stirn. Sie legte das Thermometer weg.

Sie stellte die Frage vorsichtig, als hätte sie Tonfall und Tempo überprüft, bevor sie sich erlaubte, sie zu stellen. Sie sagte: »Was ist passiert? Hat Sie irgendwas beunruhigt? Sie haben leichtes Fieber.«

Das Mädchen im Bett antwortete mit einer Gegenfrage. Verängstigt, angespannt. »Was hat das da an meinem Bett zu suchen? Warum ist das da?«

»Jeder, der krank ist, muß eins haben«, antwortete die Schwester besänftigend. »Das ist nur ein –«

»Aber sehen Sie doch ... der Name. Da steht ...«

»Jagt Ihnen der Anblick Ihres eigenen Namens Angst ein? Sie dürfen nicht hinsehen. Sie sollten ihn da eigentlich gar nicht sehen. Pscht, jetzt nicht mehr reden.«

»Aber da ist etwas, was ich ... Aber Sie müssen es mir sagen. Ich verstehe nicht ...«

Die Schwester maß ihr den Puls.

Und während sie das tat, betrachtete die Patientin ihre eigene Hand in starrem Entsetzen. Sie sah auf den kleinen Diamantreif an ihrem Finger. Auf den Trauring. Als hätte sie ihn nie zuvor gesehen, als wundere sie sich, warum er dort war.

Die Schwester sah, wie sie versuchte, ihn mit kleinen, hastigen, ruckartigen Bewegungen abzuziehen. Es ging schwer.

Die Miene der Schwester veränderte sich. »Einen Moment, ich komm gleich wieder«, sagte sie angespannt.

Sie brachte den Arzt mit. Ihr Flüstern verstummte, als sie über die Schwelle traten.

Er kam an ihr Bett und legte ihr die Hand auf die Stirn.

Er nickte der Schwester zu und sagte: »Gering.«

Er sagte: »Trinken Sie das hier.«

Es schmeckte salzig.

Sie steckten ihr die Hand unter die Decke. Die Hand mit dem Ring.

Sie nahmen ihr das Glas von den Lippen. Sie wollte keine Fragen mehr stellen. Jetzt nicht mehr. Sie wollte es schon, aber ein andermal, nicht jetzt. Sie mußte ihnen doch irgend etwas sagen. Vor einer Minute hatte sie es noch gewußt, aber jetzt war es ihr entfallen.

Sie seufzte. Ein andermal, nicht jetzt. Sie wollte jetzt nur noch schlafen.

Sie drehte ihr Gesicht zum Kissen und schlief ein.

9

Es kam alles wieder. Als allererstes. Mit dem ersten Blick auf die Blumen, dem ersten Blick auf das Obst. Gleich als ihre Augenlider aufgingen und das Zimmer vor ihr entstand. Es kam alles wieder.

Irgend etwas sagte ihr: behutsam vortasten, langsam reden. Sei vorsichtig. Sei vorsichtig. Sie wußte nicht, was oder warum, aber sie wußte, daß es befolgt werden mußte.

Die Schwester sagte zu ihr: »Trinken Sie Ihren Orangensaft.«

Die Schwester sagte zu ihr: »Ab heute können Sie etwas Kaffee in Ihre Milch bekommen. Jeden Tag ein bißchen mehr. Ist das nicht eine schöne Abwechslung?«

Behutsam vortasten, vorsichtig reden.

Sie sagte: »Was ist mit...?«

Sie nahm noch einen Schluck von der beigefarbenen Milch. Behutsam vortasten, langsam reden.

»Mit wem?« vervollständigte die Schwester ihre Frage.

Oh, Vorsicht jetzt, Vorsicht. »Da war noch ein anderes Mädchen mit mir zusammen im Waschraum von dem Zug. Geht's ihr gut?« Sie trank einen Schluck Milch. Das Glas ruhig halten. So ist's gut. Nicht zittern. Stell's wieder auf das Tablett. Behutsam, langsam. So ist recht.

Die Schwester schüttelte zaghaft den Kopf. Sie sagte: »Nein.«

»Ist sie tot?«

Die Schwester wollte ihr nicht antworten.

Auch sie tastete sich vor, auch sie wollte nichts überstürzen. Sie sagte: »Haben Sie sie sehr gut gekannt?«

»Nein.«

»Sie haben sie erst im Zug kennengelernt?«

»Erst im Zug.«

Die Schwester hatte jetzt ihren eigenen Weg gepflastert. Sie konnte gefahrlos weitergehen. Die Schwester nickte. Mit Verzögerung beantwortete sie jetzt die Frage von vorher. »Sie ist nicht durchgekommen«, sagte sie ruhig.

Die Schwester beobachtete erwartungsvoll ihr Gesicht. Das Pflaster hielt. Es gab nicht nach.

Die Schwester wagte sich einen weiteren Schritt vor.

»Wollen Sie sich denn nicht nach noch jemand anderm erkundigen?«

»Was ist mit...?«

Die Schwester nahm das Tablett weg, als räume sie die Szene für eine Krise.

»Mit *ihm*?«

Das waren die Worte. Sie übernahm sie. »Was ist mit ihm passiert?«

Die Schwester sagte: »Einen Moment.« Sie ging zur Tür, öffnete sie und winkte jemanden, der nicht zu sehen war, herbei.

Der Arzt kam herein, in Begleitung einer zweiten Schwester. Sie standen abwartend da, wie für einen Notfall gerüstet.

Die erste Schwester sagte: »Temperatur normal.« Sie sagte: »Puls normal.«

Die zweite Schwester rührte etwas in einem Glas um.

Die erste Schwester, ihre, stand am Bett. Sie ergriff ihre Hand und hielt sie fest. Sie hielt sie einfach, fest und unnachgiebig.

Der Arzt nickte.

Die erste Schwester benetzte sich die Lippen. Sie sagte: »Ihr Mann konnte leider auch nicht gerettet werden, Mrs. Hazzard.«

Sie spürte ihr Gesicht von dem Schreck erblassen. Die Haut spannte sich, als sei sie eine Nummer zu klein.

Sie sagte: »Nein, da stimmt was nicht... Nein, Sie machen einen Fehler...«

Der Arzt gab einen unauffälligen Wink. Er und die zweite Schwester kamen schnell auf sie zu.

Jemand legte ihr eine kühle Hand auf die Stirn, drückte sie nach unten, freundlich, aber bestimmt. Sie konnte nicht feststellen, wer es war.

Sie sagte: »Nein, bitte, ich muß es Ihnen sagen!«

Die zweite Schwester hielt ihr etwas an die Lippen. Die erste hielt ihre Hand, fest und warm, als wollte sie sagen: »Ich bin ja da. Hab keine Angst. Ich bin ja da.« Die Hand auf ihrer Stirn war kühl, aber ruhig. Sie war schwer, doch nicht zu schwer. Gerade so nachdrücklich, daß sie den Kopf stillhielt.

»Bitte...« sagte sie träge.

Danach sagte sie nichts mehr. Die andern sagten auch nichts.

Schließlich hörte sie den Arzt murmeln: »Das hat sie sehr gut bewältigt.«

10

Es kam wieder. Wie konnte es anders sein? Man kann nicht die ganze Zeit schlafen, nur einen Bruchteil. Und mit ihm kam: Geh behutsam vor, paß auf, was du sagst.

Die Schwester hieß Miss Allmeyer. Die, die sie am besten kannte.

»Miss Allmeyer, kriegen alle hier im Krankenhaus täglich solche Blumen?«

»Das würden wir gerne machen, aber das könnten wir uns nicht leisten. Diese Blumen da kosten jeden Tag fünf Dollar. Die sind nur für Sie.«

»Und das Obst, wird das denn vom Krankenhaus täglich frisch geliefert?«

Die Schwester lächelte sanft. »Das würden wir auch gerne machen. Wirklich. Das Obst, das Sie da sehen, kostet jeden Tag zehn Dollar. Das ist eine Dauerbestellung, nur für Sie.«

»Aber wer...?« Paß auf, was du sagst.

Die Schwester lächelte gewinnend. »Können Sie sich das nicht denken, meine Liebe? Das kann doch nicht so schwer sein.«

»Ich muß Ihnen etwas sagen. Sie müssen mir zuhören.« Sie wälzte den Kopf rastlos auf dem Kissen herum.

»Na, na, meine Liebe, wir werden doch keinen schlechten Tag haben wollen. Ich dachte, wir würden heute einen ganz tollen Tag haben.«

»Könnten Sie etwas für mich herausfinden?«

»Ich werd's versuchen.«

»Die Handtasche. Die Handtasche, die mit mir zusammen im Waschraum von dem Zug war. Wieviel war da drin?«

»*Ihre* Handtasche?«

»Die Handtasche. Die, die da war, als ich da drin war.«

Die Schwester kam nach einer Weile zurück und sagte: »Sie ist sichergestellt. Sie wird für Sie aufbewahrt. Es sind etwa fünfzig Dollar drin.«

Das war nicht ihre, das war die andere.

»Da waren zwei.«

»Da ist schon noch eine«, gab die Schwester zu. »Sie gehört jetzt aber niemand mehr.« Sie sah mitfühlend zu

Boden. »Da waren nur siebzehn Cents drin«, hauchte sie fast unhörbar.

Das brauchte man ihr nicht zu sagen. Das wußte sie auswendig. Sie erinnerte sich daran, wieviel drin gewesen war, bevor sie den Zug bestieg. Sie erinnerte sich daran, wieviel drin war, als sie im Zug war. Siebzehn Cents. Zwei Pennys, ein Nickel, ein Dime.

»Könnten Sie mir diese siebzehn Cents bringen? Ich will sie mir nur ansehen. Könnte ich sie hier neben meinem Bett haben?«

Die Schwester sagte: »Ich bin nicht sicher, ob Ihnen das guttut, so zu grübeln. Ich frag mal nach.«

Aber sie brachte es in einem kleinen Umschlag.

Sie war allein damit. Sie schüttelte die vier kleinen Münzen aus dem Umschlag auf ihre Hand. Sie umschloß sie fest, hielt sie verzweifelt in ihrer Faust, wie in einem Knoten, den ihr Schicksal ihr geknüpft hatte.

Fünfzig Dollar. Symbolisch. Symbolisch für eine unermeßlich größere Menge Geld.

Siebzehn Cents. Wörtlich. Symbolisch für nichts, denn mehr gab es nicht. Siebzehn Cents und mehr nicht.

Die Schwester kam wieder und lächelte ihr zu. »So, und was war das, was Sie mir da erzählen wollten?«

Sie lächelte matt zurück. »Es hat noch ein bißchen Zeit. Ich erzähl's Ihnen ein andermal. Vielleicht morgen, oder übermorgen. Nicht... nicht heute.«

11

Auf dem Frühstückstablett lag ein Brief.

Die Schwester sagte: »Sehen Sie. Jetzt kriegen Sie schon Post. Genau wie die Gesunden.«

Er war schräg gegen das Milchglas gestellt. Auf dem Umschlag stand:

Mrs. Patrice Hazzard

Er machte ihr angst. Sie mußte immerzu draufstarren. Das Glas Orangensaft zitterte in ihrer Hand. Die Schrift schien größer und größer und größer zu werden.

MRS. PATRICE HAZZARD

»Machen Sie ihn auf«, ermunterte die Schwester sie. »Starren Sie ihn doch nicht nur so an. Er wird Sie schon nicht beißen.«

Sie versuchte es zweimal, und zweimal fiel er herunter. Beim dritten Mal schaffte sie es, ihn auf der ganzen Länge aufzureißen.

»Patrice, Liebling,

wir haben Dich zwar noch nie gesehen, aber Du bist jetzt unsere Tochter, Liebes. Du bist das Vermächtnis, das Hugh uns hinterlassen hat. Wir haben jetzt nur noch Dich. Dich und den Kleinen. Ich kann Dich leider nicht besuchen kommen. Der Arzt hat's verboten. Der Schock war zuviel für mich, und ich darf noch nicht reisen. So mußt Du eben zu uns kommen. Komm bald, Liebes. Komm zu uns nach Hause, nimm uns etwas von unserer Einsamkeit und unse-

rem Schmerz. Das wird es uns erleichtern, all das zu ertragen. Es wird jetzt nicht mehr lange dauern, Liebes. Wir stehen in ständiger Verbindung mit Dr. Brett, und er schickt uns sehr zuversichtliche Berichte über Deine Genesung ...«,

Der Rest war nicht so wichtig, sie überflog ihn nur flüchtig.

Es kam ihr vor, als würde es ihr wie Eisenbahnräder durch den Kopf rattern.

Wir haben Dich zwar noch nie gesehen.

Wir haben Dich zwar noch nie gesehen.

Wir haben Dich zwar noch nie gesehen.

Die Schwester nahm ihn ihr nach einer Weile aus den selbstvergessenen Fingern und steckte ihn in den Umschlag zurück. Sie verfolgte die Schwester ängstlich mit ihrem Blick.

»Und wenn ich nicht Mrs. Hazzard wäre, würde ich denn dann in diesem Zimmer bleiben dürfen?«

Die Schwester lachte fröhlich. »Wir würden Sie natürlich sofort verlegen. Wir würden Sie rauswerfen und in eins der Zehner-Zimmer stecken«, sagte sie und beugte sich scherzhaft drohend über sie.

Die Schwester sagte: »Hier, nehmen Sie Ihren kleinen Sohn.«

Sie drückte ihn fest an sich, in einem wilden, fast krampfhaften Bedürfnis, ihn zu beschützen.

Siebzehn Cents. Mit siebzehn Cents kommt man nicht weit. Mit siebzehn Cents kann man nur so wenig anfangen.

Die Schwester war gut aufgelegt. Sie versuchte ihren kleinen Scherz von eben zu verlängern. »Was denn. Wollen Sie mir etwa sagen, daß Sie gar nicht Mrs. Hazzard sind?« fragte sie neckend.

Sie hielt ihn fest, schützend an sich gedrückt.

»Nein«, sagte sie mit erstickter Stimme und verbarg ihr Gesicht an seinem kleinen Körper. »Das will ich Ihnen nicht sagen. Das will ich nicht.«

12

Sie saß im Morgenmantel am Fenster in der Sonne. Er war aus gesteppter blauer Seide. Sie trug ihn jeden Tag, wenn sie aufstand. Auf der Brusttasche war ein Monogramm in weißer Seide aufgestickt, die zwei ineinander verwobenen Buchstaben P. H. Dazu gab es passende Hausschuhe.

Sie las in einem Buch. Das Deckblatt trug die Widmung *›Für Patrice. Alles Liebe von Mutter Hazzard‹*. Auf dem Regal neben ihrem Bett standen noch mehr Bücher. Zehn oder zwölf. Bücher mit leuchtendbunten Einbänden, türkis, tiefrot, zinnoberrot, kobaltblau, und dem dazu passenden leuchtendbunten Inhalt. Kein einziger Schatten zwischen ihren Deckeln.

Auf einem Teller, der auf einem niedrigen Gestell neben ihrem Sessel stand, lagen einige Orangenschalen und Kerne verstreut. Daneben war ein kleinerer Teller, auf dem eine brennende Zigarette lag. Eine Spezialanfertigung, mit Strohfilter und den Initialen P. H., die die Glut noch nicht erreicht hatte.

In dem Sonnenlicht, das hinter ihr und über ihr hereinströmte, schienen sich ihre Haare fast wie ein durchscheinender goldener Schaum um ihren Kopf zu legen. Die

Strahlen übersprangen die geschwungene Rückenlehne des Sessels und ergossen sich wieder als kleiner goldener Fleck über einen nackten, ausgestreckten Spann und ruhten darauf wie ein warmer, leuchtender Kuß.

Es wurde leicht an die Tür geklopft, und der Arzt trat ein.

Er zog sich einen Stuhl heran und setzte sich ihr gegenüber, verkehrt herum, die Arme auf die Lehne gestützt, um sich betont aufgeräumt und zwanglos zu geben.

»Sie verlassen uns bald, wie ich höre.«

Ihr fiel das Buch aus den Händen. Er mußte es für sie aufheben. Er hielt es ihr hin, aber offenbar war sie nicht in der Lage, es wieder zu nehmen, und so legte er es beiseite auf das Gestell.

»Schauen Sie doch nicht so verängstigt drein. Es ist alles geregelt.«

Ihr fiel plötzlich das Atmen schwer.

»Wo ...? Wohin?«

»Na, nach Hause natürlich.«

Sie faßte sich ans Haar und glättete es ein wenig, aber es richtete sich in der Sonne sogleich wieder auf, leichter als Luft.

»Hier sind Ihre Fahrkarten.« Er nahm einen Umschlag aus seiner Tasche und wollte ihn ihr überreichen. Ihre Hände wichen zu beiden Seiten des Sessels zurück. Schließlich steckte er den Umschlag zwischen die Seiten des weggelegten Buches, ließ ihn etwas hervorstehen, wie ein Lesezeichen.

Ihre Augen waren sehr groß. Größer als vorher, bevor er ins Zimmer gekommen war. »Wann?« sagte sie, fast ohne zu atmen.

»Am Mittwoch. Mit dem Zug am frühen Nachmittag.«

Plötzlich züngelte überall Panik um sie herum, wie eine schrumpfende, erstarrende, eiskalte Flamme.

»Nein, ich kann nicht! Nein! Herr Doktor, Sie müssen auf mich hören!« Sie versuchte mit beiden Händen seine Hand zu packen und sich an ihr festzuklammern.

Er redete in einem neckischen Ton mit ihr wie mit einem Kind.

»Na, na, was soll denn das. Was *soll* denn das?«

»Nein, Herr Doktor, nein!« Sie schüttelte heftig den Kopf.

Er ergriff ihre Hand und hielt sie tröstend zwischen seinen Händen. »Ich versteh schon«, sagte er besänftigend. »Wir sind noch ein bißchen zitterig. Wir haben uns gerade erst an die neuen Umstände gewöhnt. Wir haben ein bißchen Angst, die vertraute Umgebung für eine andere aufzugeben, die uns fremd ist. Das geht uns allen so. Das ist eine ganz typische Reaktion der Nerven. Aber das haben Sie im Nu überwunden.«

»Aber ich *kann* nicht, Herr Doktor«, flüsterte sie leidenschaftlich. »Ich *kann* nicht.«

Er versetzte ihr einen kleinen, aufmunternden Kinnstüber. »Wir setzen Sie in den Zug, und Sie brauchen nur noch zu fahren. Ihre Familie holt Sie dort ab, wo Sie aussteigen müssen.«

»Meine Familie.«

»Machen Sie nicht so ein Gesicht«, ermahnte er sie neckisch.

Er sah zum Kinderbett hinüber.

»Und der junge Mann hier?«

Er ging hinüber, hob das Kind heraus, brachte es ihr und legte es ihr in die Arme.

»Sie wollen ihn doch sicher nach Hause bringen, oder?

Sie wollen doch wohl nicht, daß er im Krankenhaus aufwächst.« Er lachte ihr neckend zu. »Er soll doch ein Zuhause haben, nicht?«

Sie drückte ihn an sich, beugte den Kopf über ihn.

»Ja«, sagte sie schließlich unterwürfig. »Ja, er soll ein Zuhause haben.«

13

Wieder ein Zug. Aber wie anders dieser war. Keine vollen Gänge, keine schubsenden Gestalten, kein Hin- und Herströmen geduldiger, schwankender Menschen. Ein Luxusabteil ganz für sie allein. Ein Tischchen an Scharnieren, das sich hoch- und herunterklappen ließ. Ein Kleiderschrank mit einem Spiegel, wie in einer kleinen Wohnung. Auf dem Gepäckträger das schmucke Gepäck, von groß zu klein aufeinandergestapelt, brandneu, jetzt zum ersten Mal benutzt, aus glänzendem Nappaleder, blanke Metallteile, auf den abgerundeten Ecken, sorgfältig in Rot eingraviert, die Initialen P. H. Eine kleine Lampe mit Schirm, bei der man lesen konnte, wenn die Landschaft draußen dunkel wurde. In einem Halter Blumen, Abschiedsblumen – nein, Begrüßungsblumen –, die man ihr im Auftrag der Familie bei der Abfahrt übergeben hatte, kandierte Früchte in einer Schachtel, ein paar Zeitschriften.

Und draußen hinter den beiden breiten Fenstern, die fast eine einzige Fläche von Wand zu Wand bildeten, zogen in einiger Entfernung friedlich die sonnenbesprenkelten Bäume im Gänsemarsch vorbei. Dunkelgrün die eine Seite, helles Apfelgrün die andere. Wolken segelten friedlich vorbei, nur etwas langsamer als die Bäume, als würden beide auf getrennten, doch fast synchronen Fließbändern laufen. Wiesen und Felder und hin und wieder kleine Hügelwellen in der Ferne. Ein sanftes Auf und Ab. Die Schlangenlinie der Zukunft.

Und auf dem Sitz ihr gegenüber, und bei weitem viel wichtiger als all das, in eine blaue Decke eingekuschelt, das kleine Gesicht still, die kleinen Augen geschlossen – etwas, das ihr teuer war, das sie lieben konnte. Das einzige, für das es sich lohnte weiterzugehen, entlang dieser Schlangenlinie da draußen.

Ja, wie anders es jetzt war. Und – wie unendlich lieber ihr das erste Mal gewesen war. Jetzt fuhr die Angst mit.

Damals gab es keine Angst. Es gab keinen Sitzplatz, es gab keinen Bissen zu essen, es gab nur siebzehn Cents. Und gleich um die Ecke, mit den Kilometern immer näher heranrasend, gab es ungeahntes Unglück und Entsetzen, der Flügelschlag des Todes.

Aber es gab keine Angst. Da gab es nicht dieses Nagen in ihrem Innern. Da gab es nicht diese Spannung und Gegenspannung, dieses Hin- und Herziehen. Da gab es Ruhe, die Gewißheit, den richtigen Weg zu gehen, den einzigen Weg, den sie gehen konnte.

Die Räder plapperten, wie sie es immer tun, bei jedem Zug auf dieser Welt. Aber was sie jetzt sagten, war nur für ihre Ohren bestimmt:

Geh lieber zurück, geh lieber zurück.
Klicketiklick, klicketiklick
Spring jetzt schnell ab, du kannst noch zurück.

Ein sehr kleiner Teil von ihr bewegte sich. Der geringste Teil von ihr bewegte sich. Ihre Daumen streckten sich, ihre Finger öffneten sich langsam, und der harte weiße Knoten, zu dem sie sich während der letzten Stunden geschlossen hatten, verschwand. Da, in seiner Mitte, waren jetzt sichtbar:

Ein Penny mit Indianerkopf.

Ein Penny mit Lincolns Kopf.

Ein Nickel mit Büffel.

Ein Dime mit dem Kopf der Freiheitsstatue.

Siebzehn Cents. Inzwischen kannte sie sogar schon die Jahreszahlen auswendig.

Klicketiklick
Spring ab, geh zurück.
Du hast noch Zeit,
Kehr um, geh zurück.

Langsam krümmten sich die Finger wieder zusammen, der Daumen legte sich wieder darüber und hielt sie fest.

Dann schlug sie sich mit der Faust verzweifelt gegen die Stirn und behielt sie dort, wo sie hingeschlagen hatte.

Plötzlich stand sie auf, zerrte an einem ihrer Gepäckstücke und drehte es herum, so daß die äußeren Ecken jetzt hinten waren. Das P. H. verschwand. Dann machte sie das gleiche mit dem Stück darunter. Das zweite P. H. verschwand.

Aber die Angst verschwand nicht. Die war nicht nur auf einer Ecke von ihr eingraviert, die war überall.

Als draußen leicht an die Tür geklopft wurde, schreckte sie so heftig zusammen, als wäre es ein gewaltiger Schlag gewesen.

»Wer ist da?« fragte sie entsetzt.

Die Stimme eines Schaffners antwortete: »Noch fünf Minuten bis Caulfield.«

Sie schnellte von ihrem Platz hoch, rannte zur Tür und riß sie auf. Er war schon weitergegangen. »Nein, warten Sie! Das kann doch noch nicht...«

»Isses aber ganz sicher, Ma'am.«

»So bald schon? Ich dachte...«

Er lächelte sie nachsichtig an. »Es kommt immer zwischen Clarendon und Hastings. Da gehört's hin. Gerade eben war Clarendon, und die übernächste is Hastings. Is immer schon so gewesen, seit ich auf dieser Strecke bin.«

Sie schloß die Tür und fuhr herum, lehnte sich mit ihrem ganzen Rücken dagegen, als wollte sie das Eindringen irgendeiner Katastrophe verhindern.

Jetzt gibt's kein Zurück –
Jetzt gibt's kein Zurück...

»Ich kann doch durchfahren. Ich steig einfach nicht aus«, dachte sie. Sie eilte zum Fenster und spähte in einem spitzen Winkel nach vorne, als könnte allein schon der herannahende Anblick der Stadt ihr Problem irgendwie lösen.

Noch nichts. Sie näherten sich nur sehr allmählich. Ein einzelnes Haus. Dann wieder eins. Dann ein drittes. Jetzt kamen sie schon in größerer Zahl vorbei.

Einfach durchfahren, einfach nicht aussteigen. Sie können dich nicht zwingen. Das kann niemand. Das ist das allerletzte, was du jetzt noch tun kannst. Zu etwas anderm ist keine Zeit mehr.

Sie rannte zur Tür zurück, drehte hastig den Riegel unter dem Griff um und schloß sich ein.

Die Häuser vorm Fenster wurden immer zahlreicher und immer langsamer. Sie segelten nicht mehr, sie trödelten. Ein Schulgebäude zog vorbei. Man konnte sogar von weitem sehen, was es war. Blitzsauber, modern, brandneu sah es aus, der funktionale Betonbau glänzte in der Sonne. Üppig verglast. Sie konnte sogar die kleinen Schaukeln ausmachen, die sich daneben auf dem Spielplatz bewegten. Sie warf einen Blick auf das kleine, deckenumhüllte Bündel auf dem Sitz. In so eine Schule würde sie ihn gerne...

Sie sagte nichts, aber ihre eigene Stimme klang ihr laut in den Ohren. Warum hilft mir niemand! Ich weiß nicht, was ich tun soll!

Das Rattern der Räder erstarb, als sei ihnen die Schmierflüssigkeit ausgegangen. Oder wie eine Schallplatte, die langsam ausläuft.

Kli-ck, kla-ck
Kli-ick, kla-a-a-ck

Jede Umdrehung schien die letzte zu sein.

Plötzlich tauchte ein langes niedriges Gebäude auf, direkt vor den Fenstern, lief parallel an ihnen entlang, und dann glitt ein weißes Schild vorbei, Buchstabe um Buchstabe in umgekehrter Reihenfolge.

D-L-E-I-

Es kam bis zum F, und dann blieb es stehen. Es rührte sich nicht mehr vom Fleck. Sie hätte fast geschrien. Der Zug hatte gehalten.

Direkt hinter ihrem Rücken ertönte ein Klopfen. Die Erschütterung fuhr ihr durch Mark und Bein.

»Caulfield, Ma'am.«

Dann probierte jemand den Griff.

»Soll ich Ihnen mit Ihr'n Sach'n helfen?«

Ihre geballte Faust schloß sich noch fester um die siebzehn Cents, bis ihre Knöchel weiß und blutleer hervortraten.

Sie eilte zum Sitz und hob die blaue Decke mit ihrem Inhalt auf.

Draußen waren Leute, direkt auf der andern Seite des Fensters. Ihre Köpfe reichten gerade über den Rand, aber sie konnte sie sehen, und die da draußen konnten *sie* sehen. Da war eine Frau, die sie direkt ansah.

Ihre Blicke trafen sich. Ihre Blicke verklammerten sich. Sie konnte den Kopf nicht mehr wegdrehen, sie konnte sich nicht weiter ins Abteil zurückziehen. Als würden diese Augen sie dort, wo sie stand, festnageln.

Die Frau deutete auf sie. Jemandem, der nicht zu sehen war, rief sie jubilierend zu: »Da ist sie! Ich hab sie gefunden! Hier, in diesem Wagen!«

Sie hob die Hand und winkte. Sie winkte dem schläfrig blinzelnden Köpfchen zu, das, eingewickelt in seiner blauen Decke, mit ernster Miene aus dem Fenster sah. Trillerte ihm mit den Fingern zu, wie man es nur bei ganz kleinen Babys macht.

Der Ausdruck auf ihrem Gesicht war nicht zu beschreiben. Als wenn das Leben nach einer Unterbrechung, nach einer Lücke, wieder von neuem begonnen hätte. Wie wenn am Ende eines trüben Wintertages die Sonne wieder hervorkommt.

Die junge Frau legte den Kopf an den ihres Kindes, als wollte sie es vom Fenster abwenden. Oder als würde sie ein Zwiegespräch mit ihm halten, irgendeine geheime

Vertraulichkeit austauschen, von der alle andern ausgeschlossen waren.

Und genau das tat sie auch.

»Für dich«, hauchte sie. »Für dich. Und Gott vergib mir.«

Dann ging sie mit ihm zur Tür und schloß auf, um den geplagten Schaffner einzulassen.

14

Manchmal läuft eine Trennlinie durchs Leben. Scharf, fast greifbar, wie der schwarze Strich eines Pinsels oder der weiße Strich einer Kreide. Manchmal, nicht oft.

Bei ihr schon. Sie verlief irgendwo entlang dieser paar Meter, zwischen den Abteilfenstern und den Wagenstufen, als sie einige Augenblicke lang für jene, die draußen warteten, nicht zu sehen war. Eine Frau verließ das Fenster. Eine andere Frau kam die Stufen herunter. Eine Welt ging zu Ende, und eine andere Welt begann.

Sie war nicht mehr die Frau, die eben noch mit ihrem Baby am Abteilfenster gestanden hatte.

Patrice Hazzard kam da diese Stufen herunter.

Verängstigt, zitternd, sehr blaß im Gesicht, aber Patrice Hazzard.

Sie nahm ihre Umgebung zwar wahr, aber nur sehr indirekt. Sie hatte nur Augen für diese andern Augen, die aus einer Entfernung von wenigen Zentimetern in ihre blickten. Alles andere war Hintergrund. Hinter ihr glitt der Zug weiter. Trug Hunderte lebendiger Passagiere mit sich. Und, von allen unbemerkt, in einem leeren Abteil, einen Geist. Zwei Geister. Einen großen und einen sehr kleinen.

Auf ewig heimatlos, auf ewig verloren.

Die haselnußbraunen Augen kamen noch näher an ihre heran. Sie waren freundlich. Sie lächelten an den Rändern. Sie waren sanft und zart. Ihr Blick tat etwas weh. *Sie waren vertrauensvoll.*

Die Besitzerin dieser Augen war Mitte Fünfzig. Ihre Haare waren sanft ergraut, doch ihre Gesichtszüge hatten nicht mit ihnen Schritt gehalten. Sie war so groß wie Patrice und ebenso schlank. Aber eigentlich hätte sie nicht schlank sein sollen, denn es war keine durch Bemühungen und List erzeugte modische Schlankheit, und etwas an ihrer Kleidung verriet, daß diese Schlankheit erst seit kurzem da war, erst seit ein, zwei Monaten.

Aber selbst diese Details ihrer Person gehörten zum Hintergrund. Und der gleichaltrige Mann, der knapp hinter ihr stand, gehörte auch zum Hintergrund. Nur ihr Gesicht war unmittelbar und die Augen in ihrem Gesicht, die jetzt so nahe waren. Die soviel sagten, ohne daß gesprochen wurde.

Sie legte Patrice sanft die Hände an die Wangen, eine auf jeder Seite, rahmte ihr Gesicht dazwischen ein, als wollte sie ihr eine Auszeichnung verleihen, einen sakramentalen Segen erteilen.

Dann küßte sie sie stumm auf den Mund. Ein ganzes Leben lag in diesem Kuß, Patrice spürte es. Das ganze Leben eines Mannes. Die vielen Jahre, die es braucht, aus einem Kind, aus einem Jugendlichen einen erwachsenen Sohn hervorzubringen. Bitterer Verlust lag in dem Kuß, der Verlust all dessen. Mit einem einzigen Schlag. Das vorläufige Ende aller Hoffnung und Wochen entsetzlichen Kummers. Aber auch Versöhnung mit dem Schicksal. Eine Tochter gefunden zu haben, der Neuanfang mit einem andern, kleineren Sohn. Nein, mit demselben Sohn. Demselben Blut, demselben Fleisch. Man mußte nur zurückgehen und wieder von vorne anfangen, diesmal, wissend um den erlittenen Verlust, mit innigerer, von Trauer beschwerter Fürsorge. Und da war neusprießende Hoffnung.

All das lag in diesem Kuß. All das wurde darin ausgesprochen und gefühlt. Und es sollte gefühlt werden. Es war zu dem Zweck hineingelegt worden.

Dies war kein Kuß unter einem Bahnhofsdach. Es war ein Sakrament der Adoption.

Dann küßte sie das Kind. Und lächelte, so wie man sein eigenes Kind anlächelt. Und auf seinen kleinen rosa Wangen lag ein Kristalltröpfchen, das vorher nicht dagewesen war.

Der Mann trat vor und küßte sie auf die Stirn.

»Ich bin der Vater, Patrice.«

Er beugte sich vor, richtete sich wieder auf und sagte: »Ich bring mal deine Sachen zum Auto.« Ein wenig erleichtert, einer dieser gefühlsgeladenen Situationen zu entkommen, in denen sich Männer immer etwas unbehaglich fühlen.

Die Frau hatte noch kein Wort gesagt. In der ganzen Zeit, in der sie vor ihr gestanden hatte, war kein Wort über ihre Lippen gekommen. Vielleicht sah sie, wie blaß sie war, konnte vielleicht ihre Scheu und Unsicherheit an ihrem Blick ablesen.

Sie legte jetzt die Arme um sie und zog sie an sich, in einer weltlicheren, alltäglicheren Begrüßung als der vorangegangenen. Drückte Patrices Kopf an ihre Schulter. Und dabei sprach sie zum ersten Mal, leise in ihr Ohr, um ihr Mut einzuflößen, um ihr Frieden zu geben.

»Du bist zu Hause, Patrice. Willkommen zu Hause, Liebes.«

Und durch diese wenigen Worte, so einfach gesagt, so unabänderlich gemeint, wußte Patrice Hazzard, daß sie endlich all die Güte gefunden hatte, die es gibt oder die es überhaupt geben kann.

15

So fühlte es sich also an, zu Hause zu sein. In einem eigenen Zuhause, in einem eigenen Zimmer zu sein.

Sie hatte jetzt ein anderes Kleid an, war bereit, nach unten zu Tisch zu kommen. Sie saß da und wartete in einem Ohrensessel, sehr aufrecht. Sie wirkte klein vor der gespreizten Rückenlehne. Kerzengerade saß sie da, die Beine ordentlich nebeneinandergestellt. Ihre Hand ruhte auf dem Kinderbett, das sie für ihn gekauft hatten. Es stand schon da, als sie das Zimmer zum ersten Mal betrat. Sogar daran hatten sie gedacht. Er lag jetzt drin.

Sie hatten sie in ihrem Zimmer alleingelassen. Das war nötig, um es so voll auskosten zu können, wie sie es jetzt tat. Noch Stunden später saugte sie es geradezu auf, sonnte sich darin, atmete seinen Geist ein. Es war nicht zu beschreiben, was es mit ihr anstellte. Noch Stunden danach. Ab und an blickte sie immer wieder langsam, bewundernd von einer Seite zur andern, nahm alle vier Wände in sich auf. Sah auch nach oben, die Decke nicht zu vergessen. Ein Dach überm Kopf. Ein Dach gegen Regen, Kälte und Einsamkeit. Nicht bloß das anonyme Dach eines Mietshauses, nein, das Dach eines eigenen Zuhauses. Das dich beschützt, behütet, über dich wacht.

Und irgendwo unten, kaum wahrnehmbar für das scharfgespitzte Ohr, die wohltuende Geschäftigkeit der Vorbereitungen fürs Abendessen. Beim Öffnen einer Tür in flüchtigen Fetzen zu ihr hinaufgetragen und wieder gedämpft, wenn sie geschlossen wurde. Schritte, die geschäftig über ein teppichfreies Stück Parkett gehen und wieder zurückkommen. Gelegentlich das ferne Klirren von Besteck oder Geschirr. Einmal sogar die Stimme der farbigen Haushälterin, für einen Augenblick klar wie ein Jagdhorn. »Nee, is noch nich fertich, Miz' Hazzard. Braucht noch fünf Minut'n.«

Und darauf die lachende Ermahnung, genauso erstaunlich gut zu hören: »Pscht, Aunt Josie. Wir haben jetzt ein Baby im Haus. Es schläft vielleicht gerade.«

Jetzt kam jemand die Treppe herauf. Man kam jetzt die Treppe herauf, um ihr Bescheid zu sagen. Sie kauerte sich in ihrem Sessel zusammen. Jetzt hatte sie wieder etwas Angst, war sie ein wenig nervös. Jetzt könnte sie sich dem entscheidenden Augenblick nicht mehr so leicht entziehen wie vorhin auf dem Bahnhof. Jetzt erst kam die eigentliche Begegnung, die eigentliche Verschmelzung, die eigentliche Aufnahme in die Familie. Jetzt kam die eigentliche Prüfung.

»Patrice, Liebes, du kannst jederzeit zum Abendbrot kommen.«

Im eigenen Heim, zu Hause, nimmt man sein *Abendbrot* ein. Wenn man ausgeht oder bei jemandem eingeladen ist, geht man *essen*, kommt man zum *Essen*. Aber zu Hause ißt man abends *Abendbrot*. So heißt das und nicht anders. Sie war so wildentschlossen froh, als wäre das Wort ein Talisman. Sie erinnerte sich an die Zeit, wo sie noch ein kleines Mädchen war, an diese paar kurzen Jahre, die so schnell zu Ende gegangen waren. Der Ruf zum *Abendbrot*, zum *Abendbrot*, nichts anderes.

Sie sprang vom Sessel auf, eilte zur Tür und öffnete sie. »Soll ich – soll ich ihn mit runterbringen, oder soll ich ihn hier oben im Bettchen lassen, bis ich wieder hochkomme?« fragte sie, halb eifrig, halb unsicher. »Ich hab ihn nämlich schon um fünf gefüttert.«

Mutter Hazzard legte auffordernd den Kopf schief. »Bring ihn heute abend doch einfach mal mit runter. Es ist ja der erste Abend. Nur keine Eile, Liebes, laß dir ruhig Zeit.«

Als sie einige Augenblicke später mit dem Kind auf dem Arm das Zimmer verließ, blieb sie kurz stehen und befühlte sehnsüchtig den Türrand. Nicht die Stelle, wo der Griff war, sondern die glatte, ununterbrochene Fläche darüber.

Wache für mich über mein Zimmer, hauchte sie ungehört. Ich komme gleich wieder. Paß drauf auf. Laß niemanden ... hörst du?

Als sie die Treppe hinunterging, wußte sie, daß sie von nun an Hunderte von Malen diese selbe Treppe hinuntergehen würde. Sie würde sie schnell hinuntergehen, sie würde sie langsam hinuntergehen. Sie würde sie munter und fröhlich hinuntergehen. Und vielleicht würde sie sie voller Angst und Sorge hinuntergehen. Aber jetzt, heute abend, war es das allererste Mal, daß sie sie hinunterging.

Sie drückte ihn an sich und tastete sich vor, denn die Treppe war neu für sie, sie hatte sie, ihre Abmessung, noch nicht im Gefühl, und sie wollte nicht stolpern.

Man stand im Eßzimmer und wartete auf sie. Nicht starr, förmlich, wie militärische Ausbilder, sondern unbefangen und zwanglos, als sei man sich des kleinen Tributs an Rücksicht, das man ihr zollte, gar nicht bewußt. Mutter Hazzard stand vorgebeugt, legte letzte Hand an den Tisch, stellte etwas um. Vater Hazzard hielt die Brille, mit der er gerade noch gelesen hatte, gegen das Licht und putzte sie, bevor er sie wieder in ihr Etui legte. Und da war noch eine dritte Person im Raum, jemand, der ihr, als sie eintrat, halb den Rücken zugekehrt hatte und verstohlen eine Salzerdnuß aus einer Schale auf der Anrichte stibitzte.

Als er sie kommen hörte, warf er die Erdnuß zurück und drehte sich um. Er war jung und groß, sah freundlich aus, und seine Haare waren... Ein Kameraverschluß klickte in ihrem Kopf, und der Film lief weiter.

»Da ist ja der junge Mann!« rief Mutter Hazzard. »Da ist er ja höchstpersönlich! Komm, gib ihn mir. Du weißt ja, wer das hier ist.« Und dann fügte sie hinzu, als sei es völlig unnötig, es überhaupt soweit zu erläutern: »Bill.«

Aber wer...? fragte sie sich. Bis jetzt hatten sie noch nichts von ihm erzählt.

Als er auf sie zuging, wußte sie nicht, wie sie ihn begrüßen sollte, da er weder älter noch jünger als sie zu sein schien. Sie streckte zögernd die Hand aus in der Hoffnung, daß die Geste unbemerkt bliebe, falls sie zu förmlich war. Er ergriff sie, schüttelte sie aber nicht. Stattdessen nahm er sie zwischen seine beiden Hände und hielt sie für ein paar Sekunden warm darin vergraben.

»Willkommen zu Hause, Patrice«, sagte er ruhig. Und wie er das aussprach, lag da etwas in seinem geraden, steten Blick, daß sie das Gefühl hatte, ihr sei noch nie zuvor etwas so Aufrichtiges und Einfaches gesagt worden.

Das war alles. Mutter Hazzard sagte: »Du sitzt hier.«

Vater Hazzard sagte bescheiden: »Wir sind sehr glücklich, Patrice«, und nahm am Kopf des Tisches Platz.

Wer immer Bill auch war – er setzte sich ihr gegenüber.

Die farbige Haushälterin spähte zur Tür herein und strahlte. »Also, jetzt sieht's wieder richtich aus! Das hat der Tisch gebraucht! Jetzt isses endlich vorbei mit den leeren –«

Dann beherrschte sie sich schnell, hielt sich entsetzt die Hand vor den Mund und verschwand wieder.

Mutter Hazzard blickte kurz auf ihren Teller hinab und sah sofort wieder mit einem Lächeln auf. Der Schmerz war weg, sie hatte ihm nicht erlaubt zu verweilen.

Es wurde nichts Denkwürdiges gesagt. Zu Hause am Tisch sagt man nichts Denkwürdiges. Dein Herz, nicht dein Gehirn, spricht zu den andern Herzen um dich herum. Nach einer Weile vergaß sie, darauf zu achten, was sie sagte, es abzuwägen, zu berechnen. So ist das eben zu Hause, und so sollte es sein. Es entströmte ihr so leicht wie ihnen. Sie wußte, daß sie genau das für sie tun wollten. Und es war ihnen gelungen. Fremdheit war schon mit der Suppe verschwunden, ein für allemal. Nichts könnte sie jemals wieder zurückbringen. Andere Dinge konnten kommen – wenn sie auch hoffte, daß sie nicht kämen. Aber niemals wieder Fremdheit, nie wieder diese Unbehaglichkeit. Sie hatten es geschafft.

»Ich hoffe, du hast nichts gegen den weißen Kragen an deinem Kleid, Patrice. Ich habe ausdrücklich darauf geachtet, daß an allem, was ich für dich ausgesucht habe, irgendein Farbtupfer ist. Ich wollte nicht, daß du zu …«

»Ach, einige von den Sachen sind wunderschön. Ich hatte noch gar nicht alles gesehen, erst jetzt beim Auspacken.«

»Ich hab mir nur wegen der Größe Sorgen gemacht, aber deine Krankenschwester hat mir ja eine vollständige ...«

»Einmal hat sie mich von oben bis unten abgemessen. Das weiß ich noch gut, aber sie wollte mir nicht verraten, wofür das war.«

»Was nimmst du, Patrice? Helles oder Dunkles?«

»Das ist wirklich nicht ...«

»Nein, sag's ihm dieses eine Mal, Liebes. Dann braucht er dich nicht jedesmal zu fragen.«

»Na gut, Dunkles.«

»Genau wie ich.«

Er redete etwas weniger als die andern. Nur eine Spur von Scheu, fand sie. Nicht daß er angespannt oder einsilbig war oder so. Vielleicht war es einfach seine Art. Er hatte eine ruhige, unaufdringliche Art.

Aber wer war er denn nun? Jetzt konnte sie nicht mehr geradeheraus fragen. Sie hatte es im ersten Moment versäumt, und jetzt war es zwanzig Minuten zu spät dafür. Es war kein Familienname genannt worden, es mußte also ...

Ich werd's sicher bald erfahren, beruhigte sie sich. Ganz bestimmt. Sie hatte keine Angst mehr.

Einmal, als sie den Blick auf ihn richtete, bemerkte sie, daß er sie gerade angesehen hatte, und sie fragte sich, was er wohl dabei gedacht hatte. Aber sie hätte sich selbst belogen, wenn sie sich nicht eingestanden hätte, daß sie es wußte, daß sie es an seinem Ausdruck sehen konnte, der nur zögernd aus seinen Augen verschwand: Er dachte, daß sie ein angenehmes Gesicht hatte, daß es ihm gefiel.

Und nach einer Weile sagte er: »Papa, gibst du mir mal das Brot rüber?«

Und da wußte sie, wer er war.

16

Die Episkopalkirche St. Bartholomew, die bedeutendste aller Kirchen von Caulfield, an einem goldenen Sonntagmorgen im April.

Sie stand da am Taufbecken, das Kind auf dem Arm, die Familie und ihre engsten Freunde um sie geschart.

Sie hatten darauf bestanden. Sie wollte es nicht. Zweimal hatte sie es schon verschoben, nachdem an zwei Sonntagen hintereinander alle Vorbereitungen bereits getroffen worden waren. Beim ersten Mal redete sie sich mit einer Erkältung heraus, die sie eigentlich gar nicht hatte. Beim zweiten Mal damit, daß das Kind eine leichte Erkältung habe, was auch tatsächlich stimmte. Heute hatte sie es nicht noch einmal verschieben können. Man hätte schließlich die Berechnung bemerkt, die hinter ihren Ausflüchten steckte.

Sie hielt den Kopf gesenkt, hörte eher die Zeremonie, als daß sie sie sah. Als habe sie Angst, ihr offen zuzusehen. Als habe sie Angst, im nächsten Augenblick für ihre Gotteslästerung vor ihrer aller Füßen niedergestreckt zu werden.

Sie hatte einen breitkrempigen Hut aus halbdurchsichtigem Roßhaar auf, und das half ihr, verbarg ihre Augen und ihre obere Gesichtshälfte, wenn sie den Kopf gesenkt hielt.

Traurige Erinnerungen, dachte man wahrscheinlich. Gramgebeugt.

In Wahrheit fühlte sie sich schuldig. Empört über sich selbst. Nicht schamlos genug, um dieser Farce unbeeindruckt ins Gesicht zu sehen.

Arme streckten sich ihr entgegen, um ihr das Kind

abzunehmen. Die Arme der Patin. Sie gab ihn ab, in seinem langen Festgewand aus Spitze, das – sie hätte fast gesagt ›sein Vater‹ –, das ein Fremder namens Hugh Hazzard vor ihm getragen hatte und das *dessen* Vater Donald vor *ihm* getragen hatte.

Ihre Arme kamen ihr jetzt merkwürdig leer vor. Sie wollte sie schützend vor ihrer Brust verschränken, als sei sie unbekleidet. Mit einiger Anstrengung zwang sie sich dazu, es nicht zu tun. Nicht ihr Körper war unbekleidet, sondern ihr Gewissen. Sie ließ sie ruhig herunterfallen, verschränkte die Hände und blickte zu Boden.

»Hugh Donald Hazzard, ich taufe dich...«

Man hatte die Farce absolviert, sie in dieser Sache nach ihren Wünschen zu befragen. Für sie war es eine Farce, für die andern nicht. Sie wollte doch sicher, daß er nach Hugh benannt wird? Ja, hatte sie ergeben gemurmelt, nach Hugh. Und der zweite Vorname? Nach ihrem Vater? Oder vielleicht zwei zweite Vornamen? Einen für jeden Großvater? Tatsächlich konnte sie sich in dem Augenblick nicht an den Namen ihres eigenen Vaters erinnern. Er fiel ihr erst einige Zeit später wieder ein, nicht ohne Mühe. Mike: eine fast vergessene Gestalt eines düsteren Hafenarbeiters, der bei einer Schlägerei zwischen Betrunkenen am Kai getötet wurde, als sie zehn war.

Ein zweiter Vorname würde reichen. Nach Hughs Vater, hatte sie ergeben gesagt.

Sie spürte, wie ihr jetzt das Gesicht brannte, wußte, daß es schamgerötet sein mußte. Sie dürfen es nicht sehen. Sie hielt es weiterhin zu Boden gerichtet.

»... im Namen des Vaters, des Sohnes und des Heiligen Geistes. Amen.«

Der Pfarrer sprenkelte Wasser über den Kopf des Kindes. Sie sah einige Tropfen auf den Boden fallen, wo sie dunkle Punkte bildeten, die wie Münzen aussahen. Ein Dime, ein Nickel, zwei Pennys. Siebzehn Cents.

Der Säugling protestierte weinend, wie seit undenklichen Zeiten zahllose Säuglinge vor ihm. Dieser Säugling aus einem möblierten Zimmer in einem Mietshaus in New York war jetzt zum Erben der angesehensten, wohlhabendsten Familie in Caulfield, im gesamten County, vielleicht sogar im ganzen Bundesstaat geworden.

›Du hast keinen Grund zum Weinen‹, dachte sie verdrießlich.

17

Es gab einen Geburtstagskuchen für ihn, an seinem ersten Geburtstag. In der Mitte stand trotzig eine einzige Kerze. Die Flamme schwebte wie ein Schmetterling über einer kannelierten weißen Säule. Es wurde ein großes Trara und viel Aufwand um die uralten Riten gemacht, die damit einhergingen. Der erste Enkel. Der erste Meilenstein.

»Wo er sich doch noch nichts wünschen kann, kann *ich* denn was für ihn wünschen?« fragte sie beschwingt. »Oder zählt das dann nicht?«

Aunt Josie, die Schöpferin des Kuchens, der man sich in Fragen der Tradition unwillkürlich beugte, nickte huldvoll von der Küchentür aus. »Mach'n Sie's für ihn, Liebchen. Er kriegt den Wunsch auf je'n Fall erfüllt«, versprach sie.

Patrice schlug die Augen nieder und sammelte sich kurz.

Frieden, dein Leben lang. Sicherheit, wie jetzt. Die Dei-

nen immer um dich herum, so wie jetzt. Und für mich ... von dir, irgendwann .. Vergebung.

»Fertich? Jetz ausblas'n.«

»Soll er oder ich?«

»Wenn Sie's mach'n, tut's genauso zähl'n.«

Sie beugte sich herab, drückte ihre Wange an seine und blies sanft. Der gelbe Schmetterling flatterte heftig und schrumpfte dann zu einem Nichts zusammen.

»Un jetzt anscheid'n«, befahl die selbsternannte Zeremonienmeisterin.

Sie legte sein molliges Händchen um den Messergriff, umfaßte es mit ihrer eigenen Hand und führte es sanft. Als der mystische Schnitt vollzogen war, kratzte sie mit dem Finger ein winziges Krümelchen von dem Zuckerguß ab und steckte es ihm in den Mund.

Ein großes Juchzen und Gurren setzte ein, als wären alle soeben Zeuge eines Akts genialer Frühreife geworden.

Es waren viele Leute gekommen. Seit sie in ihrem neuen Zuhause war, hatte sie nicht so viele hier beisammen gesehen. Und nachdem der kleine Ehrengast vom Schauplatz entfernt und nach oben ins Bett gebracht worden war, wurde noch lange schwungvoll und noch lebhafter gefeiert. So wie Erwachsene eben bei der geringsten Ermutigung ein Kinderfest für sich in Beschlag nehmen.

Sie kam danach wieder hinunter zu den festlich beleuchteten, mit fröhlichen Gästen belebten Räumen und wanderte in ihnen umher, plaudernd, lächelnd, glücklicher heute abend als jemals zuvor. Ein Glas Bowle in einer Hand, in der andern ein Sandwich, von dem sie nur ein einziges Mal abgebissen hatte. Zu einem zweiten Bissen schien sie nie zu kommen. Jedesmal, wenn sie es an den Mund führte, sagte jemand etwas zu ihr oder sie sagte etwas zu jemand. Das war egal, so machte es mehr Spaß.

Einmal streifte Bill sie grinsend. »Na, wie fühlt man sich als *alte* Mutter?«

»Und wie fühlt man sich als alter Onkel?« parierte sie keß mit einem Blick über die Schulter.

Ein Jahr – das kam ihr sehr lange her vor. Heute abend vor erst einem Jahr, jener Abend mit seinem Schrecken, seiner Finsternis und seiner Angst. Das war doch gar nicht ihr passiert, das war *unmöglich*. Das war einem andern Mädchen passiert, einem Mädchen namens... nein, sie wollte sich nicht an diesen Namen erinnern, sie wollte ihn sich nicht einmal für einen flüchtigen Augenblick ins Gedächtnis zurückrufen. Er hatte nichts mit ihr zu tun.

»Aunt Josie ist oben bei ihm. Da gibt's keine Probleme. Er ist ja *so* brav beim Einschlafen.«

»Das aus dem Munde einer unbeteiligten Beobachterin.«

»Im Augenblick bin ich ja auch unbeteiligt, also kann ich das auch sagen. Er ist da oben, und ich bin hier unten.«

Sie war im hellerleuchteten Wohnzimmer ihres Heims, hier, mit ihren Freunden, den Freunden ihrer Familie, alle um sie herum versammelt, lachte und plauderte. Vor einem Jahr – das war mehr als lange her. Es war nie passiert. Nein, es war nie passiert. Jedenfalls nicht ihr.

Ihr waren so viele Leute vorgestellt worden, daß sie Mühe hatte, sich zu merken, wer wer war. Bei solchen Anlässen gab es so viele erste Begegnungen. Sie sah sich um, versuchte pflichtbewußt, sich die wichtigsten Gäste einzuprägen, wie es ihrer Rolle als stellvertretende Gastgeberin geziemte. Edna Harding und Marilyn Bryant, das waren die beiden Mädchen, die Bill in ihrer Mitte hatten und um seine Aufmerksamkeit wetteiferten. Sie unterdrückte ein boshaftes Grinsen. Wie er da saß und keine Miene verzog. Ein anderer hätte sich schon längst den Kopf verdrehen lassen – aber er hatte zufällig einen Kopf, den kein Mädchen verdrehen konnte, soweit sie das hatte beobachten können. Guy Ennis war dieser dunkelhaarige Mann da drüben, der gerade für jemand ein Glas Bowle holte. Den konnte man sich leicht merken, weil er allein gekommen war. Anscheinend irgendein alter Kumpel von Bill. Merkwürdig, daß die Bienen nicht eher ihn umschwirrten als den spröden Bill. Er sah viel eher nach ihrem Typ aus.

Grace Henson, das war die stämmige Blondine da drüben, die auf ihr Glas Bowle wartete. Oder nicht? Nein, das war die weniger stämmige Blondine, die da ganz allein am Klavier saß und leise vor sich hinspielte. Die eine trug Brille, die andere nicht. Es waren sicher Geschwister, so ähnlich, wie die aussahen. Beide waren heute abend zum ersten Mal da.

Sie ging zum Klavier und stellte sich neben die Pianistin. Kann ja sein, daß ihr das Spaß macht, dachte Patrice, aber sie sollte wenigstens *eine* interessierte Zuhörerin haben.

Das Mädchen am Klavier lächelte ihr zu. »Und jetzt...« Sie spielte vorzüglich, hielt die Musik gedämpft, als Untermalung zu den Gesprächen, die überall im Raum im Gange waren.

Aber plötzlich verstummte alles in der Nähe. Die Musik ging noch ein paar Takte weiter und war jetzt viel deutlicher zu hören als vorher.

Die zweite Blondine verließ ihren Gesprächspartner, trat hinter die Spielerin und berührte sie nur einmal kurz an der Schulter, wie zu einer geheimen Ermahnung oder Erinnerung. Mehr tat sie nicht. Dann kehrte sie zu ihrem Platz zurück. Die kleine Pantomime vollzog sich so rasch und unauffällig, daß sie kaum bemerkt wurde.

Die Pianistin hatte verunsichert abgebrochen. Anscheinend hatte sie die Berührung verstanden, aber nicht, was sie bedeutete. Das bewies das an Patrice gerichtete leicht befremdete Achselzucken.

»Ach, spielen Sie doch weiter«, protestierte Patrice unvorsichtig. »Es war wunderschön. Wie heißt das Stück? Ich glaube, ich hab's noch nie gehört.«

»Das war die Barkarole aus ›Hoffmanns Erzählungen‹«, sagte das Mädchen bescheiden.

Schon die Antwort kam sehr gedämpft. Wie sie da neben der Pianistin stand, wurde sie sich plötzlich des eisigen Schweigens in ihrer unmittelbaren Umgebung bewußt, und ihr war klar, daß nicht die Antwort des Mädchens der Grund dafür war. Es mußte etwas anderes gewesen sein, das kurz vorher gesagt worden war. Als sie es wahrnahm, war es schon wieder vorbei, doch das Bewußtsein davon blieb – in ihr drin. Irgend etwas war da passiert.

Ich habe irgendwas Falsches gesagt. Ich habe gerade etwas gesagt, das falsch war. Aber ich weiß nicht, was es war, und ich weiß nicht, was ich jetzt tun soll.

Sie setzte das Bowle-Glas an die Lippen. Im Augenblick konnte sie nichts weiter tun.

Nur die in meiner Nähe haben es gehört. Als die Musik aufhörte, war meine Stimme umso deutlicher zu hören. Aber wer von den Anwesenden hatte es gehört? Wer hat es bemerkt? Vielleicht verraten es ihre Gesichter...

Sie wandte sich langsam um und betrachtete sie einen

nach dem andern, wie zufällig. Mutter Hazzard befand sich auf der anderen Seite des Raumes in eine Unterhaltung vertieft und blickte über ihren Stuhl zu jemand hoch. Sie hatte es nicht gehört. Die Blondine, die der Pianistin warnend auf die Schulter geklopft hatte, hatte ihr den Rücken zugekehrt. Vielleicht hatte sie es gehört, vielleicht auch nicht. Falls ja, war ihr nichts Besonderes aufgefallen. Sie war sich Patrices Anwesenheit nicht bewußt. Guy Ennis hielt gerade ein Feuerzeug an eine Zigarette. Er mußte zweimal knipsen, um die Flamme zu entzünden, und es beanspruchte seine ungeteilte Aufmerksamkeit. Er sah nicht zu ihr auf, als ihr Blick flüchtig sein Gesicht streifte. Die beiden Mädchen neben Bill hatten auch nichts gehört, das sah man gleich. Sie interessierten sich ausschließlich für den Zankapfel zwischen sich.

Niemand sah sie an. Kein Blick kreuzte sich mit ihrem.

Nur Bill. Er hielt den Kopf leicht gesenkt, die Stirn war irritiert gerunzelt, und unter seinen Augenbrauen sah er sie mit einem seltsam undurchdringlichen Blick an. Alles, was die beiden Mädchen zu ihm sagten, schien ungehört an ihm vorbeizurauschen. Es war nicht festzustellen, ob er mit seinen Gedanken bei ihr war oder tausend Kilometer weit weg. Aber mit seinen Augen war er bei ihr.

Sie senkte den Blick.

Und selbst danach wußte sie, daß er sie immer noch ansah.

18

Als sie, nachdem alle gegangen waren, zusammen die Treppe hinaufgingen, legte Mutter Hazzard ihr plötzlich fürsorglich einen Arm um die Hüfte und drückte sie.

»Du warst so tapfer«, sagte sie. »Du hast genau das Richtige getan. So zu tun, als wüßtest du nicht, was sie spielt. Oh, Liebes, aber du hast mir da so leid getan, als ich dich da stehen sah. Dieser Blick auf deinem Gesicht. Ich wollte auf der Stelle zu dir hinlaufen und meine Arme um dich legen. Aber ich bin deinem Beispiel gefolgt. Ich hab auch so getan, als hätte ich nichts bemerkt. Sie hat es nicht absichtlich gemacht. Sie ist einfach ein Dummchen.«

Patrice antwortete nicht. Sie ging nur weiter langsam neben ihr die Treppe hoch.

»Aber gleich bei den ersten Tönen«, fuhr Mutter Hazzard wehmütig fort, »schien er wieder da im Zimmer zu stehen, wieder mit uns vereint. So *gegenwärtig*, man konnte ihn fast sehen. Die Barkarole. Sein Lieblingsstück. Immer wenn er sich ans Klavier gesetzt hat, hat er es gespielt. Wann immer und wo immer man es hörte, da wußte man, daß Hugh nicht weit war.«

»Die Barkarole«, murmelte Patrice fast unhörbar, als rede sie mit sich selbst. »Sein Lieblingsstück.«

19

»... bestimmt jetzt ganz anders«, sinnierte Mutter Hazzard wohlig. »Ich war mal in meiner Jugend dort. Ach, das ist schon so viele Jahre her. Sag mal, hat es sich seit damals eigentlich sehr verändert?«

Plötzlich sah sie Patrice direkt an. Eine unschuldige, persönliche Frage.

»Wie soll sie das denn beantworten können, Mutter?« warf Vater Hazzard trocken ein. »Sie war doch nicht zu deiner Zeit dort. Wie soll sie also wissen, wie es damals ausgesehen hat?«

»Ach, du weißt schon, was ich meine«, erwiderte Mutter Hazzard aufgeräumt. »Sei nicht so furchtbar pingelig.«

»Ich denke schon«, gab Patrice schwach zur Antwort und drehte den Henkel ihrer Tasse etwas weiter zu sich, als wollte sie sie heben, ließ sie dann aber stehen.

»Du und Hugh habt doch dort geheiratet, nicht?« lautete die nächste zwanglose Bemerkung.

Wieder schaltete sich Vater Hazzard ein, bevor sie antworten konnte, diesmal mit einem katastrophalen Einwand. »Ich dachte, sie hätten in London geheiratet. Erinnerst du dich denn nicht mehr an den Brief, den er uns damals geschickt hat? Ich weiß noch: ›Haben gestern hier geheiratet.‹ Londoner Briefkopf.«

»Paris«, sagte Mutter Hazzard bestimmt. »Nicht wahr, Liebes? Ich hab ihn noch oben, ich kann ihn ja holen und ihn dir zeigen. Er ist in Paris abgestempelt.« Dann nickte sie ihm schlichtend zu. »Außerdem ist *das* eine Frage, die Patrice wirklich selber beantworten kann.«

Plötzlich gähnte ein grausiger Abgrund vor ihren Füßen, wo noch ein Augenblick zuvor sicherer Boden gewesen war, und sie konnte nicht zurück, und doch wußte sie nicht, wie sie hinüberkommen sollte.

Sie spürte drei Paar Augen auf sich gerichtet, Bills waren jetzt auch erhoben, in vertrauensvoller Erwartung, die sich im nächsten Moment, mit der falschen Antwort, in etwas anderes verwandeln würde.

»London«, sagte sie leise und berührte den Henkel ihrer Tasse, als könne sie ihr zu einer mystischen Hellsicht verhelfen. »Aber dann sind wir gleich nach Paris abgereist, auf unsere Hochzeitsreise. Ich glaube, das war so: Er begann den Brief in London, kam nicht mehr dazu, ihn fertigzuschreiben, und hat ihn dann in Paris abgeschickt.«

»Na bitte«, sagte Mutter Hazzard. »Ich hatte auf jeden Fall zur Hälfte recht.«

»Also, ist das nicht mal wieder typisch Frau?« bemerkte Vater Hazzard bewundernd zu seinem Sohn.

Bills Blick blieb auf Patrice gerichtet. Es lag fast eine widerwillige Bewunderung darin, oder bildete sie sich das bloß ein?

»Entschuldigt mich«, sagte sie mit erstickter Stimme und stieß ihren Stuhl zurück. »Ich glaube, der Kleine weint.«

20

Und dann, einige Wochen später, eine weitere Falle. Oder vielmehr dieselbe. Sie war immer gegenwärtig, lauerte stets tückisch unter ihren Füßen, während sie diesen selbstgewählten Weg ging.

Es hatte geregnet, und draußen bildete sich ein starker Dunst. Ein seltenes Ereignis in Caulfield. Sie waren alle mit ihr zusammen im Zimmer, und als sie am Fenster vorbeiging, blieb sie kurz stehen und sah hinaus.

»Du meine Güte«, rief sie unbedacht aus. »Sowas Trübes hab ich ja nicht mehr gesehen seit meiner Kindheit in San Fran. Da kamen immer diese Nebel am...«

In der Spiegelung auf der beleuchteten Fensterscheibe

sah sie Mutter Hazzard aufmerken, und noch bevor sie sich zu ihnen umdrehte, wußte sie, daß sie das Falsche gesagt hatte. Hatte wieder einen unvorsichtigen Schritt gemacht, wo kein fester Boden war.

»In San Francisco, Liebes?« Mutter Hazzards Stimme klang arglos verblüfft. »Aber ich dachte immer, du kommst aus... Hugh hat uns geschrieben, daß du ursprünglich aus...« Sie beendete den Satz nicht, enthielt ihr das Stichwort vor. Diesmal wurde ihr keine hilfreiche zweite Möglichkeit angeboten. Stattdessen folgte eine schlichte Frage. »Bist du denn da geboren, Liebes?«

»Nein«, sagte Patrice deutlich, und sie wußte, welche Frage mit Sicherheit als nächste kommen würde. Eine Frage, die sie in dem Moment nicht hätte beantworten können.

Bill hob plötzlich den Kopf und drehte ihn aufhorchend zur Tür. »Ich glaube, der Kleine weint, Patrice.«

»Ich geh mal nachsehen«, sagte sie dankbar und verließ das Zimmer.

Er lag friedlich schlummernd da, als sie an sein Bett trat. Er machte nicht den geringsten Mucks, nichts, was man hätte hören können. Sie stand neben ihm und musterte ihn nachdenklich.

Hatte er wirklich gedacht, daß das Baby weint?

21

Dann war da der Tag, an dem sie auf der Congress Avenue einen gemächlichen Schaufensterbummel machte. Congress Avenue war die Haupteinkaufsstraße. Sah sich diese, sah sich jene Auslagen an, hatte gar nicht vor, etwas zu kaufen, und das war auch gar nicht nötig. So genoß sie diesen unbeschwerten Zustand umso mehr. Genoß es, inmitten dieser vielen gutgekleideten Kauflustigen zu sein, die sich auf dem sonnenüberfluteten Bürgersteig um sie herumdrängten, zu dieser morgendlichen Stunde überwiegend Frauen. Sie genoß die Geschäftigkeit, die flotte Zielstrebigkeit, die sie ausstrahlten. Sie genoß diesen sorgenfreien Augenblick, diese Atempause – sie war in die Stadt gekommen, um etwas für Mutter Hazzard zu erledigen, etwas für sie abzuholen –, um so mehr, weil sie wußte, daß es eine legitime Abwesenheit war, kein Pflichtversäumnis, und daß das Kind gut behütet und versorgt wurde, während sie fort war. Und weil sie sich um so mehr freuen würde, nach dieser kurzen Ablenkung wieder zu ihm zurückzukehren.

Sie brauchte nur bei der nächsten Haltestelle in den Bus zu steigen, statt bei der näheren hinter ihr, und die Strecke dazwischen zu Fuß zu gehen.

Und dann hörte sie hinter sich jemand ihren Namen rufen. Schon bei der ersten Silbe erkannte sie die Stimme. Fröhlich, sonnig. Bill. Sie hatte ihr Begrüßungslächeln schon bereit, bevor sie überhaupt den Kopf gedreht hatte.

Zwei große energische Schritte, und er war an ihrer Seite.

»Hallo, hab doch gewußt, daß du's bist.«

Sie blieben stehen und sahen sich an.

»Wieso bist du nicht im Büro?«

»Ich bin gerade auf dem Weg zurück. Hatte eine Verabredung mit jemand. Und du?«

»Ich hab für Mutter das englische Importgarn abgeholt, das sie bei Bloom's bestellt hatte. Abholen geht schneller als liefern lassen.«

»Ich geh ein paar Schritte mit dir«, bot er an. »Gute Gelegenheit, um mal ein bißchen zu trödeln. Nur bis zur nächsten Ecke.«

»Da steig ich auch sowieso in den Bus«, sagte sie.

Sie wandten sich um und setzten ihren Gang fort, doch jetzt in dem Schneckentempo, das sie auch vorher schon eingeschlagen hatte.

Er kräuselte die Nase und kniff mit einem Blick nach oben dankbar die Augen zusammen. »Tut gut, ab und zu mal ein bißchen Sonne abzukriegen.«

»Armer geplagter Mann. Wie oft du während der Arbeitszeit nicht im Büro bist! Wenn ich jedesmal einen Penny dafür bekäme, wäre ich schon reich.«

Er kicherte gelassen. »Kann ich was dafür, wenn Papa mich schickt? Natürlich bin ich immer gerade zur Stelle, wenn er jemand für die Beinarbeit sucht.«

Sie blieben stehen.

»Die sind hübsch«, sagte sie mit einem prüfenden Blick in die Auslage.

»Ja«, stimmte er zu. »Aber was ist das?«

»Hüte. Das weißt du doch ganz genau. Sei nicht so eingebildet.«

Sie gingen weiter und blieben wieder stehen.

»Das nennt man also Schaufensterbummeln.«

»Ja, das nennt man Schaufensterbummeln. Tu doch nicht so, als wär dir das neu.«

»Macht Spaß. Man kommt nicht voran. Aber man sieht eine Menge.«

»Jetzt gefällt's dir vielleicht noch, weil's neu ist. Wart nur ab, bis du verheiratet bist und es ständig machen mußt. Dann wirst du's schnell überhaben.«

Im nächsten Schaufenster waren Füller ausgestellt. Es

war ein kleines, schmales Schaufenster, keine zwei oder drei Meter breit.

Sie machte keine Anstalten, dort stehenzubleiben. Diesmal war er es, und sie folgte seinem Beispiel.

»Wart mal. Ich brauch ja einen neuen Füller. Hast du Lust, kurz mit mir reinzugehen und mir beim Aussuchen zu helfen?«

»Eigentlich müßte ich allmählich nach Hause«, sagte sie halbherzig.

»Es dauert höchstens eine Minute. Ich bin ein schneller Käufer.«

»Ich versteh nichts von Füllern«, wandte sie ein.

»Ich auch nicht. Das ist es ja gerade. Zwei Köpfe sind besser als einer.« Er hatte jetzt sanft ihren Arm ergriffen, um seiner Bitte Nachdruck zu verleihen. »Ach, komm doch mit. Wenn ich allein bin, dreht man mir immer das letzte Zeug an.«

»Ich glaub dir kein Wort. Du willst nur Gesellschaft haben«, lachte sie, aber sie ging trotzdem mit ihm hinein.

Er bot ihr einen Stuhl neben dem Verkaufstisch an. Man brachte eine Schachtel mit Füllern und öffnete sie. Das Gespräch fand ausschließlich zwischen ihm und dem Verkäufer statt. Sie beteiligte sich nicht daran. Es wurden mehrere Füller aufgemacht, aus einem Tintenfäßchen, das auf dem Verkaufstisch bereitstand, gefüllt und auf einem Notizblock ausprobiert, der zu diesem Zweck auslag.

Sie sah zu und bemühte sich, ein Interesse zu zeigen, das sie eigentlich nicht verspürte.

Plötzlich sagte er zu ihr: »Wie findest du, daß der hier schreibt?« Und schob ihr einen der Füller zwischen die Finger und den Notizblock unter ihre Hand, bevor sie es sich recht versah.

Unvorsichtig, Gedanken und Aufmerksamkeit darauf konzentriert, wie sich das Schreibgerät in ihrer Hand anfühlte, was für ein Schriftbild die Feder hinterlassen würde, ob breite oder dünne Linien, setzte sie die Feder an. Plötzlich stand ›Helen‹ auf dem obersten Blatt, als wäre es ganz automatisch entstanden. Und das war es eigentlich auch. Sie konnte sich gerade noch beherrschen und verhindern, daß der Familienname aus der Feder floß. Sie war schon beim Aufwärtsstrich eines großen G, als sie die Feder vom Block wegriß.

»Komm, laß mich mal probieren.« Ohne Vorwarnung hatte er ihr Füller und Block wieder abgenommen, bevor sie irgend etwas unternehmen konnte, um das Geschriebene zu beseitigen oder zu ändern.

Sie konnte nicht feststellen, ob er es sah. Ihm war nichts anzumerken. Und doch war es da direkt vor seinen Augen. Er mußte es gesehen haben, es war unvermeidlich.

Er zog ein paar flüchtige Linien und setzte wieder ab.

»Nein«, sagte er zum Verkäufer. »Probieren wir mal den hier.«

Während er in die Schachtel griff, konnte sie schnell das oberste Blatt mit dem gefährlichen ›Helen‹ abtrennen. Sie zerknüllte es verstohlen in ihrer Hand und ließ es zu Boden fallen.

Und dann begriff sie, zu spät, daß dies vielleicht noch schlimmer gewesen war, als wenn sie es dort gelassen hätte, wo es war. Denn er hatte es doch bestimmt ohnehin gesehen, und jetzt hatte sie nur noch darauf aufmerksam gemacht, daß sie eben das verhindern wollte. Mit andern Worten, sie hatte sich doppelt verurteilt. Einmal durch den Fehler, dann dadurch, daß sie sich soviel Mühe machte, ihn zu beseitigen.

Währenddessen hatte sein Interesse für Füller urplötzlich nachgelassen. Er sah den Verkäufer, wollte etwas sagen, und sie hätte prophezeien können, was er jetzt sagen wollte – hätte er es gesagt –, seine Miene verriet es so klar und deutlich: Lassen wir's. Ich komm ein andermal vorbei. – Aber stattdessen warf er ihr einen Blick zu und sagte, als sei er sich im letzten Moment der Notwendigkeit bewußt geworden, eine gewisse Plausibilität aufrechtzuerhalten, hastig, fast gleichgültig: »Na gut, nehmen wir den hier. Schicken Sie ihn mir später in mein Büro.«

Er sah ihn kaum an. Es schien ihm egal zu sein, welchen er auswählte.

Und das, wie sie sich erinnerte, nachdem er so ein Aufhebens darum gemacht hatte, daß sie doch ja mit ihm kommen solle, um ihm beim Aussuchen zu helfen.

»Gehen wir?« sagte er, eine Spur zurückhaltend.

Beim Abschied war die Stimmung angespannt. Sie wußte nicht, ob es an ihm lag oder an ihr. Oder ob es nur ihre Einbildung war. Aber es schien diese unbeschwerte Spontaneität zu fehlen, die bei ihrem Zusammentreffen wenige Minuten zuvor zu spüren war.

Er dankte ihr nicht dafür, daß sie ihm beim Aussuchen geholfen hatte, und wenigstens darüber war sie erleichtert. Aber sein Blick, der bislang bei jedem Wort mit ungeteilter Aufmerksamkeit auf ihr geruht hatte, war plötzlich abwesend, abgelenkt. Seine Augen schienen hier ein Gebäude hochzuwandern, dort die Straße entlang, sie blickten überall hin, nur nicht mehr auf sie. Sogar während er »Da ist dein Bus« sagte und ihr hineinhalf und hineinlangte, um dem Fahrer das Geld für ihren Fahrschein zu geben. »Wiedersehen. Komm gut nach

Hause. Bis heute abend.« Er berührte seinen Hut und schien sie schon vergessen zu haben, noch bevor er sich ganz weggedreht hatte und seines Weges ging. Und doch wußte sie irgendwie, daß gerade das Gegenteil der Fall war. Daß er sich ihrer mehr denn je bewußt war, jetzt wo er es am allerwenigsten zu sein schien. Es hatte sich etwas zwischen sie geschoben.

Sie sah auf ihren Schoß hinunter, während der Bus sie an den menschengefüllten Bürgersteigen vorbeitrug. Komisch, wie schnell sich eine Szene ändern konnte, dieselbe Szene. Es machte keinen Spaß mehr, die sonnenüberfluteten Gehsteige und die geschäftigen Käuferinnen zu betrachten.

Wenn es ein geplanter Test, eine Falle gewesen war? – Aber nein, das war unmöglich. Wenigstens darin war sie sich sicher, obwohl ihr das kein Trost war. Er hatte doch nicht wissen können, daß er ihr ausgerechnet dort über den Weg laufen würde, daß sie gerade an diesem Schreibwarengeschäft zusammen vorbeigehen würden. Als er an diesem Morgen das Haus verließ, wußte sie selbst nicht einmal, daß sie in die Stadt gehen würde. Das hatte sich erst später ergeben. Also konnte er ihr dort auch nicht aufgelauert haben. Wenigstens das war spontan gewesen, rein zufällig.

Aber vielleicht war er auf die Idee gekommen, als sie da entlanggeschlendert waren und er aufgeblickt und das Ladenschild gesehen hatte. Und er hatte es ganz spontan improvisiert. Da muß ihm eingefallen sein – was auch ihr jetzt einfiel –, nämlich daß man seinen richtigen Namen schreibt, wenn man einen neuen Füller ausprobiert. Das ist fast etwas Zwangsläufiges.

Aber selbst für so einen ungeplanten, spontanen Test

muß er schon vorher irgendeinen noch ungeformten Verdacht gegen sie gehegt haben, sonst wäre er nicht darauf gekommen.

Kleines Dummchen, sagte sie verbittert zu sich selbst, als sie am Klingelkabel zog und sich anschickte auszusteigen, warum hast du daran nicht gedacht, bevor du mit ihm reingegangen bist? Was hatte sie jetzt von dieser späten Erkenntnis?

Es war ein paar Abende später. Er war gerade nicht im Zimmer, und seine Jacke hing über einem Stuhl. Sie brauchte sowieso gerade einen Stift für etwas. Das war ihre Ausrede. Sie suchte die Tasche und nahm den angesteckten Füller heraus. Er war vergoldet und trug Bills Initialen. Wahrscheinlich ein gehütetes, seit langem benutztes Geburtstags- oder Weihnachtsgeschenk von seinen Eltern. Außerdem funktionierte er tadellos, hätte gar nicht besser sein können, hinterließ eine klare, tiefe, üppige Spur. Und er war nicht der Typ, der mit zwei Füllern gleichzeitig herumlief.

Es war also doch ein Test gewesen. Und sie hatte positiv reagiert, so positiv, wie er es sich nur wünschen konnte.

22

Sie hatte eine Weile vorher die Klingel gehört und gleich danach, unten in der Diele, gedämpfte Begrüßungslaute. Sie wußte daher, daß irgendein Besucher gekommen war und immer noch unten sein mußte. Sie schenkte dem aber keine weitere Beachtung. Im Moment hatte sie alle Hände voll damit zu tun, Hughie in seiner kleinen tragbaren

Waschschüssel zu baden. Als sie ihn endlich abgetrocknet, gepudert, angezogen und ins Bett gesteckt hatte und dann noch bei ihm geblieben war, um ihm das Plastikentchen abzuluchsen, das er mit festem Griff im Fäustchen hielt, war eine Stunde so gut wie rum. Sie war sicher, daß der Besucher, wer immer es war, bestimmt schon längst wieder gegangen war. Sie konnte davon ausgehen, daß es ein Mann war. Denn jede Besucherin zwischen sechs und sechzig wäre automatisch von der stolzen Mutter Hazzard nach oben geführt worden, damit sie einen Blick auf die festliche Badezeremonie des kleinen Enkels warf. Es war überhaupt seit Wochen das erste Mal, daß sie nicht dabei war, wenn auch nur um das Handtuch zu halten, mit dem Persönchen in der Wanne in unverständlicher Babysprache zu plappern und der geduldigen Mutter in erster Linie im Weg zu stehen. Nur etwas Wichtiges konnte sie davon abhalten, dabeizusein.

Als sie schließlich aus ihrem Zimmer kam, um hinunterzugehen, fand sie, daß man unten ungewöhnlich leise war. Bis auf eine einzelne tiefe brummende Stimme war sonst niemand zu hören. Es klang, als würde jemand etwas laut ablesen.

Wie sie im nächsten Augenblick feststellte, waren alle in der Bibliothek versammelt, einem Raum, der abends nur selten benutzt wurde, und wenn, dann nie gleichzeitig von allen zusammen. Sie sah sie zweimal, das erste Mal von der Treppe aus, als sie hinunterging, und das zweite Mal aus größerer Nähe, als sie in der Diele direkt an der offenen Bibliothekstür vorbeiging, um sich zu vergewissern.

Neben den dreien war da noch ein Mann, den sie nicht kannte, obwohl ihr klar war, daß sie ihn bestimmt schon ein oder mehrere Male gesehen hatte, wie jeden, der in dieses Haus kam. Er saß am Tisch, die Leselampe brannte, und er las in einem laut brummenden, monotonen Singsang etwas vor. Es war kein Buch. Es wirkte eher wie ein getippter Bericht. Alle paar Augenblicke wurde ein spröde raschelndes Blatt Papier umgedreht und abgelegt.

Niemand sonst sagte ein Wort. Sie saßen in unterschiedlicher Entfernung vom Tisch und hörten mit unterschiedlicher Aufmerksamkeit zu. Vater Hazzard saß nah am Tisch bei dem Mann, der den Monolog hielt, verfolgte ganz genau jedes Wort und nickte ab und zu gütig. Mutter Hazzard saß in einem Sessel, einen Korb auf dem Schoß, und stopfte irgend etwas. Sie blickte nur gelegentlich auf, als würde sie nur mit halbem Ohr zuhören. Und Bill, der seltsamerweise anwesend war, saß etwas abseits von den andern. Ein Bein hing baumelnd über der Lehne seines Stuhls, den Kopf hatte er ganz zurückgelehnt, so daß die Pfeife in seinem Mund zur Decke zeigte. Bei ihm schien nichts darauf hinzudeuten, daß er überhaupt zuhörte. Er hatte einen abwesenden Blick, als wäre er mit seinen Gedanken ganz woanders, während er, als pflichtbewußter Sohn, nur körperlich mit ihnen zusammen in dem Raum blieb.

Sie versuchte vorbeizugehen, ohne gesehen zu werden, doch Mutter Hazzard sah just im falschen Augenblick auf und bekam gerade noch mit, wie ihre Gestalt an der Türöffnung vorbeihuschte. »Da ist sie ja«, sagte sie. Sie konnte den Ruf nicht ignorieren und blieb stehen. »Patrice, Liebes, komm doch mal kurz. Wir brauchen dich.« Ihre Kehle war plötzlich wie zugeschnürt. Sie machte kehrt und ging zurück.

Die brummende Stimme hatte abgebrochen, um zu warten. Ein Privatdetektiv? Nein, nein, das konnte er nicht sein. Sie war ihm schon einmal hier im Haus begegnet, in einem freundschaftlichen Zusammenhang. Da war sie sich ganz sicher. Aber dieser Stapel Unterlagen, den er da vor sich hatte …

»Patrice, du kennst doch Ty Winthrop.«

»Ja, ich weiß, wir sind uns schon begegnet.« Sie ging zu ihm und schüttelte ihm die Hand. Sie zwang sich, nicht auf den Tisch zu sehen. Und das fiel ihr nicht leicht.

»Ty ist Vaters Anwalt«, sagte Mutter Hazzard fast entschuldigend. Als wäre das wirklich keine Art, so einen alten Freund zu bezeichnen, aber für den gegenwärtigen Zweck war es die kürzeste.

»Und Golfpartner«, fügte der Mann am Tisch hinzu.

»Partner?« Vater Hazzard schnaubte abschätzig. »Mich kann mal wohl kaum als deinen Partner bezeichnen. Ein ernstzunehmender Partner müßte dir doch einigermaßen ebenbürtig sein. Ich würde das eher Wohltätigkeitsturniere nennen, was du da mit mir veranstaltest.«

Bills Kopf und Pfeife waren wieder in die Horizontale geschwenkt. »Ach, du schaffst ihn doch mit links. Oder, Papa?« stachelte er seinen Vater an.

»Ich schaff mich meistens selber, und das mit rechts«, blaffte der Anwalt mit einem Augenzwinkern zu Bill. »Besonders letzten Sonntag.«

»Schluß jetzt, ihr drei«, ermahnte Mutter Hazzard sie strahlend. »Ich hab noch zu tun. Und Patrice auch. Ich kann hier nicht den ganzen Abend herumsitzen.«

Sie wurden wieder ernst. Bill war aufgestanden und hatte ihr einen Stuhl neben den Tisch gerückt. »Setz dich, Patrice, und leiste uns Gesellschaft«, forderte er sie auf.

»Ja, wir möchten, daß du dir das anhörst, Patrice«, drängte Vater Hazzard, als sie zögerte. »Es betrifft dich.«

Sie hätte sich beinahe mit einer verräterischen Geste an den Hals gefaßt. Nur durch pure Willensanstrengung behielt sie die Hand unten. Sie nahm etwas unbehaglich Platz.

Der Anwalt räusperte sich. »Also, damit müßte es im Prinzip geregelt sein, Donald. Der Rest bleibt unverändert.«

Vater Hazzard rückte seinen Stuhl näher. »Gut. Kann ich's jetzt unterschreiben?«

Mutter Hazzard biß einen Faden ab, sie war offenbar mit ihrer Stopfarbeit fertig. Sie fing an, Verschiedenes in ihren Korb zu verstauen, und machte Anstalten aufzustehen. »Vielleicht solltest du Patrice erstmal sagen, worum es geht, Liebling. Sie soll's doch erfahren, oder?«

»Ich kann's ihr erklären«, bot Winthrop an. »Ich komme mit weniger Worten aus als du.« Er wandte sich zu ihr und sah sie freundlich über den Rand seiner Lesebrille an. »Donald hat die Verfügung seines Testaments geändert, indem er sie durch ein Kodizill ergänzt hat. Ursprünglich war vorgesehen, daß der Nachlaß nach Abzug sämtlicher Verbindlichkeiten und der Versorgungssumme für Grace zu gleichen Teilen zwischen Hugh und Bill aufgeteilt werden soll. Wir haben das jetzt dahingehend geändert, daß ein Viertel des Nachlasses an Bill geht und das übrige an Sie.«

Sie spürte, wie ihr Gesicht aufflammte, als wäre ein heißes rotes Licht darauf gerichtet, nur auf sie allein, damit alle sie sehen konnten. Es befiel sie das qualvolle Gefühl, daß sie sich vom Tisch wegstoßen und flüchten wollte, aber in ihrem Stuhl gefangen war.

Sie versuchte, ruhig zu sprechen, zügelte ihre Stimme, indem sie sich zweimal die Lippen benetzte. »Ich möchte nicht, daß ihr das macht. Ich möchte nicht berücksichtigt werden.«

»So brauchst du das nicht zu sehen«, sagte Bill mit einem freundlichen Lachen. »Du nimmst keinem etwas weg. Ich hab Papas Firma.«

»Es war sogar Bills Vorschlag«, fügte Mutter Hazzard hinzu.

»Ich hab beiden Jungs zu ihrem einundzwanzigsten Geburtstag einen Pauschalbetrag in bar gegeben, als Starthilfe.«

Sie war jetzt aufgesprungen und sah sie alle nacheinander an, fast in Panik. »Nein, bitte! Bitte nicht! Mein Name soll da nicht rein! Ich will nicht, daß mein Name da reinkommt!« Sie wandte sich zu Vater Hazzard und hätte fast ihre verschränkten Hände gerungen. »Papa! Willst du nicht auf mich hören?«

»Es ist wegen Hugh, Liebling«, raunte Mutter Hazzard ihm taktvoll zu. »Kannst du das nicht verstehen?«

»Ich weiß. Das mit Hugh geht uns allen nah. Aber sie muß trotzdem weiterleben. Sie muß an ihr Kind denken. Und solche Angelegenheiten sollten nicht aus Gefühlsgründen auf die lange Bank geschoben werden. Man muß sich rechtzeitig drum kümmern.«

Sie wirbelte herum und floh aus dem Zimmer. Man unternahm keinen Versuch, ihr zu folgen.

Sie machte die Tür hinter sich zu. Sie stürmte hin und her, zwei-, dreimal, hielt sich den Kopf zwischen den erhobenen Armen. »Schwindlerin!« stieß sie mit erstickter Stimme aus. »Diebin! Genau das gleiche, wie wenn jemand durchs Fenster steigen würde und...«

Etwa eine halbe Stunde später wurde leise an ihre Tür geklopft. Sie ging hin und machte auf. Bill stand vor ihr.

»Hallo«, sagte er zaghaft.

»Hallo«, sagte sie ebenso zaghaft.

Als hätten sie sich die letzten paar Tage nicht gesehen.

»Er hat's unterschrieben«, sagte er. »Nachdem du hochgegangen bist. Winthrop hat's wieder mitgenommen. Beglaubigt und alles. Es ist jetzt geschehen, ob dir das paßt oder nicht.«

Sie antwortete nicht. Sie hatte die Schlacht verloren, schon unten, schon vorher, und dies war nur die letzte Bestätigung.

Er sah sie mit einem Blick an, den sie nicht einordnen konnte. Er schien zu gleichen Teilen aus genauer Einschätzung und schierem Unverständnis zu bestehen, mit einem kleinen Schuß Bewunderung.

»Weißt du«, sagte er. »Mir ist schleierhaft, warum du so reagiert hast. Und ich finde es nicht richtig, daß du so reagiert hast.« Er senkte vertraulich die Stimme. »Aber irgendwie bin ich froh, daß du so reagiert hast. Dadurch bist du mir noch sympathischer geworden.« Er schob ihr plötzlich die Hand hin. »Wollen wir uns zur guten Nacht die Hand geben?«

23

Sie war allein im Haus. Das heißt, allein mit Hughie, oben in seinem Bettchen, und Aunt Josie, ganz hinten in ihrem Zimmer. Die andern waren ausgegangen, um alte Freunde, die Michaelsons, zu besuchen.

Es war schön, hin und wieder allein im Haus zu sein. Nicht zu oft, nicht die ganze Zeit. Das hätte schon wieder Einsamkeit bedeutet. Und was das bedeutete, hatte sie am eigenen Leibe zu spüren bekommen, und das wollte sie nie wieder erleben.

Aber es war schön, so allein zu sein, allein *ohne* Einsamkeit, nur für ein paar Stunden, nur von neun bis elf, in der sicheren Gewißheit, daß sie bald wiederkämen. Das ganze Haus stand ihr offen, sie konnte nach Herzenslust darin herumstreifen. Oben, unten, in diesem Zimmer, in jenem. Nicht, daß sie es zu andern Zeiten nicht könnte. Aber es hatte etwas Besonderes, wenn niemand sonst da war. Es bewirkte etwas in ihr. Es nährte ihr Gefühl der *Zugehörigkeit*, füllte es wieder auf.

Sie hatten sie gefragt, ob sie nicht mitkommen wolle, aber sie bat darum, zu Hause bleiben zu dürfen. Vielleicht weil sie wußte, daß es ihr eben dieses Gefühl geben würde.

Sie drängten sie nicht. Sie drängten nie, wiederholten nie eine Einladung so oft, daß man sich genötigt fühlte. Sie respektierten einen als Individuum, sann sie. Das war eine ihrer sympathischen Seiten. Nur eine, sie hatten noch soviel andere.

»Dann vielleicht nächstes Mal«, hatte Mutter Hazzard beim Abschied lächelnd an der Tür gesagt.

»Nächstes Mal ganz bestimmt«, versprach sie. »Es sind ja wirklich nette Leute.«

Sie streifte erst eine Weile umher, ließ die Räume auf sich wirken, badete in diesem Gefühl von Zugehörigkeit. Berührte hier einen Stuhlrücken, befühlte dort den Stoff eines Vorhangs.

Meins. Mein Haus. Mein Haus und das meiner Familie. Meins. Meins. Mein *Zuhause*. Mein Sessel. Mein Vorhang. Nein, die Falten sollen *so* fallen, genau*so* will ich's haben.

Albern? Kindisch? Überspannt? Vielleicht. Aber sind

wir nicht alle irgendwo kindisch, überspannt? Das gehört doch einfach zum Leben dazu.

Sie ging zu Aunt Josies Speisekammer, hob den Deckel vom Keksglas, nahm einen Keks heraus und biß ein großes Stück ab.

Sie hatte nicht etwa Hunger. Erst vor ein paar Stunden hatte es eine reichliche Mahlzeit gegeben. Aber...

Mein Haus. Ich darf das. Die Kekse stehen mir zu. Die warten da auf mich, daß ich mich bediene, wann immer ich Lust dazu habe.

Sie tat den Deckel auf das Glas zurück und wollte schon das Licht ausmachen, als sie es sich plötzlich anders überlegte. Sie ging noch mal zurück und nahm sich einen zweiten Keks.

Mein Haus. Ich kann mir sogar zwei nehmen, wenn ich will. Und ich *werde* mir auch zwei nehmen.

Und mit einem Keks in jeder Hand, aus beiden wie zum Trotz ein großes Stück herausgebissen, verließ sie die Speisekammer. Es war nicht Futter für den Magen, sondern Futter für die Seele.

Nachdem sie sich die letzten Krümel von den Fingern abgewischt hatte, beschloß sie, ein Buch zu lesen. Eine innere Ruhe überkam sie jetzt, ein Gefühl von Frieden und Wohlbefinden, das geradezu heilsam war. Das Gefühl, zu genesen, wieder eins zu werden. Als wären die letzten Spuren eines alten Schmerzes, einer seit langem vorhandenen Spaltung ihrer Persönlichkeit – wie sie ja auch im umfassendsten Sinne stattgefunden hatte – getilgt worden. Ein Psychiater hätte eine gelehrte Abhandlung darüber schreiben können. Daß das bloße Umherstreifen in einem Haus, in völliger Geborgenheit und Entspannung, für eine halbe Stunde oder so, daß das bei ihr eine Wirkung hervorrief, die in einer Klinik mit den Methoden kalter Wissenschaft niemals hätte erreicht werden können. Aber Menschen sind Menschen. Sie brauchen keine Wissenschaft, sie brauchen ein Zuhause, ein eigenes Zuhause, das ihnen keiner wegnehmen kann.

Es war der richtige, fast der einzig richtige Zeitpunkt, um ein Buch zu lesen. Man konnte ihm seine ganze Aufmerksamkeit schenken, man konnte sich darin verlieren. Man wurde vorübergehend eins mit ihm, losgelöst von sich selbst.

Sie brauchte einige Zeit, um in der Bibliothek eine endgültige Wahl zu treffen. Sie verbrachte erst eine ganze Weile blätternd an den Regalen, ging zweimal zu ihrem Sessel zurück, um die ersten Absätze anzulesen, bis sie schließlich etwas gefunden hatte, das ihr gefiel.

›Marie-Antoinette‹ von Katherine Anthony.

Romane hatte sie nie besonders gemocht. Sie bereiteten ihr irgendwie Unbehagen, vielleicht fühlte sie sich dabei zu sehr an die Tragik ihres eigenen Lebens erinnert. Sie mochte Dinge, das spürte sie deutlich, *die wirklich geschehen waren*. Die wirklich geschehen waren, aber vor langer Zeit und weit weg. Die jemand ganz anderem passiert waren, jemand, den man nie und nimmer mit ihr verwechseln konnte. Bei einer Romanfigur begann man bald, sich unwillkürlich mit ihr zu identifizieren. Bei einer Person, die wirklich einmal gelebt hatte, tat man das nicht. Man sympathisierte objektiv, aber weiter ging es nicht. Es war immer, von Anfang bis Ende, jemand anderes. Weil es in Wirklichkeit tatsächlich jemand anderes gewesen war. Dieses Sich-Vertiefen in ein Buch kann man auch als Flucht bezeichnen. Nur war es in ihrem Fall das Gegenteil von dem, was es für andere normalerweise ist. Andere flüchten aus ihrer eintönigen Realität in Romandramatik. Sie flüchtete vor zuviel wirklicher persönlicher Dramatik in eine Realität der Vergangenheit.

Eine Stunde lang, vielleicht länger, war sie eins mit einer Frau, die seit einhundertfünfzig Jahren tot war. Sie verlor das Gefühl für Zeit.

Schwach, nur am äußersten Rand ihrer Wahrnehmung, hörte sie das Bremsen eines Autos irgendwo draußen in der stillen Nacht.

...Axel Fersen fuhr geschwind durch die dunklen Straßen...‹ Sie sind wiedergekommen. Ich will aber noch dieses Kapitel zu Ende lesen. *›...Anderthalb Stunden später rollte die Kutsche durch das Tor von Saint-Martin...‹*

Ein Schlüssel wurde im Schloß der Haustür herumgedreht. Sie wurde geöffnet, dann wieder geschlossen. Aber es sickerte keinerlei Gemurmel Heimkommender herein. Vollkommenes Schweigen. Feste, energische Schritte von einer einzigen Person hallten über den Streifen kahlen Bodens vor der Haustür und verklangen dann gedämpft auf dem Teppich in der Diele.

›...In einiger Entfernung vor ihnen stand eine große Reisekutsche am Straßenrand...‹ Nein, das ist Bill, nicht die andern. *Er* ist gerade reingekommen. Stimmt ja, sie sind gar nicht mit dem Auto gefahren. Die Michaelsons wohnen ja gleich um die Ecke. *›...stand eine große Reisekutsche am Straßenrand...‹*

Die Schritte entfernten sich zum hinteren Teil des Hauses. Das Licht in Aunt Josies Speisekammer wurde angeknipst. Sie konnte es von dort, wo sie saß, natürlich nicht sehen, aber sie erkannte es am Klicken des Schalters. Sie erkannte jeden Lichtschalter im Haus an seinem Klicken.

Die Richtung, aus der es kam, ob es laut oder leise war. So vertraut kann einem ein Haus werden.

Sie hörte, wie Wasser aus einem Hahn schoß und ein geleertes Glas abgestellt wurde. Dann wurde der Deckel des Keksglases hingelegt, mit einem schweren, hohlen, klingenden Porzellanton. Er blieb eine ganze Weile unten, hatte es gar nicht eilig, wieder auf das Glas zu kommen.

›... *Reisekutsche am Straßenrand* ...‹ Aunt Josie wird Zustände kriegen. Sie schimpft ihn immer. Wenn ich das mache, schimpft sie mich nie. Wahrscheinlich hat sie ihn schon als kleinen Jungen geschimpft und kann sich's nicht mehr abgewöhnen.

›... *Die falsche Madame Korff und ihre Gesellschaft bestiegen die Kutsche* ...‹

Endlich wurde der Deckel wieder draufgetan. Die Schritte kamen wieder näher, erreichten den hinteren Teil der Diele. Sie hielten inne, machten einen Schritt zurück. Der Boden knarrte leicht, wo eine Stelle mit doppeltem Gewicht belastet wurde.

›...‹ Ihm ist ein Stück auf den Boden gefallen. Er ist stehengeblieben, um es aufzuheben. Will nicht, daß sie's am Morgen da rumliegen sieht und dahinterkommt, was er angestellt hat. Ich wette, irgendwie hat er immer noch Angst vor Aunt Josie, auf so eine Klein-Jungen-Art. ›...‹ Aber sie war mit ihren Gedanken nicht bewußt bei ihm, sondern bei ihrem Buch. Nur ganz am Rande ihres Bewußtseins, mit dem unbeanspruchten Rest, nahm sie noch wahr, was um sie herum geschah.

Jetzt entschwand er für eine Weile ihrem Bewußtsein. Mußte sich irgendwo hingesetzt haben, um seine Kekse aufzuessen. Wahrscheinlich mit einem Bein über der Sessellehne, falls er überhaupt in einem Sessel saß.

Er wußte, daß die Eltern die Michaelsons besuchen wollten, und dachte wahrscheinlich, daß sie mitgegangen sei und er jetzt allein im Haus war. Die Bibliothek lag rechts von der Treppe, und er war nach links gegangen, zur Speisekammer und wieder zurück, und war noch nicht in ihre Nähe gekommen. Er konnte also nicht wissen, daß sie hier drin war. Der Schein der Lampe neben ihr war so stark abgeschirmt, daß er nicht bis zur Tür reichte.

Plötzlich waren seine drahtigen Schritte wieder unterwegs. Das Knabberzwischenspiel war beendet. Sie gingen wieder in die Diele, wurden deutlicher, umrundeten den Fuß der Treppe und bogen jetzt rechts ein. Sie kamen direkt auf sie zu, auf diesen Raum, in dem niemand sie vermutete.

Sie las unbeirrt weiter, gefesselt von der Passage, die sie gerade begonnen hatte. Sah nicht einmal auf.

Seine Schritte erreichten die Schwelle. Dann hielten sie inne, prallten fast zurück.

Einen Augenblick lang stand er da wie versteinert und sah zu ihr hinüber.

Dann wich er schroff einen ungeschickten Schritt zurück, tat einen ganzen Schritt nach hinten, machte kehrt und ging wieder fort. Sie nahm das alles fast nur unterbewußt wahr. Es war da, klammerte sich an ihr Bewußtsein, hatte es aber noch nicht durchdrungen.

›...‹ Warum hat er kehrtgemacht und ist einfach so weggegangen, als er mich hier allein gesehen hat? ›*... und ließen sich auf bequemen Kissen nieder...*‹ Er hat vorgehabt, hereinzukommen. Er ist ja bis zur Tür gegangen. Und als er dann gesehen hat, daß ich hier drin bin und ihn offenbar nicht bemerkt habe, hat er sich wieder zurückgezogen. Warum? Warum hat er das gemacht? ›... *Axel Fersen nahm die Zügel...*‹

Langsam verblaßte der Zauber ihres Buches, löste sich auf. Zum ersten Mal verließ ihr Blick die Seiten. Sie hob fragend den Kopf, hielt das Buch immer noch geöffnet vor sich.

Warum? Warum hat er das getan?

Daß er Angst hatte, mich zu stören, kann nicht der Grund gewesen sein. Wir sind alle eine Familie, wir gehen miteinander nicht so förmlich um. Hier geht jeder von Zimmer zu Zimmer, wie er Lust hat, ohne um Erlaubnis zu bitten. Außer in den oberen Räumen, aber ich bin nicht oben, ich bin unten. Er hat nicht einmal Hallo gesagt. Als er sah, daß ich ihn nicht gesehen habe, wollte er, daß sich daran nichts ändert, tat sein Bestes, daß sich daran nichts ändert, hat sich alle Mühe gegeben, nicht meine Aufmerksamkeit zu erregen. Ist den ersten Schritt rückwärts gegangen und hat sich dann erst umgedreht.

Die Haustür war geöffnet worden, hatte sich aber nicht hinter ihm geschlossen. Er war kurz rausgegangen, um den Wagen wegzustellen. Sie hörte den dumpfen Schlag der Wagentür und das Schnarren der Gangschaltung.

Mag er mich nicht? Will er deswegen nicht mit mir in einem Zimmer sein, wenn sonst niemand dabei ist? Hat er was gegen mich? Ich dachte, er hätte mir schon längst sein vollstes Vertrauen geschenkt. Es hat jedenfalls so ausgesehen. Aber – so zurückzuschrecken, sich so zu bremsen, so wegzuschwenken, schon auf der Schwelle.

Und plötzlich wußte sie es, war es ihr klar. Ganz einfach, ganz nüchtern. Irgendein undefinierbares Etwas hatte es ihr gesagt. Etwas, das sich mit Worten nicht erklären ließ. Etwas zu Flüchtiges für Worte.

Nein, es ist nicht, weil er mich nicht mag. Sondern *weil* er mich mag, *weil* er mich mag. Deswegen ist er so zurückgeschreckt, deswegen will er mit mir möglichst nicht allein in einem Zimmer sein. Er mag mich *zu* sehr. Fängt schon an, sich in mich zu verlieben Und ... und denkt, daß er es nicht sollte. Kämpft dagegen an. Dieser hoffnungslose, verzweifelte Kampf, der nie gewonnen wird.

Bestimmt, aber ohne Hast, schlug sie ihr Buch zu, ging zum Bücherschrank und stellte es an seinen Platz zurück. Sie ließ die Lampe für ihn an – da er offenbar hier hineinwollte –, verließ das Zimmer, überließ es ihm, ging hinaus in die Diele, stieg die Treppe hoch, betrat ihr Zimmer und schloß für die restliche Nacht die Tür hinter sich.

Sie löste ihr Haar und bürstete es für die Nacht.

Sie hörte das Rumpeln der Garagentür, hörte das Vorhängeschloß dagegenschlagen, als er es losließ, hörte ihn wieder ins Haus kommen. Er ging direkt zur Bibliothek zurück und betrat sie, diesmal ohne zu zögern – um jetzt mit ihr zu reden? Um es endlich herauszubringen, seinen Entschluß endgültig gefaßt, nach dieser kurzen Atempause? Und fand den Raum leer vor. Die Lampe brannte noch, aber die Leserin war verschwunden.

Sekunden später fiel ihr ein, daß sie auf dem Tisch unter der Lampe ihre brennende Zigarette liegengelassen hatte. Sie hatte vergessen, sie mitzunehmen, als sie ging. Sie brannte wahrscheinlich immer noch. Als draußen das Auto vorgefahren war, hatte sie sie gerade erst angezündet. Sie war nicht etwa wegen einer möglichen Brandgefahr beunruhigt. Er würde die Zigarette sofort bemerken und sie für sie ausmachen.

Aber die Zigarette würde sie verraten. Denn genauso, wie er vorgehabt hatte, hereinzukommen, und es dann nicht tat, würde er jetzt merken, daß sie *nicht* vorgehabt hatte, aufzustehen und zu gehen, es aber getan hatte.

Sie wußte jetzt nicht nur, daß er sich in sie verliebt hatte, sondern auch, daß er, dank dieser verräterischen Zigarette, wußte, daß sie es wußte.

24

Als sie den Blumengarten hinterm Haus betrat, erschien er ihr im Licht des Vollmonds so hell wie am Tag. Die Sandwege, die ihn im Geviert umfaßten und wie ein x durchkreuzten, leuchteten wie Schnee, und ihr Schatten glitt blau darüber hinweg. Der kleine Felsenteich in der Mitte war mit silbrigen Lamellen übersprenkelt, und während sich bei ihrem Rundgang die Warte ihrer Perspektive ständig verschob, schien es, als würden sich die Steinwaffeln sanft pulsierend mit bewegen.

Die Juninacht war geschwängert vom Duft der Rosenbüsche, und schläfrige kleine Insekten vollführten ein träges Gesumme, als würden sie im Schlaf sprechen.

Sie wollte noch nicht schlafen. Lesen wollte sie auch nicht. Es war zu stickig und heiß in der Bibliothek neben der brennenden Lampe. Sie wollte auch nicht mehr alleine auf der Veranda sitzenbleiben, nachdem Mutter und Vater Hazzard sich auf ihr Zimmer zurückgezogen hatten. Sie war kurz hinaufgegangen, um nach Hughie zu sehen, und dann war sie hierhergekommen. In den Blumengarten hinterm Haus, schön abgeschieden hinter dem hohen Heckenkranz.

Die Turmuhr der kleinen reformierten Kirche am Beechwood Drive schlug elf, und der Nachhall der melodiösen Schläge verharrte in der unbewegten Luft. Er verströmte Behaglichkeit und friedvolle Ruhe.

»Hallo«, sagte eine leise Stimme, scheinbar unmittelbar über ihrer Schulter. »Wußt ich's doch, daß du das bist da unten, Patrice.«

Sie fuhr erschreckt herum und konnte ihn zuerst nicht entdecken. Er war direkt über ihr, saß längs auf dem Sims seines geöffneten Fensters.

»Hast du was dagegen, wenn ich runterkomme und dir für eine Zigarette Gesellschaft leiste?«

»Ich wollte gerade wieder reingehen«, sagte sie rasch, aber er war schon verschwunden.

Er trat von der hinteren Veranda herunter, und während er ihr entgegenging, überstäubte das Mondlicht seinen Kopf und seine Schultern wie Puder. Sie gesellte sich zu ihm, und die beiden schlenderten Seite an Seite weiter, zuerst ganz um den Garten herum und dann einen der Kreuzwege entlang.

Einmal streckte sie im Vorbeigehen die Hand nach einer Blume aus und berührte sie. Sie bog sie ein wenig zu sich heran und ließ sie dann wieder unbeschädigt zurückschwingen. Eine aufgeblühte weiße Rose. Der Duft schlug ihnen fast wie eine Bombe ins Gesicht.

Er tat nicht einmal so etwas. Er tat überhaupt nichts. Sagte nichts. Ging nur neben ihr her. Die eine Hand in der Tasche. Sah ständig zu Boden, als gäbe es nichts Faszinierenderes als den Anblick des Weges unter seinen Füßen.

»Es ist so wunderschön hier unten. Ich mag mich gar nicht davon trennen«, sagte sie schließlich.

»Ich interessier mich einen Dreck für Gärten«, antwortete er fast grob. »Oder fürs Spazierengehen. Oder für die Blumen hier. Du weißt schon, warum ich hier runtergekommen bin. Muß ich dir das noch sagen?«

Er schleuderte seine Zigarette fort, als hätte ihn etwas erzürnt.

Plötzlich hatte sie große Angst. Sie blieb stehen.

»Nein, warte, Bill. Bill. Warte! Nicht!«

»Nicht was? Ich hab doch noch gar nichts gesagt. Aber du weißt schon Bescheid, nicht? Es tut mir leid, Patrice, ich muß es dir sagen. Du mußt mir zuhören. Es muß endlich raus.«

Sie steckte protestierend die Hand gegen ihn aus, als wollte sie etwas abwehren. Sie wich einen Schritt zurück, ging auf Distanz.

»Mir gefällt das alles überhaupt nicht«, sagte er rebellisch. »Mir passieren Dinge, die mir ganz fremd sind. Ich hab so was Beunruhigendes noch nie erlebt. Ich hab mich auch noch nie in jemand verguckt, wie's sonst doch jedem irgendwann mal passiert. So ist das eben bei mir, hab ich mir immer gedacht. Aber jetzt ist es soweit, Patrice. Jetzt ist es ernst.«

»Nein, warte! Nicht jetzt. Noch nicht. Das ist jetzt nicht der richtige Zeitpunkt.«

»Es ist der richtige Zeitpunkt, die richtige Nacht und der richtige Ort. So eine Nacht wird es nie wieder geben, auch nicht, wenn wir beide hundert werden. Patrice, ich liebe dich, und ich möchte, daß du mich hei – ...«

»Bill«, flehte sie entsetzt.

»Jetzt hast du's gehört, und jetzt läufst du davon. Patrice«, fragte er betrübt, »was ist denn da so schrecklich dran?«

Sie hatte die Stufe der unteren Veranda erreicht, verharrte dort kurz auf ihrer Flucht. Er folgte ihr langsam, zeigte eher ergebene Zerknirschung als aufdringliche Hast.

»Ich hab mit sowas überhaupt keine Erfahrung«, sagte er. »Ich kann's nicht richtig ausdrücken...«

»Bill«, sagte sie wieder, fast gramgebeugt.

»Patrice, ich sehe dich jeden Tag und...« Er breitete hilflos die Arme aus. »Was soll ich denn tun? Ich kann nichts dafür. Ich glaube, es ist etwas Gutes. Ich finde, es ist etwas, das sein sollte.«

Sie lehnte den Kopf wie verzweifelt an den Verandapfosten. »Warum mußtest du es denn jetzt schon sagen? Warum konntest du nicht...? Laß mir noch mehr Zeit. Bitte, laß mir noch mehr Zeit. Nur ein paar Monate...«

»Soll ich es wieder zurücknehmen, Patrice?« fragte er wehmütig. »Wie könnte ich das jetzt noch? Selbst wenn ich's nicht gesagt hätte? Patrice, es ist doch schon so lange her. Ist es Hugh, ist es immer noch Hugh?«

»Ich war noch nie ver – ...«, setzte sie zerknirscht an. Sie hielt plötzlich inne.

Er sah sie befremdet an.

Ich habe zuviel gesagt, schoß es ihr durch den Kopf. Zuviel, oder zuwenig. Und dann, voll bekümmerter Einsicht: viel zu wenig.

»Ich geh jetzt rein.« Der Schatten der Veranda fiel zwischen sie wie ein tiefblauer Vorhang.

Er versuchte nicht, ihr zu folgen.

»Du hast Angst, daß ich dich küsse.«

»Nein, das ist es nicht, wovor ich Angst habe«, murmelte sie fast unhörbar. »Ich habe Angst, daß ich es will.«

Die Tür schloß sich hinter ihr.

Er stand bewegungslos da draußen im bleichen Licht des Vollmonds und sah traurig zu Boden.

Morgens war die Welt durch ihr Fenster süß anzusehen. Das Gefühl von Frieden, Sicherheit und Geborgenheit wurde immer dichter um sie herum gewebt. Bald könnte nichts mehr dieses Gewebe zerreißen. In deinem eigenen Zimmer aufzuwachen, in deinem eigenen Zuhause, unter deinem eigenen Dach. Deinen kleinen Sohn zu sehen, der vor dir aufgewacht ist und erwartungsvoll über den Rand seines Kinderbettchens linst und dir dieses begeisterte, juchzende Lächeln schenkt, das schon etwas Besonderes ist, das er nur dir allein schenkt. Ihn hochzuheben und an dich zu drücken und dich beherrschen zu müssen, ihn nicht zu fest zu drücken. Ihn dann zum Fenster hinüberzutragen, den Vorhang zurückzuhalten und auf die Welt hinauszublicken. Ihm die Welt zu zeigen, die du für ihn gefunden, die du ihm bereitet hast.

Das Licht der frühen Morgensonne: wie der Blütenstaub der Goldrute bestäubt es die Gehwege und die Straße vor dem Haus. Die blauen Schatten unter den Bäumen und an der Nordseite der Häuser. Ein paar Häuser weiter sprengt ein Mann gerade seinen Rasen. Das Wasser, das aus der Düse des Schlauchs hervorsprudelt, glitzert wie Diamanten. Er blickt auf, sieht dich und winkt dir nachbarlich zu, obwohl du ihn nicht gut kennst. Und du ergreifst Hughies Händchen am Handgelenk und winkst zurück.

Ja, morgens war die Welt wirklich süß anzusehen.

Dann dich anzukleiden, dich und den Kleinen, und nach unten in den freundlichen Raum zu gehen, der da auf dich wartet. Zu Mutter Hazzard und ihren frischgepflückten Blumen und ihrem liebevollen, sonnigen Gruß. Und die spiegelblanke Kaffeekanne, die ihn immer so begeistert, mit ihren vielen Flächen, auf denen diese lustigen, pummeligen Spiegelbilder zu sehen sind, derer, die rundherum sitzen: eine ältere Dame, eine sehr viel jüngere Dame und – auf seinem hohen Stühlchen – ein sehr, sehr junger Mann, der Mittelpunkt der Familie.

Sicher zu sein, zu Hause zu sein, bei den Deinen zu sein.

Sogar Post für dich. Ein Brief, nur für dich, der dich da auf deinem Platz erwartet. Bei seinem Anblick verspürte sie ein zufriedenes kleines Gefühl der Vollendung. Es gab kein größeres Zeichen von Dauerhaftigkeit, von Zugehörigkeit, als dieses. Post für dich, dir ins Haus geschickt.

›Mrs. Patrice Hazzard‹ und die Adresse. Dieser Name hatte ihr einmal Angst gemacht. Jetzt nicht mehr. Bald würde sie sich sogar nicht einmal mehr daran erinnern können, daß es davor einmal einen anderen Namen gegeben hatte. Ein einsamer, ängstlicher Name, der jetzt besitzerlos und unbeansprucht durch die Welt irrte...

»Na, na, Hughie, nicht so hastig. Erst schön den andern aufessen.«

Sie öffnete ihn. Er war leer. Genauer gesagt, es befand sich nichts Geschriebenes darin. Einen Moment lang dachte sie, es müßte ein Versehen vorliegen. Nur ein leeres Blatt Papier. Nein, Moment, auf der anderen Seite...

Drei Wörtchen, die im Falz des Blattes fast vergraben waren, die man in der schneeweißen Fläche, die sie umgab, beinahe übersah:

Wer bist du?

26

Morgens war die Welt durch ihr Fenster bittersüß anzusehen. In einem Zimmer aufzuwachen, das dir eigentlich nicht zusteht. Zu wissen – und du weißt, daß jemand anders es weiß –, daß du kein Recht hast, dort zu sein. Das Licht der frühen Morgensonne draußen auf dem Boden ist bleich und karg, und unter allen Bäumen und an der Nordseite aller Häuser halten sich Fetzen der Nacht, zu Blau verdünnt, aber immer noch düster und abweisend. Der Mann, der einige Häuser weiter seinen Rasen sprengt, ist ein Fremder, ein Fremder, den du vom Sehen kennst. Er blickt auf, und du weichst hastig vom Fenster zurück, mitsamt dem Kind, damit er dich nicht sieht. Und einen Augenblick später wünschst du dir, du hättest das nicht getan. Aber es ist zu spät, es ist geschehen.

Ist er derjenige? Ist er es?

Es macht nicht mehr soviel Spaß, sich anzuziehen. Sich selber und den Kleinen. Und wenn du mit Hughie diese Treppe hinuntergehst, diese Treppe, die du schon so viele hundert Mal hinuntergegangen bist – jetzt hast du endlich erfahren, wie es ist, sie schweren Herzens und voller Sorgen hinunterzugehen, wie du es eines Tages würdest tun müssen, wie du es selbst gesagt hast, an jenem allerersten Abend. Denn so gehst du sie jetzt hinunter.

Am Tisch Mutter Hazzard, strahlend, und die Blumen, und die koboldartigen Spiegelungen auf den Flächen der Kaffeekanne. Aber du hast nur Augen für eine Sache. Schon an der Türschwelle wird dein Blick verstohlen, angestrengt. Noch vorher, sobald der Tisch zu sehen ist. Ist da irgend etwas Weißes drauf, auf deiner Seite? Ist da bei deinem Platz oder in der Nähe irgendein rechteckiger weißer Fleck zu sehen? Das würde man sofort sehen, denn das Tischtuch ist gemustert, mit roten und grünen Tupfern.

»Patrice, hast du nicht gut geschlafen, Liebes?« fragte Mutter Hazzard fürsorglich. »Du siehst ein bißchen angegriffen aus.«

Gerade eben auf der Treppe hatte sie noch nicht angegriffen ausgesehen. Da war sie nur bedrückt und besorgt.

Sie setzte Hughie in sein Stühlchen, brauchte etwas länger als nötig. Nicht hinsehen. Nicht dran denken. Versuch nicht herauszufinden, was drin ist. Du willst nicht wissen, was drin ist. Laß ihn da bis nach dem Frühstück liegen. Dann zerreiß ihn un – …

»Patrice, du kleckerst ja sein Kinn ganz voll. Laß mich mal.«

Danach gab es für ihre Hände nichts mehr zu tun. Und es kam ihr vor, als hätte sie so viele, mindestens vier oder fünf. Sie griff nach der Kaffeekanne, und eine Ecke von dem Umschlag war im Weg. Sie griff nach der Zuckerdose, und eine andere Ecke war im Weg. Sie zog ihre Serviette zu sich heran, und er rutschte darauf ein paar Zentimeter näher. Er war überall um sie herum, er war überall gleichzeitig!

Sie wollte schreien, und sie krampfte ihre Hand unten bei ihrem Stuhl fest zusammen. Das darf ich nicht. Das darf ich nicht. Hughie ist direkt neben mir, und Mutter Hazzard sitzt gleich gegenüber.

Öffne ihn, öffne ihn schnell. Schnell, solange du noch den Mut hast.

Das Papier zerriß. Ihr Finger war so dick und ungeschickt.

Diesmal ein Wort mehr.

Ihre Hand, unten neben ihrem Stuhl, klammerte sich wieder zusammen. Weiß strömte hinein, verschwand durch die Fingerfugen.

27

Morgens war die Welt durch ihr Fenster bitter anzusehen. In einem fremden Zimmer, in einem fremden Haus aufzuwachen. Dein Kind hochzunehmen – das einzige, was rechtmäßig deins ist – und mit ihm zum Fenster zu schleichen, sich schräg anzupirschen und von der äußersten Ecke hinauszuspähen, fast ohne den Vorhang anzuheben. Nicht forsch von der Mitte aus heranzutreten und den Vorhang weit zurückzuwerfen. Das kann nur machen, wer bei sich zu Hause ist, nicht du. Und da draußen – nichts. Nichts, was dir gehört oder für dich bestimmt ist. Die feindseligen Häuser einer feindseligen Stadt. Ein eisiger Abglanz der Sonne auf steinigem Boden. Dunkle Schatten wie Stirnrunzeln unter jedem Baum und an der Nordseite eines jeden Hauses. Der Mann, der den Rasen sprengt, hat sich heute nicht umgedreht, um dich zu grüßen. Er ist jetzt mehr als nur ein Fremder, er ist ein potentieller Feind.

Sie ging mit ihrem Jungen hinunter, und jeder Schritt war wie eine Totenglocke. Sie hielt die Augen geschlossen, als sie den ersten Schritt ins Eßzimmer machte. Sie konnte nicht anders. Sie konnte sich einen Augenblick lang nicht dazu bringen, sie offenzuhalten.

»Patrice, du siehst mir heute aber gar nicht gut aus. Du

solltest mal deine Gesichtsfarbe neben der deines Kindes sehen.«

Sie öffnete die Augen.

Nichts da.

Aber er würde kommen. Es würde wieder einer kommen. Einmal, zweimal war einer gekommen, es würde wieder einer kommen. Vielleicht morgen. Übermorgen. Oder überübermorgen. Es würde ganz sicher wieder einer kommen. Sie konnte nichts anderes tun als warten. Dasitzen, gebeugt, hilflos, wartend. Wie wenn man den Kopf unter einen leckenden Wasserhahn hält und darauf wartet, daß sich der nächste eiskalte Tropfen löst und herabfällt.

Morgens war die Welt bitter anzusehen, und in den Nächten war sie voller unförmiger Schatten, die bedrohlich um sie herumkrochen, jederzeit bereit, sie zu umzingeln und zu verschlingen.

28

Sie hatte nicht gut geschlafen. Das war das erste, dessen sie sich bewußt war, als sie aufwachte. Die Ursache, der Grund dafür, kam gleich mit. Und das war das Schlimme. Nicht die Tatsache, daß sie nicht gut geschlafen hatte, sondern die Ursache, den Grund dafür zu kennen. Nur zu gut zu kennen.

Es war nichts Neues. Es kam in letzter Zeit dauernd vor, daß sie so schlecht schlief. Es war eher die Regel als die Ausnahme.

Die Anspannung machte sich allmählich bei ihr bemerkbar. Ihre Widerstandskraft nutzte sich ab. Ihre Nerven wurden langsam immer gespannter, täglich ein bißchen mehr. Sie wußte, daß sie sich einem gefährlichen Punkt näherte. Sie konnte es nicht mehr lange aushalten. Wenn sie kamen, war es nicht so schlimm wie in der Zeit dazwischen, das Warten auf den nächsten. Je länger es dauerte, bis einer kam, desto größer wurde ihre Anspannung, anstatt geringer.

Sie konnte es nicht mehr lange aushalten. Wenn jetzt noch einer kommt, sagte sie sich, wird etwas in mir drin zerreißen. Es soll nicht noch einer kommen. Bitte nicht.

Sie betrachtete sich im Spiegel. Nicht aus Eitelkeit oder Einbildung, sondern um zu sehen, welchen Schaden ihr Aussehen genommen hatte. Um sich objektiv bestätigen zu lassen, welcher Zoll gefordert worden war. Ihr Gesicht war blaß und vergrämt. Es wurde wieder magerer, verlor seine Rundlichkeit, es traten wieder die ausgemergelten Wangen hervor, die in New York dagewesen waren. Unter ihren Augen lagen etwas zu dunkle Schatten, und die Augen selbst waren etwas zu glänzend. Sie sah müde und verängstigt aus. Nicht akut, sondern chronisch. Und das wurde ihr durch all das hier angetan.

Sie zog sich an, dann Hughie, und ging mit ihm hinunter. Es war so angenehm im Eßzimmer, so am frühen Morgen. Die neugeborene Sonne, die champagnerfarben hereinströmte, die steifen Chintzvorhänge, das fröhliche, bunte Geschirr auf dem Tisch, das duftende Aroma von Kaffee, der köstliche Geruch frischgerösteten Toasts, der durch die Serviette drang, die zum Warmhalten darübergelegt worden war. In der Mitte des Tisches Mutter Hazzards frischgeschnittene Blumen aus dem Garten hinterm Haus. Mutter Hazzard selbst, flott und fröhlich in ihrem bedruckten Morgenmantel, wie sie sie anstrahlte. Zuhause. Frieden.

Laß mich in Frieden, flehte sie innerlich. Laß mich in Frieden. Laß mich all das haben. Laß es mich genießen, wie es genossen werden soll, wie es überall darauf wartet, genossen zu werden. Nimm es mir nicht weg. Laß mich es behalten.

Sie ging zu ihr um den Tisch herum, küßte sie und hielt ihr Hughie zum Guten-Morgen-Kuß hin. Dann setzte sie ihn in sein Stühlchen zwischen sich und Mutter Hazzard und nahm dann selbst Platz.

Dann sah sie sie, wie sie da auf sie warteten.

Der obere war eine Kaufhausreklame in einem verschlossenen Umschlag. Sie konnte es an dem Briefkopf in der oberen Ecke erkennen. Aber drunter lag noch ein anderer. Seine Ecken guckten etwas unter dem oberen Umschlag hervor.

Sie hatte Angst, ihn ganz in ihr Blickfeld zu rücken. Sie schob es hinaus.

Sie löffelte Hughie seine Flocken in den Mund und nippte zwischendurch an ihrem Fruchtsaft.

Dieser Brief vergiftete die Mahlzeit, spannte ihre Nerven.

Vielleicht war es ja keiner von denen, vielleicht war es etwas anderes. Ihre Hand machte einen Ruck, und der Umschlag mit der Kaufhausreklame war zur Seite geschoben.

Mrs. Patrice Hazzard

Er war mit Tinte adressiert. Ein Privatbrief. Sie bekam nie solche Briefe. Wer schrieb ihr? Wer kannte sie? Es mußte wieder einer von denen sein. Es war einer von denen. Sie verspürte kalte Übelkeit im Magen. Sie registrierte jedes

Detail mit einer Art hypnotischer Faszination. Die lila Drei-Cent-Marke, durchlaufen von den Entwertungswellenlinien. Dann, an einer Seite, der runde Poststempel. Er war spät abgeschickt worden. Gestern, nach Mitternacht. Wo, fragte sie sich. Von wem? Vor ihrem geistigen Auge sah sie eine verschwommene, verstohlene Gestalt, die sich in der Dunkelheit an einen Briefkasten heranschleicht, eine Hand, die hastig etwas in den Spalt schiebt, die Klappe, die scheppernd zufällt.

Sie wollte ihn hier weghaben, ihn mit nach oben nehmen, die Tür zumachen. Aber wenn sie ihn ungeöffnet mitnähme, würde das nicht geheimniskrämerisch aussehen, würde sie damit nicht ungewollt Aufmerksamkeit erregen? Sie konnte ihn gefahrlos hier im Zimmer öffnen. In diesem Haus war man nicht neugierig. Es wurden nie Fragen gestellt. Sie wußte, sie hätte ihn sogar geöffnet herumliegen lassen können, nachdem sie ihn selbst gelesen hatte, und es wäre nichts passiert, niemand hätte ihn angerührt.

Sie fuhr mit ihrem Messer in den Umschlag und schlitzte ihn auf.

Mutter Hazzard hatte es übernommen, Hughie zu füttern, und hatte nur Augen für ihn. Jeder Happen rief eine Lobeshymne hervor.

Sie entfaltete das Blatt. Die Blumen standen zwischen ihr und Mutter Hazzard, sie verdeckten ihre zitternde Hand. Es war so leer. So eine Platzverschwendung. So wenig, was da geschrieben war. Nur eine Zeile auf der Mitte des Blattes, wo der Falz war.

Was machst du hier?

Sie spürte, wie sich ihr die Brust zusammenkrampfte. Sie versuchte, ihre plötzlich übermäßig rasche Atmung zu drosseln, um sich nicht zu verraten.

Mutter Hazzard zeigte Hughie gerade seinen Teller. »Alles weg. Hughie hat alles aufgegessen! Ja wo *ist* es denn?«

Sie hatte es in ihren Schoß gelegt. Sie schaffte es, das Blatt wieder in den Umschlag zurückzustecken und diesen zu falten, einmal und dann noch einmal, bis er in ihre Hand paßte.

Noch einer, und etwas in mir drin wird zerreißen. Und hier war er.

Sie spürte, wie ihre Selbstbeherrschung dahinschwand, und wußte nicht, was ihr Fürchterliches bevorstand, wenn sie sie schließlich verlieren würde. Ich muß hier aus diesem Zimmer raus, warnte sie sich selbst. Ich muß von diesem Tisch weg – jetzt – schnell!

Sie stand abrupt auf, stolperte leicht über ihren Stuhl, wandte sich um und verließ wortlos den Tisch.

»Patrice, trinkst du denn deinen Kaffee nicht?«

»Ich bin gleich wieder unten«, sagte sie mit erstickter Stimme von der anderen Seite der Tür. »Ich hab was vergessen.«

Sie ging hinauf in ihr Zimmer und schloß die Tür.

Es war wie ein Dammbruch. Sie hatte nicht gewußt, welche Form es annehmen würde. Tränen, hatte sie gedacht, oder schrilles hysterisches Lachen. Weder noch. Es war Wut, Raserei, blind, verwirrt, hilflos.

Sie ging zur Wand und hämmerte mit hoch über dem Kopf erhobenen Fäusten dagegen. Und dann zur nächsten Wand und zur nächsten und zur nächsten, wie jemand, der einen Ausweg sucht. Und sie rief verzweifelt: »Wer *bist* du denn? Von wo schickst du sie? Warum kommst du nicht raus? Warum zeigst du dich nicht? Warum zeigst du dich nicht, damit ich dich sehen kann? Warum zeigst du dich nicht und gibst mir eine Chance, mich zu wehren?«

Schließlich ließ sie ab, ermattet und außer Atem nach ihrem Gefühlsausbruch. Im Gefolge kam plötzliche Entschlossenheit. Es gab nur eine Möglichkeit, sich zu wehren. Sie hatte nur eine Möglichkeit, die Angriffe ihres Stachels zu berauben...

Sie riß die Tür auf. Sie machte sich wieder auf den Weg nach unten. Immer noch so tränenlos, wie sie hinaufgegangen war. Sie lief schnell, stürzte mit raschen Schritten hinunter. Sie hielt ihn noch in der Hand. Sie öffnete ihn, entfaltete ihn und glättete ihn im Laufen.

Sie betrat das Eßzimmer mit derselben Hast, mit der sie die Treppe hinuntergelaufen war.

»...hat seine ganze Milch ausgetrunken. Braver Junge«, säuselte Mutter Hazzard.

Patrice ging rasch um den Tisch herum, zu ihr hin, und blieb knapp neben ihr stehen.

»Ich will dir etwas zeigen«, sagte sie kurz. »Sieh dir das hier mal bitte an.«

Sie legte es offen vor ihr auf den Tisch und stand abwartend da.

»Einen Augenblick, Liebes. Ich muß erst meine Brille suchen«, sagte Mutter Hazzard beflissen. Sie suchte hier und dort zwischen den Frühstückssachen. »Als Vater am Tisch war, hatte ich sie noch. Das weiß ich ganz genau. Wir haben beide Zeitung gelesen.« Sie warf einen Blick zur Anrichte auf der anderen Seite.

Patrice stand abwartend da. Sie sah zu Hughie hinüber. Er hielt immer noch seinen Löffel besitzergreifend in seinem Fäustchen. Er schwenkte ihn ihr fröhlich entgegen. Zuhause. Frieden.

Plötzlich griff sie zu ihrem eigenen Platz hinüber, nahm die Kaufhausreklame, die dort noch lag, und legte sie an die Stelle des Briefes auf den Tisch.

»Da ist sie ja. Unter meiner Serviette. Die ganze Zeit direkt vor der Nase.« Mutter Hazzard setzte sie auf und wandte sich zu ihr um. »Also, was wolltest du mir da zeigen, Liebes?« Sie öffnete die Broschüre und sah sie an.

Patrice zeigte auf das Blatt. »Dieses Muster hier. Das erste. Ist das nicht... hübsch?«

Hinter ihrem Rücken verknitterte langsam der soeben entwendete Brief in ihrer Hand, wurde von ihren Fingern zusammengeknüllt, bis er schließlich zwischen ihnen verschwand.

29

Sie ging leise und zielstrebig im matt erleuchteten Zimmer auf und ab, holte einen Armvoll Sachen nach dem andern aus den Schubladen. Hughie schlummerte in seinem Kinderbett. Auf der Uhr war es fast eins.

Der Koffer lag aufgeklappt auf einem Stuhl. Selbst der gehörte ihr nicht. Es war derselbe, den sie damals bei ihrer Zugfahrt nach Caulfield benutzt hatte, der mit dem P.H. auf seinen abgerundeten Ecken. Er sah so neu aus wie eh und je. Sie mußte sich ihn ausleihen. Genauso wie sie sich all diese Sachen auslieh, die sie aufs Geratewohl genommen hatte und jetzt in den Koffer warf. Genauso wie sie sogar die Kleider auslieh, die sie am Leib trug. Es gab nur zweierlei in diesem ganzen Zimmer, das rechtmäßig ihr gehörte. Dieses kleine Bündel, das da friedlich in seinem Bettchen schlief, und diese siebzehn Cents, die verstreut auf einem Stück Papier auf dem Frisiertisch lagen.

Sie nahm hauptsächlich Sachen für ihn mit. Sachen, die er brauchte. Sachen, die ihn wärmen würden. Dagegen hätten sie nichts, das würden sie ihr nicht übelnehmen. Sie liebten ihn doch fast so sehr wie sie, redete sie sich wehmütig ein. Sie beschleunigte ihre Bewegungen, als berge dieser Gedanke, wenn sie sich zu lange dabei aufhielt, die Gefahr, daß ihr Vorsatz ins Wanken geraten könnte.

Für sich selbst nahm sie nur sehr wenig mit, nur das Allernötigste. Unterwäsche, Strümpfe – Sachen, Sachen. Was spielen Sachen für eine Rolle, wenn deine Welt auseinanderbricht und um dich herum zerbröckelt? *Deine* Welt? Es ist nicht *deine* Welt, es ist eine Welt, in der du nichts zu suchen hast.

Sie klappte den Deckel des Koffers zu und schloß ihn ungeduldig. Es war ihr egal, ob er genug enthielt oder zuviel oder zuwenig. Ein kleiner weißer Stoffzipfel hing, vom Deckel eingeklemmt, heraus, aber sie kümmerte sich nicht drum.

Sie zog Hut und Mantel an, die sie über das Fußende des Bettes gelegt hatte. Den Hut setzte sie sich auf, ohne dabei in den Spiegel zu schauen, der sich gleich neben ihrer Schulter befand. Sie nahm ihre Handtasche und suchte darin herum. Sie holte einen Schlüssel hervor, den Schlüssel zu diesem Haus, und legte ihn auf den Frisiertisch. Dann nahm sie ein kleines Portemonnaie heraus und schüttelte es aus. Ein Packen zerknitterter Geldscheine fiel wie ein Knäuel Kohlblätter lautlos heraus, gefolgt von ein paar Münzen, die klirrend auf die Tischplatte kullerten. Sie schob alles auf einen Haufen zusammen und ließ es da auf dem Frisiertisch. Dann nahm sie die siebzehn Cents, ließ sie ins geleerte Portemonnaie fallen, legte es in die Handtasche zurück und schob sich diese unter den Arm.

Sie ging zum Kinderbettchen, ließ eine Seite herunter und kauerte sich nieder, so daß ihre Augen auf der Höhe des schlafenden Gesichtchens waren. Sie küßte es leicht auf die geschlossenen Augenlider. »Ich komm dich gleich holen«, flüsterte sie. »Ich muß erst den Koffer runtertragen und an der Tür abstellen. Ich schaff's leider nicht, mit euch beiden zusammen diese Treppe hinunterzugehen.« Sie richtete sich wieder auf und hielt kurz inne, um auf ihn hinabzublicken. »Wir gehen auf eine Reise, du und ich. Wir wissen nicht, wohin, und es ist uns auch gleich. Geradeaus, da wo die Züge langfahren. Wir finden schon jemand auf der Straße, der uns mitnimmt...«

Auf der Uhr war es jetzt kurz nach eins.

Sie ging zur Tür hinüber, öffnete sie sachte und trug den Koffer hinaus. Sie zog sie leise wieder hinter sich zu, und dann ging sie die Treppe hinunter, unendlich langsam, als wäre der Koffer in ihrer Hand sehr, sehr schwer. Und doch kann es nicht allein der Koffer gewesen sein, der da so an ihr zog. Es war auch ihr schweres Herz.

Plötzlich blieb sie stehen und stellte den Koffer auf der Stufe neben sich ab. Sie standen da unten schweigend bei der Haustür. Vater Hazzard und Dr. Parker. Erst jetzt hatte sie die beiden bemerkt, die dort kurz vor der Verabschiedung in scheinbar kummervollem Schweigen verharrt hatten.

Sie brachen es jetzt, als sie, von ihnen unbemerkt, oberhalb der Treppenbiegung stand.

»Also dann gute Nacht, Donald«, sagte der Doktor

schließlich, und sie sah, wie er Vater Hazzard tröstend die Hand auf die Schulter legte und sogleich wieder schwer herunterfallen ließ. »Sieh zu, daß du ein bißchen Schlaf kriegst. Sie kommt schon wieder hoch.« Er öffnete die Tür und fügte dann hinzu: »Aber keinerlei Aufregung. Von jetzt an müssen ihre Nerven unter allen Umständen geschont werden. Ist das klar, Donald? Das wird deine Aufgabe sein, sie vor jeglicher nervlichen Belastung und Aufregung abzuschirmen. Kann ich mich da auf dich verlassen?«

»Das kannst du«, sagte Vater Hazzard kummervoll.

Die Tür ging zu, er wandte sich um und begann die Treppe emporzusteigen, genau auf die Stelle zu, wo sie wie erstarrt stand.

Sie ließ den Koffer stehen, auf dem sie vorher Hut und Mantel abgelegt hatte, und ging ihm ein paar Schritte entgegen, um die Biegung herum.

Er blickte auf und sah sie an. Er wirkte nicht sonderlich überrascht. Der Ausdruck auf seinem Gesicht war eigentlich völlig leer bis auf eine gewisse versteinerte Trauer.

»Ach, du bist's, Patrice«, sagte er tonlos. »Hast du's gehört? Hast du gehört, was er gerade gesagt hat?«

»Ist was mit... Mutter?«

»Kurz nachdem wir nach oben gegangen sind, hat sie wieder einen von diesen Anfällen gehabt. Er war über anderthalb Stunden bei ihr drin. In den ersten Minuten sah's sehr schlimm aus...«

»Aber Vater! Warum hast du mich denn nicht...?«

Er setzte sich ächzend auf die Treppenstufe. Sie ließ sich neben ihm nieder und legte ihm den Arm um die Schulter.

»Warum hätte ich dich stören sollen, meine Liebe? Du hättest auch nichts... Du hast den ganzen Tag das Kind am Hals, du brauchst deine Ruhe. Außerdem ist das nichts Neues. Sie hat immer schon ein schwaches Herz gehabt. Schon seit langem, schon bevor die Jungs geboren wurden...«

»Das hab ich ja gar nicht gewußt. Du hast mir nie was davon erzählt... Wird es denn immer schlimmer?«

»Solche Sachen werden nicht besser, wenn man älter wird«, sagte er leise.

Sie legte voller Schuldgefühle den Kopf an seine Schulter.

Er tätschelte ihr tröstend die Hand. »Sie wird sich wieder erholen. Wir beide, du und ich, wir werden gemeinsam dafür sorgen, nicht wahr?«

Sie erschauderte unwillkürlich bei diesen Worten.

»Wir müssen sie nur vor Schocks und Aufregung schützen«, sagte er. »Du und der junge Mann, ihr seid die denkbar beste Medizin für sie. Einfach euch um sich zu haben...«

Und wenn sie am Morgen nach Patrice fragen würde, nach ihrem Enkel fragen würde und er ihr sagen müßte, daß – sie wurde merkwürdig still, blickte auf die Stufen unter ihren Füßen, sah sie aber nicht mehr. Und wenn sie ihr Zimmer nur fünf Minuten später verlassen und den Arzt verpaßt hätte, hätte sie den Tod in dieses Haus bringen können, als Dank für all die Liebe, mit der man sie überschüttet hatte. Hätte die einzige Mutter umgebracht, die sie je gekannt hatte.

Er mißverstand ihre Geistesabwesenheit, nahm ihr Kinn in die Beuge seiner Hand und drückte es. »Nimm's dir jetzt bitte nicht so zu Herzen. Das wäre ihr gar nicht recht, weißt du. Und Pat, laß sie nicht wissen, daß du's erfahren hast. Laß sie weiter in dem Glauben, es sei ein

Geheimnis zwischen ihr und mir. Ich weiß, daß sie so glücklicher sein wird.«

Sie seufzte tief. Mit diesem Seufzer traf sie eine Entscheidung: Sie würde sich ins Unvermeidliche fügen. Sie wandte sich zu ihm, küßte ihn kurz auf die Schläfe und strich ihm ein paarmal übers Haar. Dann stand sie auf.

»Ich geh wieder rauf«, sagte sie ruhig. »Gehst du nochmals runter und machst das Flurlicht aus?«

Er machte kehrt und ging nach unten. Sie ergriff Koffer, Mantel und Hut und ging leise wieder in ihr Zimmer zurück.

»Gute Nacht, Patrice.«

»Gute Nacht, Vater. Bis morgen.«

Sie trug die Sachen rein und schloß die Tür. Und dann blieb sie eine Weile da in der Dunkelheit stehen. Ein stummes, ersticktes Gebet wallte in ihr auf.

Gib mir Kraft, denn ich kann nicht weglaufen. Das ist mir jetzt klar. Die Schlacht muß hier, wo ich stehe, ausgefochten werden, und ich traue mich noch nicht einmal zu schreien.

30

Dann hörten sie auf einmal auf. Es kamen keine mehr. Die Tage wurden zur Woche, die Woche zu einem Monat. Aus einem Monat wurden zwei. Und es kamen keine mehr.

Als wäre die Schlacht gewonnen, ohne daß ein einziger Schlag geführt wurde. Nein, sie wußte, daß es nicht so war. Die Schlacht war nur unterbrochen, er ließ sie einfach ruhen, dieser hinterlistige Schattengegner.

Sie klammerte sich an Strohhalme – Strohhalme, Versuche, zu verstehen –, und sie versagten alle.

Mutter Hazzard sagte: »Edna Harding ist heute wiedergekommen. Sie war die letzten paar Wochen bei ihren Eltern in Philadelphia.«

Aber es kamen keine mehr.

Bill bemerkte: »Ich bin heute Tom Bryant über den Weg gelaufen. Er hat mir erzählt, seine ältere Schwester hat eine Bauchfellentzündung gehabt. Sie war heute das erste Mal wieder auf den Beinen.«

»Mir *war* doch so, als hätte ich sie nicht mehr gesehen.«

Aber es kamen keine mehr.

Caulfield: 203 000 Einwohner. Das stand jedenfalls im Atlas in der Bibliothek. Und jeder hatte ein Paar Hände. Eine, um an irgendeiner geheimen dunklen Ecke die Klappe eines Briefkastens herunterzuhalten, und eine, um rasch und verstohlen einen Umschlag durch den Schlitz zu schieben.

Es kamen keine mehr. Doch das Rätsel blieb. Was war es? Wer ist es? Oder vielmehr: Was ist es gewesen? Wer ist es gewesen?

Und doch wußte sie nur zu gut, daß sie sich diese Fragen nach wie vor in der Gegenwart stellen mußte. Dinge passieren nicht einfach und hören dann wieder auf. Entweder sie passieren gar nicht erst, oder sie gehen unweigerlich ihrer zerstörerischen Vollendung entgegen.

Aber trotzdem kam Sicherheit wieder ein kleines Stück zurückgeschlichen, schon einmal verjagt und jetzt nicht mehr so kühn wie vorher, aber dennoch kam sie tastend ein kleines Stück zu ihr zurückgeschlichen.

Morgens war die Welt bittersüß anzusehen. Sie schien den Atem anzuhalten, zu warten, ob ...

31

Sie hatte gerade Hughie ins Bett gebracht, als Mutter Hazzard an ihre Tür klopfte. Das war nichts Außergewöhnliches, ein allabendliches Ereignis, das Mausen eines letzten großmütterlichen Kusses, bevor das Licht ausgemacht wurde. Heute abend jedoch wollte sie offenbar mit Patrice reden. Und schien nicht recht zu wissen, wie sie es anfangen sollte.

Nachdem sie ihm einen Kuß gegeben hatte und die Seite des Bettchens hochgeklappt worden war, blieb sie noch im Zimmer. Sie stand etwas unsicher herum und machte keine Anstalten zu gehen, so daß Patrice noch nicht das Licht ausmachen konnte.

Einen Augenblick lang herrschte Verlegenheit.

»Patrice.«

»Ja, Mutter?«

Dann sprudelte es aus ihr heraus: »Bill möchte heute abend mit dir tanzen gehen, im Country Club. Er wartet unten schon auf dich.«

Patrice war derart verblüfft, daß sie erst überhaupt nicht antwortete, nur dastand und sie ansah.

»Er hat mich gebeten, raufzugehen und dich zu fragen, ob du mitgehen willst.« Dann redete sie hastig weiter, als wollte sie Patrice mit ihrem bloßen Wortschwall überrumpeln. »Einmal im Monat oder so gibt's da Tanz, weißt du, und er geht sowieso meistens immer... und... zieh dir doch einfach schnell was Schönes an, und geh mal mit.« Sie schloß in einem lockenden Tonfall.

»Aber ich... ich...«, stotterte Patrice.

»Patrice, irgendwann mußt du doch anfangen. Das wäre gar nicht gut für dich, wenn du's nicht machst. In letzter

Zeit siehst du überhaupt nicht gut aus. Wir machen uns ein wenig Sorgen um dich. Falls da irgendwas ist, was ... Tu, was Mutter sagt, Liebes.«

Es war offenbar ein Befehl. Oder das, was bei Mutter Hazzard, die sich zu so etwas Hartem kaum je überwinden konnte, einem Befehl entsprach.

Sie hatte mittlerweile Patrices Schranktür aufgemacht und spähte hilfswillig hinein. »Wie wär's damit?« Sie hängte etwas ab, hielt es gegen sich, um es ihr zu zeigen.

»Ich hab nicht soviel ...«

»Das wird gehen.« Es landete auf dem Bett. »Hier ist man nicht so förmlich. Ich werd Bill sagen, er soll dir unterwegs eine Orchidee oder Gardenie kaufen. Das wird's dann noch genügend verschönern. Geh heute abend ruhig mit ihm, und schau einfach mal, wie sich's so anfühlt. Der Spaß am Leben wird schon ganz allmählich wiederkommen.« Sie lächelte ihr aufmunternd zu. »Du wirst in guten Händen sein.« Als sie sich zum Gehen umwandte, klopfte sie ihr auf die Schulter. »Braves Mädchen. Ich werd Bill Bescheid sagen, daß du dich fertig machst.«

Im nächsten Moment hörte Patrice sie oben von der Treppe zu ihm hinunterrufen, ohne daß sie versuchte, ihre Stimme zu dämpfen. »Die Antwort ist ›ja‹. Ich hab sie überredet. Und du sei bloß lieb und nett zu ihr, junger Mann, oder du kriegst was zu hören.«

Er wartete drinnen neben der Haustür auf sie, als sie nach unten kam.

»Seh ich gut aus so?« fragte sie unsicher.

Er wurde plötzlich ganz verlegen. »Mann, ich ... ich hab ja gar nicht gewußt, wie du abends aussehen kannst«, sagte er stockend.

Auf der Fahrt waren beide zuerst etwas befangen, als hätten sie sich gerade eben erst kennengelernt. Sie war kaum zu spüren, diese Befangenheit, aber sie fuhr mit ihnen. Er schaltete das Autoradio ein. Tanzmusik plätscherte ihnen entgegen. »Damit du schon mal in die richtige Stimmung kommst«, sagte er.

Er hielt an, stieg aus und kam mit einer Orchidee zurück. »Das größte Exemplar nördlich von Venezuela«, sagte er. »Oder wo die Dinger herkommen.«

»Komm, steck sie mir an.« Sie wählte eine Stelle auf ihrem Kleid aus. »Genau hierhin.«

Aus irgendeinem seltsamen Grund schrak er auf einmal davor zurück. Wäre beinahe körperlich zurückgewichen.

»Nein, nein, mach du das mal lieber selber«, sagte er nachdrücklicher, als sie es für nötig hielt.

»Ich könnte mich stechen«, fügte er noch nachträglich hinzu. Eine lahme Ausrede, und sie kam zu spät.

»Also so ein Feigling!«

Ihr fiel auf, daß seine Hand, die die Anstecknadel gehalten hatte, ein wenig zitterte, als er sie wieder aufs Steuer legte. Dann wurde sie wieder ruhig. Sie fuhren weiter. Die Fahrt ging hauptsächlich über offenes Land. Über ihnen leuchteten Sterne.

»So viele hab ich ja noch nie gesehen!« sagte sie begeistert.

»Vielleicht hast du noch nie lang genug nach oben geschaut«, meinte er sanft.

Gegen Ende der Fahrt, kurz vor der Ankunft, schien sich eine merkwürdige Zärtlichkeit seiner zu bemächtigen. Er verlangsamte das Tempo sogar ein wenig, als er sich zu ihr umwandte.

»Ich möchte, daß du heute abend glücklich bist, Patrice«, sagte er ernst. »Ich möchte, daß du *sehr* glücklich bist.«

Einen Augenblick lang herrschte Schweigen zwischen ihnen. Dann fuhren sie wieder schneller.

32

Und für den nächsten Tanz, gleich danach, wurde die Melodie von ›Three Little Words‹ gespielt. Sie erinnerte sich später daran. Ausgerechnet an diese Nebensächlichkeit, an die Melodie, die gespielt wurde. Sie tanzte ihn mit Bill. Sie hatte überhaupt alle mit ihm getanzt, von Anfang an, ohne einen auszulassen. Sie sah nichts, sie sah sich nicht um, sie dachte an nichts anderes als an sie beide.

Sie lächelte verträumt beim Tanzen. Ihre Gedanken waren wie ein Bächlein, das flink und geschmeidig über harmlose Kiesel plätscherte, im Rhythmus der Musik.

Es macht Spaß, mit ihm zu tanzen. Er ist ein guter Tänzer, ich muß nicht ständig an meine Füße denken. Er hat mir das Gesicht zugewandt und sieht auf mich herab. Ich spüre es. Nun gut, dann werde ich zu ihm aufblicken, und er wird mich anlächeln. Aber ich werde nicht zurücklächeln. Paß auf. Da, hab doch gewußt, daß es kommt. Ich werde *nicht* zurücklächeln. Na ja, und wenn ich es nun doch täte? Es ist mir herausgeschlüpft, bevor ich es verhindern konnte. Warum sollte ich ihn auch nicht anlächeln? Das empfinde ich eben für ihn: lächelnde Zuneigung.

Eine Hand berührte Bills Schulter von hinten. Sie sah die schräg nach unten gerichteten Finger, doch nicht die Hand oder den Arm oder die Person, der sie gehörten.

Eine Stimme sagte: »Darf ich um diesen Tanz bitten?«

Und plötzlich waren sie stehengeblieben. Bill war stehengeblieben, und so mußte sie auch stehenbleiben.

Sein Arm verließ sie. Es fand ein Austausch statt. Bill trat zur Seite, und jemand anders nahm seinen Platz ein. Es war wie eine Doppelbelichtung, wenn eine Person sich in eine andere auflöst.

Ihre Blicke trafen sich. Seiner hatte auf ihren gewartet, und ihrer war seinem arglos in die Quere gekommen. Ihre Augen waren wie gelähmt.

Der Rest war Grauen, pures, reines Grauen. Ein Grauen, wie sie es nie für möglich gehalten hätte. Grauen unter den Lampen. Tod auf der Tanzfläche. Ihr Körper blieb aufrecht, aber ansonsten fühlte sie sich ganz und gar vom Tod durchströmt.

»Georgesson ist mein Name«, murmelte er unaufdringlich Bill zu. Seine Lippen schienen sich kaum zu bewegen. Seine Augen blieben dabei auf sie gerichtet.

Bill vervollständigte die furchtbare Farce des gegenseitigen Vorstellens. »Mrs. Hazzard, Mr. Georgesson.«

»Sehr erfreut«, sagte er zu ihr.

Irgendwie barg diese Floskel noch mehr Schrecken als die erste Begegnung. Sie schrie in stummer Panik, die Lippen zusammengepreßt, nicht imstande, auch nur Bills Namen auszusprechen und den Wechsel zu verhindern.

»Darf ich?« fragte Georgesson. Bill nickte, und der Wechsel war vollzogen. Es war zu spät.

Dann, für einen Augenblick, eine gesegnete Gnadenfrist. Sie spürte, wie seine Arme sich um sie schlossen, und ihr Gesicht versank in den schützenden Schatten seiner Schulter, und sie tanzten wieder. Sie brauchte nicht mehr ungestützt aufrecht zu stehen. So, das war besser. Eine kleine Weile zum Nachdenken. Eine kleine Atempause.

Die Musik spielte weiter, ihr Tanz ging weiter. Bills Gesicht entschwand in der Ferne.

»Wir sind uns doch schon mal irgendwo begegnet, oder?«

Laß mich nicht ohnmächtig werden, flehte sie, laß mich nicht fallen.

Er wartete auf die Antwort.

Sprich nicht. Antworte ihm nicht.

»Wie war Ihr Name doch noch mal?«

Ihre Füßen gaben nach, kamen aus dem Schritt.

»Ich kann nicht mehr. Zwing mich nicht, weiterzumachen. Hilf mir... irgendwo nach draußen... sonst...«

»Zu warm hier für Sie?« fragte er höflich.

Sie gab keine Antwort. Die Musik erstarb. Sie erstarb.

Er sagte: »Sie sind gerade eben aus dem Schritt gekommen. Tut mir leid, meine Schuld.«

»Nicht...«, wimmerte sie. »Nicht...«

Die Musik hörte auf. Sie blieben stehen.

Er nahm den Arm von ihrem Rücken, aber seine Hand hielt ihr Handgelenk fest umschlossen.

Er sagte: »Draußen ist eine Terrasse. Da drüben, da lang. Ich werde rausgehen und da auf Sie warten. Und dann können wir anfangen, uns... zu unterhalten.«

Sie wußte kaum, was sie sagte. »Ich kann nicht... Du verstehst nicht...« Ihr Hals wollte ihren Kopf, der immerzu wegkippen wollte, nicht mehr halten.

»Ich glaube schon. Ich glaube, ich verstehe vollkommen. Ich verstehe Sie, und Sie verstehen mich.« Dann fügte er mit einer grausigen Betonung hinzu, die sie bis ins Mark erstarren ließ: »Ich wette, wir beide verstehen uns in diesem Augenblick besser als irgendwer sonst in diesem ganzen Tanzsaal.«

Bill steuerte wieder auf sie zu.

»Also, ich werde da draußen sein. Lassen Sie mich nicht zu lange warten, sonst... muß ich einfach wieder reinkommen und Sie suchen.« Seine Miene veränderte sich nicht. Seine Stimme veränderte sich nicht. »Danke für den Tanz«, sagte er, als Bill dazukam.

Er ließ ihr Handgelenk nicht los, sondern übergab es Bill, als sei sie eine unbelebte Puppe, verbeugte sich, wandte sich um und entfernte sich.

»Hab ihn schon ein paarmal hier gesehen. Ist wohl solo hergekommen.« Bill tat es mit einem Achselzucken ab. »Komm.«

»Nicht diesen. Den danach.«

»Ist alles in Ordnung? Du siehst blaß aus.«

»Das ist das Licht. Ich geh mir mal kurz die Nase pudern. Tanz du inzwischen mit einer andern.«

Er grinste sie an. »Ich will nicht mit einer andern tanzen.«

»Dann – hol mich eben wieder ab. Zum nächsten Tanz.«

»Zum nächsten.«

Sie stellte sich gleich hinter den Durchgang und sah ihm nach. Er ging zur Bar vor. Sie beobachtete, wie er hineinging. Sie beobachtete, wie er sich auf einen der hohen Hocker setzte. Dann wandte sie sich um und ging in die entgegengesetzte Richtung.

Sie ging langsam zu den Türen, die auf die Terrasse hinausführten. Sie blieb zunächst in einer von ihnen stehen und sah hinaus in die tintenblaue Nacht. Draußen standen, in Abständen von ein paar Metern, Korbstühle in Zweier- und Dreiergruppen um kleine Tische herum. Ganz hinten erhob sich die rote Paillette einer Zigarettenglut senkrecht über einen Stuhl und zitierte sie gebieterisch herbei. Dann schoß sie waagerecht über die Balustrade, in ungeduldiger Erwartung fortgeworfen. Langsam ging sie in die angezeigte Richtung, mit dem seltsamen Gefühl, daß sie da einen Gang machte, von dem es keine Wiederkehr geben würde, niemals. Ihre Beine schienen sich im Boden verwurzeln zu wollen, als könnten sie ihr ihren Willen aufzwingen.

Sie blieb vor ihm stehen. Er schwang sich auf die Balustrade und saß schief da, in einer unverschämten, lässigen Attitüde. Er wiederholte, was er drinnen gesagt hatte.

»Wie war nochmal dein Name?«

Die Sterne bewegten sich. Sie wirbelten wie verschwommene Leuchträder über den ganzen Himmel.

»Du hast mich sitzenlassen«, sagte sie mit gezügeltem Zorn. »Du hast mich mit fünf Dollar sitzenlassen. Was willst du jetzt noch von mir?«

»Ach, dann sind wir uns also doch schon mal begegnet. Dachte ich doch. Freut mich, daß wir uns da einig sind.«

»Hör auf damit. Was willst du?«

»Was ich will? Ich will überhaupt nichts. Ich bin nur etwas verwirrt. Ich möchte nur aufgeklärt werden. Der Mann da drinnen hat dich mit einem falschen Namen vorgestellt.«

»Was willst du? Was machst du hier unten?«

»Das könnte ich dich genausogut fragen«, sagte er mit dreister Verbindlichkeit. »Was machst du eigentlich hier unten?«

Sie wiederholte es ein drittes Mal. »Was willst du?«

»Darf ein Mann denn kein Interesse für seinen Ex-Schützling und für sein Kind bekunden? Aus einem Kind kann man ja kein Ex-Kind machen, wie du weißt.«

»Entweder bist du wahnsinnig, oder ...«

»Du weißt ganz genau, daß ich nicht wahnsinnig bin. Das wünschst du dir nur«, sagte er brutal.

Sie drehte sich um. Seine Hand fand wieder ihr Handgelenk, fing es wie eine Peitsche ein und schnitt ebenso tief hinein.

»Geh noch nicht rein. Wir sind noch nicht fertig.«

Sie blieb stehen, jetzt mit dem Rücken zu ihm.

»Ich glaube schon.«

»Das entscheide ich.«

Er ließ sie los, aber sie blieb, wo sie war. Sie hörte, wie er sich eine weitere Zigarette anzündete, sah den kurzen Widerschein hinter ihrer Schulter.

Endlich ergriff er das Wort, die Stimme heiser von ausgestoßenem Rauch. »Du hast noch nichts geklärt«, schnurrte er. »Ich bin noch genauso verwirrt wie vorher. Dieser Hugh Hazzard hat ... äh ... sagen wir, dich, seine Frau, am fünfzehnten Juni letzten Jahres in Paris geheiratet. Es hat mich viel Mühe und Geld gekostet, um das genaue Datum in den Akten dort zu überprüfen. Aber am fünfzehnten Juni letzten Jahres haben wir beide, du und ich, in unserem kleinen möblierten Zimmer in New York gewohnt. Ich habe die Quittungen von unseren Mietzahlungen als Beweis. Wie kannst du gleichzeitig an so weit voneinander entfernten Orten gewesen sein?« Er seufzte philosophisch. »Irgend jemand hat seine Daten durcheinandergebracht. Entweder der andere. Oder ich.« Und dann, sehr langsam: »Oder *du*.«

Sie zuckte unwillkürlich zusammen. Langsam drehte sie den Kopf, den Körper hielt sie weiter abgewandt, wie jemand, der hypnotisiert zuhört, gegen seinen Willen.

»Also warst du das, der diese ...«

Er nickte mit einem spöttischen Lächeln, als wäre er zu

etwas Lobenswertem beglückwünscht worden. »Ich fand, es ist netter, es dir schonend beizubringen.«

Mit einem Schaudern zog sie voller Abscheu die Luft ein.

»Ich bin zum ersten Mal wieder auf deinen Namen gestoßen, als die Liste mit den Opfern des Zugunglücks veröffentlicht wurde. Ich war da gerade oben in New York«, sagte er. Er hielt inne. »Ich bin runtergefahren und hab dich ›identifiziert‹«, fuhr er kühl fort. »Dafür kannst du mir schon mal dankbar sein.«

Er zog nachdenklich an seiner Zigarette.

»Dann hab ich dies und das gehört und hab mir meinen Reim drauf gemacht. Ich bin erst wieder für eine Weile zurück, hab die Quittungen besorgt und dies und das, und dann bin ich schließlich hier runter, einfach aus Neugier. Ich war ganz verwirrt«, sagte er ironisch, »als ich den Rest der Geschichte erfuhr.«

Er wartete. Sie schwieg. Schließlich schien er sich ihrer zu erbarmen. »Ich weiß«, sagte er nachsichtig, »dies ist nicht die Zeit und nicht der Ort, über alte Zeiten zu reden. Da drin wird getanzt, und du willst möglichst schnell wieder rein und dich amüsieren.«

Sie zitterte.

»Kann ich dich irgendwo erreichen?«

Er holte ein Notizbuch hervor und knipste sein Feuerzeug an. Sie dachte irrtümlicherweise, er warte darauf, daß sie ihm etwas diktieren würde. Ihre Lippen blieben erstarrt.

»Seneca 383«, las er aus seinem Notizbuch ab. Er steckte es wieder weg. Seine Hand vollführte eine träge Kurve zwischen ihnen. In dem entsetzten Schweigen, das folgte, schlug er nach einer Weile beiläufig vor: »Lehn dich gegen den Stuhl da, damit du nicht umfällst. Du scheinst nicht sehr sicher auf den Füßen zu sein. Und ich möchte dich nicht eigenhändig reintragen müssen, vor all diesen Leuten.«

Sie legte die Hände auf die Rückenlehne des Stuhls und stand still da mit geneigtem Kopf.

Der in rosig-goldenes Licht getauchte Durchgang zum Tanzsaal verdunkelte sich plötzlich. Bill stand da und suchte sie.

»Patrice, das ist unser Tanz.«

Georgesson erhob sich kurz von der Balustrade mit einer flüchtigen Andeutung von Höflichkeit und sank sofort wieder zurück.

Sie steuerte auf ihn zu, ihr unsicherer Gang vom dunkelblauen Schleier der Nacht verhüllt, und ging mit ihm hinein. Ab da nahmen sich seine Arme ihrer wieder an, so daß sie nicht mehr allein sein mußte.

»Wie zwei Statuen habt ihr beide da gestanden«, sagte er. »Besonders unterhaltsam kann der ja nicht gewesen sein.«

Sie taumelte gegen ihn in den schlängelnden Verrenkungen des Rumba, ihr Kopf senkte sich auf seine Schulter.

»Er ist auch nicht sehr unterhaltsam«, bestätigte sie gequält.

33

Der Anruf kam zu einem diabolisch ungünstigen Zeitpunkt. Er hatte ihn gut berechnet. Er hätte ihn nicht besser berechnen können, hätte er durch die Wände des Hauses hindurchsehen und ihre Bewegungen drinnen beobachten können. Die beiden Männer der Familie waren nicht zu Hause. Sie hatte Hughie gerade ins Bett gebracht. Sie und Mutter Hazzard waren beide im ersten Stock in ihren jeweiligen Zimmern. Das bedeutete, daß sie als einzige dafür in Frage kam, ans Telefon zu gehen.

Schon beim ersten Klingeln wußte sie, wer es war, was es war. Sie wußte auch, daß sie den Anruf schon den ganzen Tag erwartet hatte, daß sie gewußt hatte, daß er kommen würde, ganz sicher kommen würde.

Sie stand da wie angewurzelt, außerstande, sich zu rühren. Vielleicht würde es wieder aufhören, wenn sie nicht ranging, vielleicht würde er irgendwann wieder auflegen. Aber dann würde es ein andermal klingeln.

Mutter Hazzard öffnete die Tür ihres Zimmers und sah heraus.

Patrice hatte rasch ihre eigene Tür geöffnet und war schon auf der Treppe, bevor Mutter Hazzard ganz draußen war.

»Ich kann hier oben rangehen, Liebes, falls du beschäftigt bist.«

»Nein, laß ruhig, Mutter, ich wollte sowieso gerade runtergehen. Ich nehm unten ab.«

Sie erkannte seine Stimme sofort. Seit zwei Jahren hatte sie sie nicht mehr gehört, erst letzte Nacht wieder, und doch war sie ihr wieder so vertraut, als hätte sie sie die letzten Monate ständig gehört. Angst beschleunigt das Gedächtnis.

Zunächst war er freundlich und zurückhaltend wie ein ganz gewöhnlicher Anrufer. »Ist da die jüngere Mrs. Hazzard? Ist da Patrice Hazzard?«

»Ja, am Apparat.«

»Hier ist Georgesson, wie du vielleicht weißt.«

Sie wußte es, aber darauf antwortete sie nicht.

»Bist du irgendwo, wo man dich hören kann?«

»Ich bin es nicht gewohnt, solche Fragen zu beantworten. Ich lege wieder auf.«

Er schien sich durch nichts aus der Ruhe bringen zu lassen. »Tu's nicht, Patrice«, sagte er höflich. »Ich werde wieder anrufen. Das macht es nur noch schlimmer. Die andern werden sich fragen, wer denn da ständig anruft. Oder es geht irgendwann mal jemand anders ran – du kannst ja nicht den ganzen Abend neben dem Telefon stehen –, und ich werde meinen Namen nennen, wenn es sein muß, und dich verlangen.« Er wartete kurz, damit sie das verdauen konnte. »Es ist für dich besser so. Siehst du das nicht ein?«

Sie unterdrückte ihren Zorn und seufzte ein wenig.

»Wir können jetzt nicht soviel am Telefon bereden. Ich finde es jedenfalls nicht gut. Ich ruf hier von McClellan's Drugstore an, ganz in eurer Nähe. Mein Wagen steht da um die Ecke, wo man ihn nicht sehen kann. Links in der Pomeroy Street, hinter der Kreuzung. Kannst du für fünf oder zehn Minuten vorbeikommen? Ich werde dich nicht lange aufhalten.«

Sie versuchte, mit der gleichen spröden Förmlichkeit wie er zu reden. »Das kann ich ganz gewiß nicht.«

»Aber natürlich kannst du das. Du brauchst Lebertrankapseln von McClellan's, Lebertrankapseln für dein Kind. Oder du hast Lust auf ein Soda. Ich hab dich abends schon öfters da hingehen sehen.«

Er wartete.

»Soll ich zurückrufen? Willst du es dir lieber noch einmal kurz überlegen?«

Er wartete wieder.

»Tu das nicht«, sagte sie schließlich widerwillig.

Sie merkte, daß er verstand. Ihre Antwort war positiv, nicht negativ gewesen.

Sie legte auf.

Sie ging wieder nach oben.

Mutter Hazzard fragte sie nicht, wer da angerufen hatte. Im Haus war man nicht so neugierig. Aber die Tür zu ihrem Zimmer war auf. Patrice brachte es nicht fertig, ihr eigenes wieder zu betreten, ohne wenigstens ein paar Worte zu sagen. Schon so bald ein schlechtes Gewissen? fragte sie sich verbittert.

»Das war ein gewisser Steve Georgesson, Mutter«, rief sie hinein. »Bill und ich haben ihn gestern abend kennengelernt. Er wollte wissen, ob wir uns gut amüsiert haben.«

»Das ist aber aufmerksam von ihm.« Dann fügte sie hinzu: »Er muß ja sehr anständig sein, daß er sowas macht.«

Anständig, dachte Patrice trübsinnig, als sie die Tür hinter sich zuzog.

Nach zehn Minuten kam sie wieder aus ihrem Zimmer heraus. Mutter Hazzards Tür war jetzt zu. Sie hätte ungefragt die Treppe hinuntergehen können. Wieder konnte sie es nicht.

Sie ging hinüber und klopfte leicht an, um sich bemerkbar zu machen.

»Mutter, ich geh mal kurz zum Drugstore runter. Hughies Puder ist alle. Und ich möchte auch noch ein bißchen Luft schnappen. Ich bin in fünf Minuten wieder da.«

»Geh nur, Liebes. Ich sag dir jetzt schon gute Nacht, falls ich schon schlafe, wenn du wiederkommst.«

Sie legte ihre ausgestreckte Hand hilflos gegen die Tür.

Sie wollte gerne sagen, Mutter, laß mich nicht gehen. Verbiete es mir. Behalt mich hier.

Sie machte kehrt und ging hinunter. Es war ihre Schlacht, und Stellvertreter waren nicht erlaubt.

In der dunklen Pomeroy Street blieb sie neben dem Auto stehen.

»Setz dich rein, Patrice«, sagte er liebenswürdig. Er machte ihr von seinem Platz aus die Tür auf und tätschelte sogar gönnerhaft das Lederpolster.

Sie ließ sich auf dem äußersten Rand des Sitzes nieder. Ihr Blick lehnte die Zigarette, die er ihr anbot, schroff ab.

»Man kann uns sehen.«

»Dreh dich hier herum, zu mir. Niemand wird dich bemerken. Bleib mit dem Rücken zur Straße.«

»Das kann nicht so weitergehen. Also, jetzt ein für allemal, zum ersten und letzten Mal, was willst du von mir? Was soll das alles?«

»Hör mal, Patrice, das Ganze braucht überhaupt nicht unangenehm zu sein. Du scheinst dir das irgendwie einzureden. Ich hab nicht solche... Es kommt ganz darauf an, wie man's sieht. Ich sehe keinen Grund, daß nicht alles so weitergehen kann wie bisher – wie vor gestern abend. Vorher warst du die einzige, die es wußte. Jetzt sind wir beide die einzigen, die es wissen. Mehr ist da nicht dran. Das heißt, wenn du das so willst.«

»Du hast mich doch bestimmt nicht hierhergeholt, um mir das zu erzählen.«

Er wich vom Thema ab, oder so schien es zumindest.

»Aus mir ist wohl nie soviel geworden, wie ich... gehofft hatte. Ich meine, ich bin nie soweit gekommen, wie ich hätte kommen müssen. Wie ich es früher erwartet hatte. Das geht vielen so. Immer wieder mal gerate ich in

Schwierigkeiten, immer wieder mal steck ich in der Klemme. Kleine Kartenpartien mit den Jungs. Dies und jenes. Du weißt schon.« Er lachte abschätzig. »Das geht schon seit Jahren so. Das ist nichts Neues. Aber ich hab mich gefragt, ob du mir vielleicht einen Gefallen tust – diesmal.«

»Du willst Geld von mir haben.«

Ihr wurde fast schlecht. Sie wandte das Gesicht ab.

»Ich hab nicht gedacht, daß Leute wie du noch frei herumlaufen.«

Er stieß ein gutgelauntes, nachsichtiges Lachen aus. »Du befindest dich in ungewöhnlichen Umständen. Das zieht ›Leute wie mich‹ an. Wenn du nicht in ungewöhnlichen Umständen wärst, würdest du genauso denken. Du kannst nicht anders.«

»Und was ist, wenn ich jetzt zu ihnen gehe und ihnen freiwillig von diesem Gespräch erzählen würde, das wir hier gerade geführt haben? Mein Schwager würde dich suchen und dich halbtot schlagen.«

»Über die Verwandtschaftsbeziehung wollen wir uns mal nicht streiten, aber ich frage mich, warum Frauen soviel ungebührliches Vertrauen darein setzen, daß man Probleme lösen kann, indem man jemand zusammenschlägt. Vielleicht weil sie selber nicht an Gewalt gewöhnt sind. Zusammengeschlagen zu werden bedeutet für einen Mann nicht viel. Eine halbe Stunde später ist er wieder genauso fit wie vorher.«

»Du mußt es ja wissen«, murmelte sie.

Er legte einen Finger über die Spitzen von drei anderen.

»Es gibt drei Alternativen. Du gehst hin und sagst es ihnen. Oder ich geh hin und sag's ihnen. Oder wir bleiben beim Status quo. Und damit meine ich, du tust mir einen

Gefallen, und dann lassen wir die ganze Sache auf sich beruhen, und es wird kein Wort mehr drüber verloren. Aber eine vierte Alternative gibt es nicht.«

Er schüttelte geduldig und mißbilligend den Kopf. »Du dramatisierst alles so, Patrice. Das ist das untrügliche Markenzeichen von Billigkeit. Du bist ein billiges Mädchen. Das ist der wesentliche Unterschied zwischen uns. In deinen Augen bin ich vielleicht ein Dreckskerl, aber ich habe einen gewissen Stil. Du stellst dir vor, ich würde da reinstolziert kommen, dramatisch die Arme ausbreiten und brüllen: ›Dieses Mädchen ist nicht Ihre Schwiegertochter!‹. Überhaupt nicht. Das würde bei solchen Leuten nicht funktionieren. Das würde völlig ins Leere stoßen. Ich brauchte nichts weiter zu tun, als dich dazu zu bringen, dich selber anzuklagen, aus deinem eigenen Munde, in ihrer Gegenwart. Du könntest mir den Zutritt ins Haus nicht verwehren. ›Als du mit Hugh in Paris warst, Patrice, auf welchem Ufer habt ihr da gewohnt, auf dem linken oder auf dem rechten?‹ – ›Wie hieß nochmal das Schiff, auf dem ihr zurückgefahren seid?‹ – ›Also, als ich euch beiden damals über den Weg gelaufen bin – ach, du hast vergessen zu erwähnen, daß wir uns schon kennen, Patrice? – wie kommt es, daß du da so anders ausgesehen hast als heute? Du siehst aus, als wärst du überhaupt nicht dasselbe Mädchen.‹ Bis du kaputtgehst.«

Er war dazu fähig. Er war bei der ganzen Sache zu kalt. Das war das Gefährliche. Keine Leidenschaft, nichts Impulsives, keinerlei Gefühle, die ihm bei seinem Vorhaben in die Quere kamen. Alles im voraus geplant, ausgeheckt, vorgezeichnet, entworfen. Jeder Schritt. Sogar die Briefe. Jetzt verstand sie ihren Zweck. Gar keine anonymen Briefe. Sie waren für die langfristige Planung der Sache wichtig gewesen. Psychologische Kriegsführung. Nervenkrieg. Um sie schon im voraus zu zermürben, ihren Widerstand zu brechen, bevor der Hauptangriff überhaupt geführt wurde. Zwischendurch die Recherchen in New York, um sein eigenes Gelände zu sichern, um sicherzugehen, daß da kein Haken war, um ihr keine Lücke zu lassen.

Er fuhr mit der Handkante über den Rand des Lenkrades, als würde er ein Staubkörnchen wegwischen. »Hier gibt's keinen Schurken. Vergessen wir das ganze viktorianische Brimborium. Es ist nichts weiter als eine geschäftliche Transaktion. Es ist eigentlich nichts anderes, als wenn man eine Versicherung abschließt.« Er drehte sich ihr mit einer aufrichtigen Miene zu, die für einen Augenblick beinahe reizend war. »Willst du an die Sache nicht einfach ganz nüchtern herangehen?«

»Wahrscheinlich schon. Wahrscheinlich sollte ich dir entgegenkommen.« Sie versuchte gar nicht erst, ihre Verachtung zu zeigen. Sie wußte, sie hätte ihn nicht erreicht.

»Wenn du erst mal diese ganzen verstaubten Fetische von wegen Tugendhaftigkeit und Schurkerei, Schwarz und Weiß vergißt, wird die ganze Sache so einfach, daß sie nicht einmal die Viertelstunde wert ist, die wir ihr hier im Auto widmen.«

»Ich habe kein eigenes Geld, Georgesson.« Kapitulation. Unterwerfung.

»Sie sind eine der reichsten Familien der Stadt, das ist allgemein bekannt. Warum so förmlich? Bring sie dazu, ein Konto für dich zu eröffnen. Du bist kein kleines Kind mehr.«

»Ich kann sie doch nicht gradheraus *fragen*, ob sie –«

»Man *fragt* nicht. Es gibt andere Wege. Du bist doch

eine Frau, oder? Das ist nicht so schwer. Eine Frau weiß, wie man so was anstellt...«

»Ich würde jetzt gerne gehen«, sagte sie und griff blindlings nach dem Türgriff.

»Wir verstehen uns doch hoffentlich, nicht wahr?« Er öffnete die Tür für sie. »Ich ruf dich nach einiger Zeit noch einmal an.«

Er schwieg einen Moment. Die Drohung war so unterschwellig, daß es nicht einmal eine Veränderung in seinem schleppenden Tonfall gab.

»Laß die Sache nicht schleifen, Patrice.«

Sie stieg aus. Als sie die Tür zuschlug, war das für sie die haßerfüllte Ohrfeige, die sie ihm gerne gegeben hätte.

»Gute Nacht, Patrice«, sagte er ihr in seinem trägen Tonfall liebenswürdig hinterher.

34

»Ein ganz einfacher Schnitt«, sagte sie angeregt. »Es hatte einen Gürtel aus dem gleichen Stoff und war etwa bis hier runter geknöpft.«

Sie sprach ausdrücklich Mutter Hazzard an, die beiden Männer der Familie waren allein schon aufgrund des Themas von dem Gespräch ausgeschlossen.

»Ja, aber warum hast du's denn nicht genommen?« wollte Mutter Hazzard wissen.

»Das konnte ich nicht«, sagte sie zögernd. Sie hielt kurz inne und fügte dann hinzu: »Nicht gleich... auf der Stelle.« Und spielte viel mit ihrer Gabel herum. Und kam sich sehr niederträchtig vor.

Sie mußten ihren Gesichtsausdruck für sehnsüchtige

Enttäuschung gehalten haben. Das war es nicht. Es war Ekel vor sich selbst.

Man fragt nicht gradheraus. Es gibt andere Wege. Das ist nicht so schwer. Eine Frau weiß, wie man sowas anstellt.

Dies war jetzt einer davon.

Wie wehrlos jene, die dich lieben, gegen dich sind, dachte sie verbittert. Wie gemein und verbrecherisch, diese selbstauferlegte Wehrlosigkeit auszunutzen. So wie ich es jetzt tue. Tricks und Fallen und Täuschung – das solltest du einzig und allein gegen Fremde einsetzen, gegen deine Feinde. Nicht gegen die, welche dich lieben, schutzlos, die Augen vertrauensvoll geschlossen. Ihr schauderte vor Abscheu. Sie kam sich unanständig, unsauber, obszön vor.

Vater Hazzard schaltete sich in das Gespräch ein. »Warum hast du's nicht einfach in Rechnung stellen und schicken lassen? Du hättest Mutters Konto benutzen können. Sie kauft dort oft ein.«

Sie schlug die Augen nieder. »Das hätte ich nicht gewollt«, sagte sie zurückhaltend.

»Unsinn –» Er hielt plötzlich inne. Fast als hätte ihn jemand unterm Tisch kurz angestoßen.

Sie ertappte Bill dabei, wie er sie ansah. Sein Blick schien ein klein wenig länger als nötig auf ihr zu ruhen. Aber bevor sie das überprüfen konnte, hatte er schon wieder weggesehen, und er führte die auf halbem Wege erstarrte Gabel voll Kuchen an den Mund.

»Ich glaube, Hughie weint«, sagte sie, schleuderte ihre Serviette hin und eilte zur Treppe, um zu lauschen.

Aber während sie nach oben horchte, entging ihr nicht, wie Mutter Hazzard hinter ihr im Eßzimmer mit gedämpfter Stimme, jedes Wort tadelnd gedehnt, sagte:

»Donald Hazzard! Du solltest dich schämen. Muß man

euch Männern denn *alles* sagen? Habt ihr denn keinen Funken Taktgefühl in euren Hirnen?«

35

Als sie am Morgen herunterkam, fiel ihr auf, daß Vater Hazzard noch am Tisch saß. Gewöhnlich ging er immer früh mit Bill zusammen aus dem Haus. Er las still seine Zeitung, während sie ihren Kaffee austrank. In der Art, wie er sich gab, glaubte sie eine winzige Spur geheimnistuerischer Befriedigung zu bemerken.

Als sie aufstand, erhob auch er sich.

»Hol deinen Hut und Mantel, Pat, ich möchte, daß du heute mit mir fährst. Die junge Dame und ich haben geschäftlich in der Stadt zu tun«, verkündete er Mutter Hazzard, die sich, nicht ganz erfolgreich, bemühte, baß erstaunt auszusehen.

»Aber ich muß doch noch Hughie füttern.«

»Ich werd ihn füttern«, sagte Mutter Hazzard gelassen. »Dafür kommst du schon rechtzeitig wieder. Ich leih dich nur aus.«

Eine kleine Weile später setzte sie sich neben ihn in den Wagen, und sie fuhren los.

»Mußte der arme Bill heute zu Fuß ins Büro?« fragte sie.

»Von wegen armer Bill!« sagte er abschätzig. »Wird ihm guttun, dem großen Hornochsen. Wenn ich so lange Beine hätte wie er, würde ich selber zu Fuß gehen. Jeden Morgen.«

»Wo fahren wir hin?«

»Laß das mal meine Sorge sein. Keine Fragen. Wart's ab, bis wir da sind, und dann wirst du schon sehen.«

Sie hielten vor der Bank. Er winkte sie heraus und führte sie in das Gebäude. Er raunte einem Wachmann etwas zu, und dann setzten die beiden sich auf eine Bank, um einen Augenblick zu warten.

Es war nur ein sehr kurzer Augenblick. Dann war der Wachmann bereits wieder mit sichtlicher Ehrerbietung zurückgekehrt. Er führte sie zu einer Tür mit der Aufschrift ›Geschäftsführer. Privat‹. Noch bevor sie sie erreicht hatten, hatte sie sich schon geöffnet, und ein stämmiger Mann mit freundlichem Gesicht und Hornbrille erschien, um sie zu begrüßen.

»Komm rein. Das ist mein alter Freund Harve Wheelock«, sagte Vater Hazzard zu ihr.

In dem Privatbüro nahmen sie in bequemen Ledersesseln Platz, und die beiden Männer zündeten sich Zigarren an.

»Harve, ich hab hier eine neue Kundin für dich. Die Frau von meinem Hugh. Nicht daß ich finde, daß deine schäbige alte Bank irgendwas taugt, aber... du weißt ja, wie das ist. Alte Gewohnheiten wird man nicht so leicht los.«

Der Geschäftsführer schüttelte sich belustigt, als sei dies ein jahrealter gemeinsamer Scherz. Er blinzelte Patrice zu. »Ganz deiner Meinung. Ich verkauf sie dir ganz billig.«

»Wie billig?«

»Für eine Viertelmillion.« Unterdessen füllte er ein Formular aus, so als hätte er alle erforderlichen Informationen präsent, müßte nichts mehr nachfragen.

Vater Hazzard schüttelte den Kopf. »Zu billig. Kann nichts taugen.« Er legte beiläufig ein hellblaues längliches Stück Papier auf den Tisch und ließ es mit der Oberseite nach unten dort liegen.

»Überleg's dir, und sag mir dann Bescheid«, bemerkte der Geschäftsführer trocken. Und zu ihr, indem er den Füller umdrehte: »Hier unterschreiben, Schätzchen.«

Fälscherin, dachte sie schonungslos. Sie gab ihn mit gesenktem Blick zurück. Der hellblaue Papierstreifen wurde an das Formular geheftet und hinausgeschickt. An seiner Stelle kam ein schwarzes Büchlein zurück.

»Hier, Schätzchen.« Der Geschäftsführer reichte es ihr über den Tisch.

Sie schlug es auf und sah es sich verstohlen an, während die beiden Männer wieder mit voller Begeisterung ihr freundschaftliches Geplänkel fortsetzten. Es war so makellos, noch so unbenutzt. Oben stand ›Mrs. Hugh Hazzard‹. Und nur eine Eintragung, unter dem heutigen Datum. Eine Einlage.

›5000.00‹

36

Sie stand da und starrte wie versteinert auf den kleinen runden Behälter in ihrer Hand, als könnte sie nicht ausfindig machen, was er enthielt. Eine ganze Weile hatte sie ihn schon so gehalten, ohne ihn eigentlich zu sehen. Schließlich drehte sie ihn um und schüttete den Inhalt in die Waschschüssel. Er war noch mehr als halbvoll gewesen.

Sie ging hinaus, schloß die Tür, ging über den Flur und klopfte sanft an.

»Ich geh mal kurz weg, Mutter. Hughie hat gerade die ganze Dose Puder in seiner Badewanne umgekippt, und ich will eine neue holen, bevor ich's wieder vergesse.«

»Ist gut, Liebes. Der Gang wird dir guttun. Ach, wo du schon da hingehst, bring mir doch noch eine Flasche von dem Shampoo mit. Meine ist so gut wie alle.«

Diese leichte Übelkeit, die ihr allmählich so vertraut war, überkam sie. Es war so leicht, jene zu täuschen, die einen lieben. Aber wen täuschte man tatsächlich? Die andern oder sich selbst?

Sein Arm lag mit herausgestrecktem Ellbogen nachlässig auf der Wagentür. Die Tür schwang auf. Er machte ihr Platz, indem er, ohne sich zu erheben, gemächlich auf den Nebensitz hinüberrutschte. Die träge, selbstverständliche Art, in der er mit ihr umging, war eine schärfere Beleidigung, als es jede offene Unhöflichkeit gewesen wäre.

»Tut mir leid, daß ich anrufen mußte. Ich dachte, du hättest unser Gespräch vergessen. Es ist schon mehr als eine Woche her.«

»Vergessen?« bemerkte sie trocken. »Wenn das so leicht wäre.«

»Wie ich sehe, bist du seit unserem letzten Treffen Kontoinhaberin bei der Standard Trust geworden.«

Sie warf ihm unwillkürlich einen entsetzten Blick zu, antwortete ihm aber nicht.

»Fünftausend Dollar.«

Sie zog hastig die Luft ein.

»Kassierer plaudern schon mal für eine halbe Zigarre.« Er lächelte. »Nun?«

»Ich hab kein Geld dabei. Ich hab das Konto noch nicht benutzt. Ich werde morgen einen Scheck einlösen müssen und ...«

»Bei der Kontoeröffnung kriegt man doch ein Scheckbuch, oder? Und höchstwahrscheinlich hast du das dabei.«

Sie sah ihn aufrichtig überrascht an.

»Ich hab hier in der Tasche einen Füller. Ich mach kurz die Armaturenbeleuchtung an. Bringen wir's hinter uns. Der schnellste Weg ist der beste. Also, ich sag dir, was du schreiben sollst. Ausgestellt auf Stephen Georgesson. Nur zur Verrechnung. Fünfhundert.«

»Fünfhundert?«

»Es kommt nicht drauf an.«

Sie verstand nicht, was er damit meinte, und war so unvorsichtig, ihn weiterreden zu lassen, ohne ihn zu unterbrechen.

»Weiter nichts. Und dann noch deine Unterschrift. Und von mir aus noch das Datum.«

Sie hielt inne. »Das kann ich nicht.«

»Tut mir leid. Du mußt. Auf etwas anderes laß ich mich nicht ein. Ich nehme kein Bargeld.«

»Aber das hier läuft durch die Bank, mit unseren beiden Unterschriften drauf. Ich als Zahler und du als Empfänger.«

»In der Bank werden jeden Monat solche Massen von Schecks bearbeitet, daß es wahrscheinlich gar keiner merkt. Es könnten ja noch alte Schulden von Hugh sein, die du jetzt nachträglich abbezahlst.«

»Warum willst du unbedingt einen Scheck haben?« fragte sie unschlüssig.

Ein schiefes Lächeln spielte um einen Mundwinkel. »Warum solltest du etwas dagegen haben, wenn ich nichts dagegen habe? Das ist doch nur zu deinem Vorteil, oder? Ich spiel dir direkt in die Hände. Wenn er die Bank durchlaufen hat, kommt er wieder in deinen Besitz. Danach hast du einen konkreten Beweis gegen mich für diese... Erpressung, falls du jemals gerichtlich gegen mich vorgehen willst. Immerhin hast du sowas bis jetzt noch nicht. Vergiß nicht, bis jetzt steht nur dein Wort gegen meins. Ich kann abstreiten, daß die ganze Sache jemals passiert ist. Wenn erstmal dieser Scheck durch ist, hast du einen handfesten Beweis.«

Dann sagte er in einem etwas schärferen Ton, als er bislang ihr gegenüber angeschlagen hatte: »Bringen wir's jetzt hinter uns? Du willst möglichst bald zurück. Und ich will möglichst bald hier weg.«

Sie gab ihm den ausgefüllten Scheck und den Füller zurück.

Er lächelte jetzt wieder. Er wartete, bis sie ausgestiegen war und er den Motor angelassen hatte. Über dem tiefen Brummen des Motors sagte er: »Du denkst nicht sonderlich klar und auch nicht sonderlich schnell, wie? Dieser Scheck ist nur dann ein Beweis gegen *mich*, den *du* in der Hand hast, falls er durch die Bank geht und zu dir zurückkommt. Aber wenn er das nicht tut – wenn er draußen bleibt und überhaupt nicht eingelöst wird –, dann ist er ein Beweis gegen *dich*, den *ich* in der Hand habe.«

Der Wagen glitt davon und ließ sie erschüttert und bestürzt stehen.

37

Sie rannte beinahe die nachtdunkle Straße hinunter zum Auto, als hätte sie Angst, es könnte sich plötzlich in Bewegung setzen und ihr entwischen. Wie anders heute als bei den vorherigen beiden Malen, als sie nur widerstrebend zu ihm gegangen war. Sie klammerte sich mit beiden Händen wie haltsuchend an den oberen Rand der Wagentür.

»Ich halt das nicht mehr aus! Was willst du mir bloß antun?«

Er zog spöttisch und süffisant die Brauen hoch. »Antun? Ich hab dir nichts angetan. Ich hab dich nicht angerührt. Ich hab dich seit drei Wochen nicht gesehen.«

»Der Scheck wurde nicht eingelöst.«

»Ach, du hast deinen Kontoauszug bekommen. Stimmt ja, gestern war der Monatserste. Ich kann mir vorstellen, die letzten vierundzwanzig Stunden waren ganz schön schlimm für dich. Ich muß es übersehen haben ...«

»Nein«, sagte sie voll wilder Verbitterung, »du bist nicht der Typ, der so was übersieht, du gemeiner Blutegel! Hast du mir nicht schon genug angetan? Was hast du vor? Willst du mich in den Wahnsinn treiben?«

Schlagartig veränderte sich seine Art. Er wurde hart.

»Steig ein«, sagte er schroff. »Ich will mit dir reden. Wir fahren für eine Viertelstunde oder so durch die Gegend.«

»Ich kann nicht mit dir durch die Gegend fahren. Wie kannst du das von mir verlangen?«

»Wir können nicht einfach hier stehenbleiben und es besprechen. Das ist viel schlimmer. Das haben wir schon zweimal gemacht. Wir fahren ein paarmal die Seestraße rauf und runter. Um diese Zeit ist da keiner unterwegs, und es gibt keine Ampeln. Schlag deinen Kragen vors Gesicht.«

»Warum behältst du den Scheck zurück? Was hast du vor?«

»Wart's ab, bis wir da sind«, sagte er. Und als sie es waren, antwortete er ihr kühl und leidenschaftslos, als hätte es keine Unterbrechung gegeben:

»Fünfhundert Dollar interessieren mich nicht.«

Sie verlor allmählich den Kopf. Ihre Unfähigkeit, seine

Motive zu ergründen, versetzte sie in Panik. »Dann gib ihn mir zurück. Ich geb dir mehr. Ich geb dir tausend. Nur gib ihn mir zurück.«

»Ich will nicht, daß du mir *mehr* gibst. Ich will überhaupt nicht, daß man mir was *gibt*. Verstehst du nicht? Ich will, daß das Geld mir *gehört*, mir rechtmäßig gehört.«

Sie war plötzlich kreidebleich im Gesicht. »Ich versteh nicht. Was willst du damit sagen?«

»Ich glaube, du verstehst schon allmählich, nach deinem Gesicht zu schließen.«

Er kramte in seiner Tasche und zog etwas hervor. Ein Umschlag, bereits verschlossen und frankiert, absendebereit. »Du hast mich gefragt, wo der Scheck ist. Er ist hier drin. Lies, was draufsteht. Nein, nimm ihn mir nicht aus der Hand. Lies es einfach von dort, wo du sitzt.«

Mr. Donald Hazzard
Hazzard and Loring
Empire Building
Caulfield

»Nein ...« Sie konnte nichts artikulieren, nur krampfartig den Kopf schütteln.

»Ich schick ihn an seine Büroadresse, damit du ihn nicht abfangen kannst.« Er steckte ihn wieder ein. »Die letzte Briefkastenleerung hier in Caulfield ist abends um neun. Das wußtest du vielleicht nicht, aber ich hab mich mit solchen Sachen in letzter Zeit eingehend beschäftigt. Da ist ein Briefkasten in der Pomeroy Street, ein paar Meter von dort, wo ich die letzten Male geparkt habe, wo wir uns getroffen haben. Die Gegend ist dunkel und unauffällig, und ich werde den benutzen. Das Postauto kommt allerdings erst um Viertel nach neun. Ich hab es mehrmals hintereinander gestoppt.«

Er bedeutete ihr mit einer Handbewegung zu schweigen und fuhr fort: »Also, wenn du vor dem Postauto hinkommst, bleibt dieser Umschlag draußen. Wenn du noch nicht da bist, wenn es kommt, werf ich ihn ein. Du hast eine eintägige Frist, bis Viertel nach neun morgen abend.«

»Aber warum soll ich denn kommen? Du hast doch gesagt, du willst nicht mehr ...«

»Wir machen einen kleinen Ausflug nach Hastings. Das ist der nächste Ort. Ich bring dich da zu einem Friedensrichter, und er wird uns trauen.«

Er verlangsamte das Tempo, als ihr Kopf wie beduselt über die Sitzlehne nach hinten kippte.

»Ich hätte nicht gedacht, daß man heutzutage noch in Ohnmacht fällt ...«, setzte er an. Doch als er dann sah, daß sie sich wieder mit einiger Mühe aufrichtete und sich mit dem Handrücken benommen über die Augen fuhr, fügte er hinzu: »Ach, das macht man also doch nicht mehr, wie ich sehe. Es wird einem nur etwas schwindlig, stimmt's?«

»Warum tust du mir das an?« fragte sie mit erstickter Stimme.

»Mir fallen da mehrere gute Gründe ein. Meiner Meinung nach ist es ein ganzes Stück sicherer als die Grundlage, auf der wir uns bislang bewegt haben. Keine Gefahr, daß irgend etwas nach hinten losgeht. In den Gesetzbüchern steht, daß eine Ehefrau nicht gegen ihren Ehemann aussagen darf. Das heißt, jeder Anwalt, der sein Honorar wert ist, kann dich aus dem Zeugenstand holen, bevor du überhaupt den Mund aufgemacht hast. Und dann gibt's da noch einige praktischere Erwägungen. Die beiden Alten werden auch nicht ewig leben, weißt du. Das Leben der alten Dame hängt an einem seidenen Faden. Und der Alte wird sie nicht lange überleben. Treue bis ins Grab. Ich kenn die Sorte. Wenn die beiden hinüber sind, teilst du mit Bill zu ungleichen Teilen – schau nicht so entsetzt. Dieser Anwalt von denen hat nicht gerade geplaudert, aber das ist hier eine kleine Stadt, solche Sachen sickern einfach durch, ohne daß es sich gleich herumsprechen muß. Das eine Jahr kann ich noch warten, oder sogar zwei oder drei, wenn's sein muß. Laut Gesetz steht dem Mann ein Drittel des Eigentums seiner Ehefrau zu. Drei Viertel von – vielleicht liege ich da zu niedrig –, aber ich würde sagen, etwa vierhunderttausend, das sind dreihunderttausend, und davon wieder ein Drittel ... Halt dir doch nicht die Ohren zu, Patrice. Du siehst aus wie jemand aus einem Roman von Marie Corelli.«

Er bremste. »Du kannst hier aussteigen, Patrice. Das ist nah genug.« Und dann kicherte er ein bißchen, während er zusah, wie sie auf den Bürgersteig wankte. »Bist du sicher, daß du geradegehen kannst? Die sollen nicht etwa denken, daß ich dich ...«

Als letztes sagte er: »Sieh zu, daß deine Uhr nicht nachgeht, Patrice. Weil die Post der Vereinigten Staaten immer pünktlich ist.«

38

Die Scheinwerfer seines Wagens wühlten die Straße vor ihnen wie eine Pflugschar auf, schienen ihre Krume aus Dunkelheit zur Seite zu schieben, ihre boraxartige Füllung offenzulegen und sie über die ganze Breite zu verteilen. Und hinter ihnen verheilten die bleichen Furchen sogleich wieder zu Dunkelheit.

Es kam ihr vor, als würden sie schon stundenlang so fahren, schweigend, doch sich dabei der Gegenwart des anderen in höchstem Maße bewußt. Baumkronen, vom vorbeihuschenden Scheinwerferlicht von unten geisterhaft erleuchtet, glitten vorüber. Zwischendurch entschwanden die Bäume wieder, und an ihre Stelle trat eine plüschige schwarze Gleichmäßigkeit – Felder oder Wiesen, wie sie vermutete –, die einen süßen Duft verströmte. Klee. Es war eine wunderschöne Gegend, viel zu schön, um sich darin in einer Hölle des Leidens zu befinden. Hin und wieder gingen auch Straßen ab, aber sie bogen nie in eine ein. Sie blieben auf dieser breiten, geraden Straße.

Sie kamen an einem indirekt beleuchteten weißen Schild vorbei, das im rechten Winkel zur Straße stand, so daß man es beim Heranfahren lesen konnte. ›Willkommen in Hastings‹ stand darauf. Und dann: ›Einwohner‹ und ein paar Zahlen, die so klein waren, daß man sie im Vorbeifahren nicht mehr lesen konnte.

Sie drehte sich in einer Mischung aus Faszination und Entsetzen nach dem Schild um.

Er hatte es offenbar bemerkt, ohne sie direkt anzusehen. »Es liegt hinter der Bundesstaatsgrenze«, sagte er trocken. »Reisen bildet, heißt es ja.« Auf ihrer Armbanduhr war es jetzt Viertel vor zehn. Es hatte sie nur eine halbe Stunde Fahrt gekostet.

Sie überquerten den zentralen Platz des Ortes. Ein Drugstore war noch geöffnet. Zwei altmodische Gläser mit gefärbtem Wasser, wie sie früher bei jedem Drugstore im Schaufenster standen, blitzten grün und violett auf, als sie daran vorbeifuhren. Ein Filmtheater, innen noch belebt, außen schon im Sterben begriffen, die Leuchtschrift war schon ausgeschaltet, das Foyer abgedunkelt.

Er bog in eine Seitenstraße ein, in einen Tunnel aus schattigen Laubbäumen. Die Häuser waren alle um eine Rasenlänge zurückversetzt, so daß sie im Nachtschatten der Straße fast unsichtbar waren. Es schien ihn ein schummeriges Licht anzulocken, das unter dem Vorbau einer efeubewachsenen Veranda hervorblinzelte. Er scherte plötzlich auf den Gehsteig aus, setzte etwas zurück und hielt gegenüber.

Sie blieben eine Weile im Wagen sitzen.

Dann stieg er aus, kam zu ihrer Seite herum und öffnete die Tür neben ihr.

»Komm rein«, sagte er knapp.

Sie rührte sich nicht, sie antwortete nicht.

»Komm jetzt mit mir rein. Man erwartet uns.«

Sie antwortete nicht, sie rührte sich nicht.

»Sitz da nicht einfach so rum. Wir haben das alles schon in Caulfield geklärt. Beweg dich. Sag endlich was.«

»Was soll ich denn sagen?«

Er schlug die Tür ungeduldig wieder zu, als räume er ihr eine kurze Gnadenfrist ein. »Reiß dich zusammen. Ich geh rüber und sag Bescheid, daß wir angekommen sind.«

Sie sah ihm nach, wie benommen, als passiere das alles jemand anderem. Hörte seine Schritte auf dem Holzplankenweg, der zum Haus führte. Sie hörte sogar die Hausklingel drinnen im Haus, obwohl sie hier draußen saß. Es war kein Wunder. Es herrschte vollkommene Stille, bis auf das Brummen und Summen von kleinen geflügelten Dingern im Baum über ihr.

Sie fragte sich: Woher will er wissen, daß ich nicht plötzlich den Wagen anlasse und losfahre? Sie beantwortete sich diese Frage selbst: Er weiß, daß ich's nicht tun werde. Er weiß, daß es dafür zu spät ist. Ebenso wie ich es weiß. Daß ich stehenbleiben konnte, zurückweichen, davonlaufen konnte – *die* Zeit ist längst vorbei. Das ist lange her. Lange vor heute abend. Das war im Abteil des Zuges hierher, als die Räder versuchten, mich zu warnen. Das war, als der erste Brief kam. Das war, als der erste Anruf kam, der erste Gang zum Drugstore. Ich sitze hier so fest, als wäre ich an ihn angekettet.

Sie hörte jetzt ihre Stimmen. Eine Frau sagte: »Aber ganz und gar nicht. Sie sind ganz pünktlich. Treten Sie doch ein.«

Der Eingang blieb offen, beleuchtet. Wer immer da gestanden hatte, hatte sich wieder ins Innere des Hauses zurückgezogen. Er kam zu ihr zurück. Das Geräusch seiner Schritte auf dem Holzplankenweg. Sie packte den Rand des Sitzes, krallte ihre Finger unter die Lederpolsterung.

Er hatte sie jetzt erreicht, stand da.

»Komm, Patrice«, sagte er beiläufig.

Das war gerade das Entsetzliche. Seine Beiläufigkeit, seine Geschäftsmäßigkeit. Er fiel aus der Rolle.

Sie sprach auch ruhig, so ruhig wie er, nur war ihre Stimme dünn und verschwommen wie ein scheppernder Draht.

»Ich kann nicht, Georgesson. Verlang das nicht von mir.«

»Patrice, wir haben das doch schon alles durchgesprochen. Ich hab's dir gestern gesagt, und es wurde alles geklärt.«

Sie bedeckte ihr Gesicht mit ihren hohlen Händen und ließ sie gleich wieder sinken. Sie benutzte immer wieder dieselben drei Worte, es waren die einzigen, die ihr einfielen. »Aber, ich kann nicht. Verstehst du nicht? Ich *kann* nicht.«

»Es gibt kein Hindernis. Du bist mit niemand verheiratet. Weder du selbst noch du in deiner neuen Identität. Das hab ich alles schon in New York überprüft.«

»Steve. Hör zu, ich nenne dich Steve.«

»Das kann mich nicht erweichen«, versicherte er ihr belustigt. »So heiß ich ja auch. Ich hab ein Recht darauf, so genannt zu werden.« Er sah sie mit halbgeschlossenen Augen an. »Das ist der Name, den man mir *gegeben* hat, nicht einer, den ich mir genommen habe – *Patrice*.«

»Steve, ich hab dich noch nie angefleht. In all diesen Monaten hab ich's wie eine Frau genommen. Steve, wenn noch irgend etwas Menschliches in dir steckt, woran ich appellieren kann –«

»Ich bin nur zu menschlich. Deswegen hab ich Geld ja auch so gerne. Aber du bist auf dem Holzweg. Gerade weil ich so menschlich bin, ist dein Appell völlig sinnlos. Komm, Patrice. Du verschwendest deine Zeit.«

Sie wich seitlich auf ihrem Sitz zurück. Er trommelte mit den Fingern gegen die Tür und lachte leise.

»Warum diese schreckliche Angst vorm Heiraten? Mal sehen, ob ich dahinterkomme. Vielleicht kann ich dich beruhigen. Hier ist keinerlei persönlicher Reiz im Spiel. Du hast keinen für mich. Ich hab nur Verachtung für dich übrig, weil du so eine billige, verschlagene kleine Schlange bist. Sowie wir wieder in Caulfield sind, laß ich dich auf der Hausschwelle deiner treusorgenden Familie zurück. Dies wird eine Scheinehe, im doppelten Sinne des Wortes. Aber sie wird halten, sie wird halten bis zum bitteren Ende. So, sind jetzt deine spätviktorianischen Bedenken ausgeräumt?«

Sie legte sich die Hand über die Augen, als hätte sie gerade ein Blitz geblendet.

Er riß die Tür auf.

»Da drinnen wartet man auf uns. Los, du machst es nur noch schlimmer.«

Er wurde allmählich hart. Ihr Widerstand begann seinen Zorn zu entfachen. Er zeigte sich aber umgekehrt, in einer Art tödlichen Kälte.

»Hör zu, meine Liebe. Ich werde dich nicht an den Haaren da hineinziehen. Das ist die Sache nicht wert. Ich gehe kurz rein und rufe die Hazzards an und erzähle ihnen die ganze Geschichte. Dann fahre ich dich wieder dorthin zurück, wo ich dich herhabe. Sollen sie dich ruhig wiederhaben – wenn sie dich dann noch haben wollen.« Er beugte sich leicht zu ihr herunter. »Sieh mich gut an. Sehe ich so aus, als ob ich spaßen würde?«

Es war ihm ernst. Es war kein leerer Bluff mit nichts dahinter. Vielleicht war es eine Drohung, die er lieber nicht wahrgemacht hätte, aber es war keine leere Drohung. Das konnte sie von seinen Augen ablesen, die sie düster, kalt und voller Haß ansahen.

Er drehte sich um und ging wieder den Weg zum Haus hinauf, diesmal nachdrücklicher, rascher als vorher.

»Verzeihung, könnte ich Sie nochmal kurz stören...«, hörte sie ihn sagen, als er durch die offene Tür trat. Der Rest verschwamm, als er weiter hineinging.

Sie kletterte hinaus, klammerte sich an die schwankende Tür wie eine Schlafwandlerin. Dann wankte sie den Weg hinauf zur Veranda, der Efeu raschelte, als sie benommen dagegen stieß. Dann ging sie weiter auf das vom offenen Eingang projizierte Lichtgeviert zu und hinein. Es kam ihr vor, als müßte sie sich durch knietiefes Wasser kämpfen.

Im Flur kam ihr eine Frau mittleren Alters entgegen.

»Guten Abend. Sie sind Mrs. Hazzard? Er ist hier drin.«

Sie führte sie in ein Zimmer auf der linken Seite und teilte eine Schiebetür. Er stand da mit dem Rücken zu ihr neben einem altmodischen Telefonkasten, der an der Wand angebracht war.

»Hier ist die junge Dame. Sie können dann beide ins Arbeitszimmer kommen, wenn Sie soweit sind.«

Patrice zog die Türen wieder hinter sich zu. »Steve«, sagte sie.

Er drehte sich um, sah sie an und drehte sich wieder zurück.

»Nicht! Du bringst sie um«, flehte sie.

»Früher oder später müssen die Alten sowieso sterben.«

»Ist er schon durch?«

»Die verbinden mich gerade mit Caulfield.«

Es war nicht irgendein Taschenspielertrick. Sein Finger war nicht annähernd in der Nähe der Gabel, drückte sie nicht etwa runter. Er war im Begriff, es auszuführen.

Ein erstickter Laut brach aus ihrer Kehle.

Er sah sich wieder um, drehte sich nicht ganz so weit um wie vorher. »Hast du dich endgültig entschieden?«

Sie nickte nicht, sie senkte nur kurz die Augenlider.

»Vermittlung«, sagte er, »bitte nicht verbinden. Es war ein Versehen.« Er legte den Hörer auf.

Ihr war etwas übel und schwindlig, wie wenn man gerade aus großer Höhe hinuntergeblickt und sich wieder zurückgezogen hat.

Er ging zur Schiebetür und schob sie energisch zurück. »Wir sind soweit«, rief er zum Arbeitszimmer auf der anderen Seite des Flurs hinüber.

Er krümmte verächtlich seinen Arm für sie, schwenkte seinen Ellbogen hoch, damit sie ihn ergriff, und sah sich dabei nicht einmal um.

Sie kam vor, legte ihren Arm in seinen, und zusammen gingen sie so zum Arbeitszimmer, dorthin, wo der Mann darauf wartete, sie zu trauen.

39

Auf dem Rückweg wußte sie, daß sie ihn töten würde. Daß sie es mußte, daß ihr jetzt nichts anderes mehr übrig blieb. Sie hätte es früher tun sollen, sagte sie sich. Lange vorher, an diesem ersten Abend, als sie mit ihm zusammen im Auto saß. Es wäre soviel besser gewesen. Dann wäre ihr wenigstens das hier, dieser allerletzte Schrecken und diese Erniedrigung, erspart geblieben. Sie hatte damals nicht daran gedacht. Auf diese eine Lösung war sie nie gekommen. Sie hatte immer nur versucht, auf irgendeine Weise vor ihm zu fliehen, hatte nie diese endgültige Sicherheit gesucht, die einzig und allein in seiner Beseitigung lag.

Aber sie wußte, sie würde es tun. Jetzt. Noch in dieser Nacht.

Sie hatten auf der ganzen Fahrt, seit sie das Haus des Friedensrichters verlassen hatten, kein einziges Wort gewechselt. Warum auch? Was gab es schon zu sagen? Was gab es jetzt noch zu tun – bis auf diese abschließende Sache, die ihr, gerade als sie vier Meilen hinter Hastings an einem weißstrumpfigen Telegrafenmast vorbeifuhren, plötzlich in den Sinn kam. Es kam einfach so: klick, schnapp, und es war da. Als hätte sie eine Art elektrische Lichtschranke durchquert, die von diesem Telegrafenmast über die Straße reichte. Auf der einen Seite noch untätige Verzweiflung und Schicksalsergebenheit, auf der anderen Unbarmherzigkeit, der unwiderrufliche, feste Entschluß: Ich werde ihn töten. Heute nacht. Bevor diese Nacht endet, bevor es wieder hell wird.

Keiner von beiden sagte etwas. Er nicht, weil er zufrieden war. Er hatte vollbracht, was er sich vorgenommen hatte. Kurze Zeit pfiff er leise vor sich hin, aber er hörte wieder auf. Sie sagte nichts, weil sie vernichtet war. Vernichtet, im wahrsten Sinne des Wortes. So hatte sie sich noch nie gefühlt. Sie verspürte nicht einmal mehr Seelenschmerz. Der Kampf war beendet. Sie war jetzt betäubt. Selbst nach dem Zugunglück hatte sie mehr gefühlt als jetzt.

Sie hielt die Augen während der ganzen Fahrt geschlossen. Wie eine Frau, die von einer Beerdigung zurückkehrt, auf der alles, was für sie erhaltenswert gewesen war, begraben wurde, und für die es auf der Erde nichts mehr gibt, das sich anzusehen lohnt.

Schließlich hörte sie ihn sagen: »Na bitte, war das denn so schlimm?«

Sie antwortete ihm mechanisch, ohne die Augen aufzumachen.

»Wohin? Was soll ich jetzt tun?«

»Genaugenommen gar nichts. Du machst einfach so weiter wie vorher. Dies ist eine Sache zwischen dir und mir, und ich will, daß es auch so bleibt. Verstanden? Kein Wort zur Familie. Nicht bevor ich soweit bin. Es wird unser kleines Geheimnis sein, deins und meins.«

Sie nahm an, er befürchtete, daß man das Testament ändern würde, wenn er mit ihr die Stadt verließe, und wenn sie bei der Familie bliebe, daß man von der Eheschließung erfahren und sie für sie annullieren würde.

Wie tötet man einen Mann? Hier gab es nichts, keine Möglichkeit. Das Gelände war flach, die Straße eben und gerade. Wenn sie versuchen würde, ihm ins Steuer zu greifen, damit er die Kontrolle über den Wagen verlor, würde nicht viel passieren. Man brauchte steile Kurven, Haarnadelkurven. Und der Wagen tuckerte nur so dahin, fuhr nicht schnell. Er würde nur ein bißchen von der Straße abkommen, möglicherweise gegen einen Telegrafenmast fahren und sie würden ein bißchen durcheinandergeschüttelt.

Und selbst wenn das eine wirkungsvolle Methode gewesen wäre, wollte sie nicht mit ihm zusammen sterben. Sie wollte, daß nur er starb. Sie hatte ein Kind, das sie hingebungsvoll liebte, einen Mann, den sie liebte. Sie wollte leben! Sie hatte schon immer den unstillbaren Willen gehabt zu leben, zeit ihres Lebens. Sie hatte ihn jetzt immer noch. Betäubt wie sie war, flackerte er jetzt immer noch hartnäckig in ihr auf. Nichts konnte ihn löschen, sonst... hätte sie vielleicht schon eine andere Alternative erwogen, früher schon.

O Gott, rief sie innerlich, hätte ich doch nur einen...

Und in dem Moment wußte sie, wie sie es tun würde. Denn das nächste Wort, das ihr durch den Kopf blitzte, war ›Revolver‹, und mit seinem Erscheinen brachte es seine eigene Antwort auf die Bitte.

Zu Hause, in der Bibliothek. Da war irgendwo einer. Eine kurze Szene kam ihr wieder ins Gedächtnis, von vor vielen Monaten. Bis zu diesem Augenblick vergraben, um plötzlich emporzutauchen, so deutlich, als hätte sie sich soeben erst ereignet. Die Leselampe mit ihrem warmen Schein. Daneben Vater Hazzard, noch zu später Stunde in ein Buch vertieft. Die andern sind schon im

Bett, nur sie beide sind noch auf. Ein flüchtiger Kuß auf die Stirn, als auch sie ihn verläßt.

»Soll ich für dich abschließen?«

»Nein, laß ruhig. Ich mach das dann.«

»Aber du vergißt es auch nicht?«

»Nein, nein, ich vergeß es nicht.« Und dann kicherte er auf seine typisch trockene Art: »Mach dir keine Sorgen. Ich bin hier unten gut geschützt. Gleich hier in einer Schublade liegt ein Revolver. Den haben wir extra für Einbrecher. Das war Mutters Idee. Der liegt schon seit Jahren hier, und in all dieser Zeit hat sich hier nie auch nur ein Tunichtgut blicken lassen.«

Sie hatte über diese melodramatische Formulierung gelacht und ihm ganz wahrheitsgetreu gesagt: »Ich hatte eigentlich nicht an irgendwelche Einbrecher gedacht, sondern an ein plötzliches Gewitter, wegen Mutters besten Vorhängen.«

Sie hatte gelacht. Aber jetzt lachte sie nicht.

Jetzt wußte sie, wo ein Revolver war.

Man krümmt den Finger um den Abzug. Man drückt ab. Und man hat Frieden, man hat Sicherheit.

Sie hielten an, und sie hörte, wie die Wagentür neben ihr mit einem Klack aufging. Sie sah auf. Sie befanden sich in einem Laubtunnel von Straßenbäumen. Sie erkannte die symmetrischen Baumformationen, die Rasenhänge auf beiden Seiten, die schwarzen Umrisse der Häuser im Hintergrund. Sie war in ihrer Straße, nur weiter oben, etwa einen Block vom Haus entfernt. Er war taktvoll, ließ sie weit genug von ihrer eigenen Tür heraus, damit es nicht auffiel.

Er saß da, wartete darauf, daß sie den Wink verstand und ausstieg. Sie sah mechanisch auf ihre Armbanduhr.

Noch nicht einmal elf. Es muß gegen zehn passiert sein. Für die Rückfahrt hatten sie vierzig Minuten gebraucht. Sie waren langsamer gefahren als auf der Hinfahrt.

Er beobachtete sie mit einem ironischen Lächeln. »Es heiratet sich schnell, wie?«

Es stirbt sich auch schnell, dachte sie glühend.

»Soll ich... soll ich nicht mit dir mitkommen?« flüsterte sie.

»Wozu?« fragte er unverschämt. »Ich will dich nicht haben. Ich will nur das haben, was du dann später mitbringst. Geh du nur rauf in dein kleines unbeflecktes Bett. Das ist es doch, oder? Mit diesem Bill im Haus?«

Sie spürte, wie ihr Gesicht heiß wurde. Aber es spielte keine Rolle mehr. Nichts zählte mehr. Nur daß der Revolver einen Block entfernt war, und er war hier. Und die beiden mußten sich begegnen.

»Bleib einfach, wo du bist«, riet er ihr. »Aber bitte keine überstürzten kleinen Ausflüge aus der Stadt raus, Patrice. Es sei denn, du willst, daß ich mich plötzlich melde und die Vaterschaft des Kindes beanspruche. Das Gesetz ist auf meiner Seite, weißt du. Ich gehe, ohne zu zögern, zur Polizei.«

»Also... wartest du hier kurz? Ich... ich komm gleich wieder. Ich bring dir etwas Geld. Du brauchst sicher welches, bis... bis wir uns wieder treffen.«

»Deine Aussteuer?« fragte er ironisch. »So schnell? Ich brauch übrigens keins. Einige Männer in dieser Stadt sind sehr schlechte Kartenspieler. Und sowieso – warum mir etwas geben, was ohnehin schon mir gehört? Kleinkram. Ich kann warten. Du brauchst mir keinen Gefallen zu tun.«

Sie stieg zögernd aus.

»Wo kann ich dich erreichen, falls es nötig ist?«

»Ich bleib in der Gegend. Du wirst schon von mir hören, hin und wieder. Du brauchst keine Angst zu haben, daß du mich verlierst.«

Nein, es mußte heute nacht sein, heute nacht, sagte sie sich immer wieder voller Ingrimm. Bevor die Dunkelheit endete und der Tag anbrach. Wenn sie warten würde, würde sie ihren Mut verlieren. Diese Operation mußte unverzüglich durchgeführt werden, dieses Krebsgeschwür an ihrer Zukunft mußte entfernt werden.

Ganz gleich, wohin in dieser Stadt er heute nacht geht, schwor sie sich, ich werde ihn aufspüren. Ich werde ihn finden und ihm ein Ende setzen. Selbst, wenn ich mich selber dabei vernichten muß. Selbst wenn ich es in der Gegenwart von hundert anderen Menschen tun muß.

Die Wagentür schwang zu. Er legte ironisch die Hand an den Hut.

»Gute Nacht, Mrs. Georgesson. Angenehme Träume. Versuch doch, auf einem Stück Hochzeitskuchen zu schlafen. Oder wenn du keinen hast, versuch's mit einem Klumpen schimmeligem Brot. Da fühlst du dich wahrscheinlich sogar wohler drauf, mieses Stück, das du bist.«

Der Wagen glitt an ihr vorbei. Ihr Blick klammerte sich an das hintere Nummernschild, saugte sich daran fest, prägte es sich ein, selbst als es schon vorbeihuschte. Es wurde kleiner. Das rote Rücklicht bog um die nächste Ecke und verschwand. Aber es schien noch dort vor ihren Augen zu hängen, wie ein Geisterschild, noch lange danach schien es da in der Nacht zu hängen.

NY 09231

Dann verblaßte auch das und erlosch.

Ganz in ihrer Nähe ging irgend jemand den stillen nächtlichen Bürgersteig entlang. Sie hörte das Klacken der hohen Absätze. Das war sie selber. Die Bäume glitten langsam an ihr vorbei. Jemand stieg terrassierte Steinplattenstufen hinauf. Sie hörte das Knirschen der Schritte. Das war sie selber. Jemand stand jetzt vor der Tür des Hauses. Sie sah die dunkle Reflexion in der Scheibe ihr gegenüber. Sie bewegte sich wie sie. Das war sie selber.

Sie öffnete ihre Handtasche und tastete darin nach ihrem Hausschlüssel. Ihrer? Von wegen. Der Schlüssel, den sie ihr gegeben hatten. Er war noch da. Aus irgendeinem Grund überraschte sie das. Komisch, einfach so nach Hause zu kommen, als wäre einem nichts weiter passiert, und nach seinem Schlüssel zu suchen und ihn ins Schloß zu stecken und... und ins Haus zu gehen. *Immer noch* so nach Hause zu kommen und *immer noch* so ins Haus zu gehen.

Ich muß hier hineingehen, verteidigte sie sich. Mein Kind schläft in diesem Haus. Es schläft hier, jetzt in diesem Moment, da oben. Ich muß hier hineingehen, es gibt keinen andern Ort, wohin ich gehen kann.

Sie erinnerte sich daran, wie sie hatte lügen müssen, früher am Abend, und Mutter Hazzard gebeten hatte, für sie auf Hughie aufzupassen, weil sie eine neue Freundin besuchen wolle. Vater war bei einer geschäftlichen Besprechung, und Bill war unterwegs.

Sie schaltete das Dielenlicht an. Sie machte die Tür zu. Dann blieb sie dort einen Moment schweratmend stehen, den Rücken an die Tür gelehnt. Es war so still in diesem Haus, so still. Dort schliefen Menschen, die einem vertrauten. Menschen, die von einem nicht erwarteten, daß man ihnen Skandal und Mord ins Haus brachte als Dank für all ihre Güte.

Sie stand regungslos. So still, so ruhig, daß niemand geahnt hätte, mit welcher Absicht sie hierher zurückgekommen war, was sie im Begriff war zu tun.

Sie hatte nichts mehr. Nichts. Kein Zuhause, keine Liebe, nicht einmal mehr ein Kind. Selbst diese zukünftige Liebe hatte sie verwirkt, für später befleckt. Sie würde auch ihn verlieren, er würde sich gegen sie wenden, wenn er alt genug war, um zu erfahren, was sie getan hatte.

Er hatte ihr das alles angetan. Ein einziger Mann. Nicht genug, daß er es einmal getan hatte, hatte er es jetzt zum zweiten Mal getan. Er hatte ihr zwei Leben zerstört. Er hatte diese arme, schlichte, harmlose Siebzehnjährige aus San Francisco, die das Pech gehabt hatte, ihm über den Weg zu laufen, kaputtgemacht. Hatte sie kaputtgemacht, ihre Träume vom einfachen Glück beschmutzt, zertreten und draufgespuckt. Und jetzt hatte er die Pappdame namens Patrice kaputtgemacht.

Er wird niemand mehr kaputtmachen!

Eine gequälte Grimasse verzerrte ihr Gesicht. Sie legte ihr Handgelenk an die Stirn und ließ es dort. Ein Atemzug, bei dem sie sich auf einmal fürchterlich schwach und doch fürchterlich entschlossen fühlte, erschütterte ihren ganzen Körper. Dann wankte sie auf die Tür zur Bibliothek zu, wie eine komische Betrunkene, die ihre Körperbeherrschung schon so weit verloren hat, daß sie nicht mehr geradeaus gehen kann.

Drinnen knipste sie die große Leselampe auf dem Mitteltisch an.

Sie ging entschlossen zum Getränkeschrank, öffnete

ihn, goß sich etwas Brandy in ein Glas und leerte es in einem Zug.

Sie hatte das Gefühl, als würde er sich in sie hineinsprengen, aber sie schluckte ihn standhaft hinunter.

Ah ja, das brauchte man, wenn man im Begriff war, zu einem Mann zu gehen und ihn zu töten.

Sie suchte nach dem Revolver. Sie probierte zuerst die Tischschubladen, aber da war er nicht. Nur Papiere und Kram. Aber er hatte damals gesagt, daß hier einer sei, er mußte also irgendwo in diesem Zimmer sein. Sie sagten einem nie die Unwahrheit, auch nicht ein bißchen. Weder er noch Mutter, noch... noch Bill. Das war der große Unterschied zwischen ihnen und ihr. Deswegen hatten sie ihren Seelenfrieden und sie nicht.

Als nächstes probierte sie Vater Hazzards Schreibtisch. Er hatte viel mehr Schubladen und Fächer, aber sie durchsuchte sie alle nacheinander. Da glänzte etwas, als sie in der untersten Schublade ein schweres Geschäftsbuch beiseite schob. Und da lag er, ganz hinten versteckt.

Sie nahm ihn heraus. Sie war erst ein wenig enttäuscht darüber, wie er aussah. So etwas Kleines sollte so eine große Tat vollbringen können? Ein Leben auslöschen. Blankes Nickel und Elfenbeingriff. Und verborgen in dieser geriffelten Schwellung in der Mitte lag, wie sie vermutete, seine Macht zu töten. Unvertraut damit, wie sie war, hämmerte sie mit dem Handballen gegen den Rücken des Revolvers, zog daran in dem Versuch, ihn zu öffnen, riskierte dabei sogar, daß er vorzeitig losging, und hoffte, daß sie das verhindern könnte, wenn sie nur den Finger vom Abzug fernhielt. Plötzlich ließ er sich durch einen zufällig richtigen Griff mühelos öffnen, und der Lauf kippte herunter. Runde schwarze Kammern. Leer.

Sie kramte noch einmal in der Schublade. Sie fand die kleine Pappschachtel, die sie bei der ersten Durchsuchung ungeduldig weggelegt hatte. Innen Watte, als würden hier sehr empfindliche medizinische Kapseln aufbewahrt. Aber statt dessen stahlummantelte, stumpfnasige Patronen. Nur fünf.

Sie schob sie, eine nach der andern, in die Vertiefungen, für die sie bestimmt waren. Eine Kammer blieb leer.

Sie schloß den Revolver.

Sie fragte sich, ob er in ihre Handtasche hineinpassen würde. Sie versuchte es mit der flachen Seite nach oben, und er ging hinein.

Sie machte die Handtasche zu, nahm sie an sich, verließ den Raum und ging zum hinteren Ende des Flurs. Sie holte das Branchenbuch und sah unter ›Garagen‹ nach.

Möglich, daß er ihn über Nacht draußen auf der Straße ließ. Aber sie hielt es für unwahrscheinlich. Er war der Typ, der mit seinem Auto pfleglich umging und mit seinem Hut und seiner Uhr, nur nicht mit seiner Frau.

Die Garagen waren alphabetisch aufgelistet, und sie rief sie der Reihe nach an.

»Ist bei Ihnen heute ein New Yorker Wagen untergestellt worden mit dem Kennzeichen 09231?«

Bei der dritten Nummer kam der Nachtportier zurück und sagte. »Ja. Wurde gerade vor ein paar Minuten reingebracht.«

»Mr. Georgesson?«

»Ja, richtig. Was ist damit, Gnä'gste? Was woll'n Se von uns?«

»Ach – ich war vorhin in dem Wagen unterwegs. Der junge Mann hat mich gerade damit nach Hause gebracht. Ich hab was bei ihm im Wagen liegen lassen. Ich muß ihn unbedingt sprechen. Bitte, es ist wichtig. Können Sie mir sagen, wo ich ihn erreichen kann?«

»Das soll'n wir eigentlich nich, Gnä'gste.«

»Aber ich komm nicht rein. Er hat meinen Hausschlüssel. Verstehen Sie denn nicht?«

»Warum klingeln Se dann nich?« entgegnete die Stimme grob.

»Sie Dummkopf!« brauste sie auf, wobei ihr Zorn ihr überzeugende Beredsamkeit verlieh. »Ich durfte doch gar nicht mit ihm ausgehen! Ich will kein Aufsehen erregen. Ich *kann* nicht klingeln!«

»Hab kapiert, Gnä'gste«, höhnte die Stimme mit diesem bestimmten schmierigen Unterton, den sie vorausgeahnt hatte. »Hab kapiert.« Ein doppeltes Zungenschnalzen kam noch zur Unterstreichung dazu. »Moment, ich seh mal nach.«

Er ging. Als er wieder an den Apparat kam, sagte er: »Er stellt schon seit einiger Zeit seinen Wagen bei uns unter. Die Adresse auf unseren Unterlagen ist Decatur Road 110. Ich weiß aber nicht, ob die noch ...«

Aber sie hatte schon aufgelegt.

40

Sie schloß die Garagentür mit ihrem eigenen Schlüssel auf. Der kleine Wagen, den Bill normalerweise benutzte, war nicht da, aber der große. Sie setzte ihn rückwärts hinaus. Dann stieg sie aus, um die Garagentür wieder zu schließen.

Sie empfand hierbei das gleiche Gefühl von Unwirklichkeit wie vorhin: eine Art Traumphantasie, ein schlafwandlerischer Zustand, nur bei völligem Bewußtsein. Das Klack-Klack der Schritte auf der betonierten Garageneinfahrt, die da unter ihr ertönten – das waren die von jemand anderem, und doch waren es ihre eigenen. Als hätte sie eine akute Persönlichkeitsspaltung erlitten, und das eine Ich sah entgeistert und hilflos zu, wie eine Phantommörderin aus dem Spalt hervorkam und sich auf ihre tödliche Mission begab. Sie konnte diesem dunklen Geschöpf nur folgen, diesem andern Ich, konnte es, nachdem es einmal losgelassen war, nicht mehr einfangen noch sich wieder einverleiben. Daher vielleicht die losgelöste Objektivität der Schritte, die spiegelähnliche Nachahmung ihrer eigenen Bewegungen.

Sie stieg wieder in den Wagen, setzte ihn in die Straße zurück, legte den Vorwärtsgang ein und ließ ihn nach vorn gleiten. Nicht heftig, sondern mit der Souveränität einer völlig gelassenen Fahrerin. Irgendeine andere Hand, nicht ihre – so bestimmt, so sicher, so rein –, dachte daran, zum Türgriff zu greifen und die Tür mit einem knappen kleinen Schlag zuzuziehen.

Draußen wirbelten die Straßenlampen wie glühende Kugeln vorbei, als würden sie ihr auf einer Kegelbahn entgegenkommen. Aber jeder Schuß ging daneben, sie gingen abwechselnd zu weit nach links und nach rechts. Und sie selbst, mit dem Wagen, war der König, der nie umgeworfen wurde.

Sie dachte: Das muß das Schicksal sein, das da gegen mich kegelt. Aber mir ist es egal, sollen sie kommen.

Dann hatte der Wagen schon wieder angehalten. So einfach war es, sich auf den Weg zu machen, um einen Menschen zu töten. Sie dachte nicht lange darüber nach, was das wohl für ein Gefühl sei. Es war ihr egal, was das für ein Gefühl war. Sie würde da hineingehen, es würde dort geschehen.

Sie gab wieder Gas, fuhr an dem Eingang vorbei und um die Ecke. Dann wendete sie, fuhr an den Bürgersteig und parkte so, daß der Wagen von der Querstraße aus nicht mehr zu sehen war.

Sie nahm ihre Handtasche vom Sitz neben sich, wie eine Frau, die im Begriff ist auszusteigen, das so macht, und klemmte sie sich unter den Arm.

Sie zog den Zündschlüssel ab und stieg aus. Sie ging um die Ecke zurück in die Richtung, aus der sie gerade gekommen war, mit raschen, besorgten Schritten, wie eine Frau, die spät in der Nacht auf dem Weg nach Hause ist und möglichst schnell von der einsamen Straße wegkommen möchte. Man hat sie schon oft gesehen, wie sie sich mit sichtbar angespannter Miene hüten, sich umzusehen oder unnötig aufzufallen, wohl wissend, daß das Risiko, belästigt zu werden, nachts größer ist als tagsüber.

Sie war jetzt ganz allein in einem düsteren Straßenabschnitt. Der nachteinsame Bürgersteig führte an einem langen, weitläufigen zweistöckigen Gebäude vorbei, das offenbar teils gewerblich, teils privat genutzt wurde. Im Erdgeschoß befanden sich zahlreiche, jetzt unbeleuchtete Geschäfte und Läden, und im oberen Stockwerk erstreckte sich auf der ganzen Länge eine Reihe Fenster. Auf einem Sims war die weiße Silhouette einer Milchflasche zu erkennen. Ein anderes Fenster war erleuchtet, die Jalousie heruntergelassen.

Zurückgesetzt zwischen zwei Ladenfronten und so unauffällig, als wollte sie gänzlich unentdeckt bleiben, war eine einzelne Tür mit einem aus einer Vielzahl eingelegter

Platten bestehenden Waffelmuster. Sie war überhaupt nur zu erkennen, weil irgendwo dahinter ein trübes Flurlicht brannte, das Mühe hatte, die Dunkelheit zu durchdringen.

Sie ging hin und probierte die Tür. Sie schwang ohne Widerstand auf, besaß gar kein Schloß, war lediglich eine optische Barriere. Im Flur stand auf der einen Seite ein rostiger Heizkörper, auf der anderen führte eine nackte Betontreppe nach oben, und daneben an der Wand, gerade wo sie anfing, befanden sich mehrere Briefkästen und Klingelknöpfe. Sie entdeckte seinen Namen unter dem dritten Klingelknopf. Er erschien dort nicht als eigenständiger Name, sondern war auf dem Schild des Vormieters dazugeschrieben. Er hatte dessen Namen mit Bleistift durchgestrichen und seinen eigenen daruntergesetzt. ›S. Georgesson.‹ Die Druckbuchstaben waren nicht sehr gut geschrieben.

Bei allem, was er tat, ging er schlampig und stümperhaft vor. Außer wenn es darum ging, anderen Menschen ihr Leben kaputtzumachen. Das konnte er sehr gut, darin war er Fachmann.

Sie ging die Treppe hoch und den Flur entlang. Das ganze Gebäude wirkte schlecht gebaut, provisorisch. Während der Wohnungsknappheit im Krieg waren die Böden und Lagerräume der unteren Läden wahrscheinlich zu Wohnungen umgebaut worden.

Daß einer in so einem Loch leben kann, dachte sie trübsinnig.

Daß einer in so einem Loch sterben muß, dachte sie unbarmherzig.

Sie sah den dünnen Lichtstreifen unter seiner Tür. Sie klopfte an, leise. Dann ein zweites Mal, ebenso leise.

Drinnen lief ein Radio. Sie konnte es deutlich durch die Tür hindurch hören.

Sie hob die Hand und glättete sich das Haar. Man glättet sich das Haar – wenn es nötig ist –, kurz bevor man jemand sieht oder bevor man gesehen wird. Genau aus dem Grund tat sie es jetzt.

Man hat Angst in so einer Situation, sagt man. Man steht unter einer derart großen seelischen Anspannung, daß man die Beherrschung über sich verliert, sagt man. Man ist von rauchenden Gefühlen geblendet, sagt man.

Sagt man. Was verstehen die andern schon davon? Sie empfand nichts. Weder Angst noch Aufregung, noch blinden Zorn. Nur eine dumpfe, schmerzende Entschlossenheit im ganzen Körper.

Entweder hatte er sie nicht gehört, oder er wollte nicht aufmachen. Sie probierte den Türknopf. Auch diese Tür war, wie die Haustür, unverschlossen und ging nach innen auf. Warum auch nicht, dachte sie, was hatte er von andern schon zu befürchten? Sie nahmen ihm ja nichts weg. Er nahm *ihnen* etwas weg.

Sie schloß die Tür hinter sich, damit diese Sache unter ihnen blieb.

Er war nicht da, um ihrem Blick zu begegnen. Doch sie konnte ihn geradezu riechen. Das Zimmer hatte einen Durchgang, der zu einer Schlafkammer führte, und dort mußte er sein. Er mußte gerade da hineingegangen sein, als sie draußen ankam. Von einer Seite drang Licht durch die Öffnung.

Mantel und Hut, die er im Auto getragen hatte, lagen auf einem Stuhl, der Mantel auf dem Sitz und der Hut oben drauf. In einem gläsernen Aschenbecher lag eine Zigarette, die er erst vor kurzem nachlässig ausgedrückt hatte und die immer noch beharrlich vor sich hinräuchelte. Der Drink, den er zu trinken begonnen, dann stehengelassen hatte und jetzt jeden Moment austrinken würde – der Drink, mit dem er den Erfolg des heutigen Abends feierte –, stand auf dem Tischrand. Der weiße, noch ungeschmolzene Eiswürfel, der in dem strohfarbenen Whisky schwamm, schimmerte durch die Wand des Glases.

Bei dem Anblick sah sie wieder ein möbliertes Zimmer in New York vor sich. Er trank seine Drinks verdünnt. Er mochte sie stark, aber er trank sie verdünnt, wenn es sein eigener Whisky war. »Es kommt immer noch einer danach«, hieß sein Standardspruch. Jetzt kam keiner mehr. Das war sein letzter Drink. Du hättest ihn dir stärker machen sollen, dachte sie ironisch.

Irgendein kratzendes Geräusch störte sie. Ein Pulsieren, irgendein Mißklang. Es war wohl Musik. Doch in der Verfassung, in der sie jetzt war, hätte keine Musik sie als Musik erreichen können. Ihre überspannten Sinne filterten daraus ein Geräusch, das eher an eine über eine geriffelte Blechplatte geschobene Bürste erinnerte. Oder vielleicht, so fiel ihr plötzlich ein, war das in ihr drinnen und gar nicht irgendwo außerhalb.

Nein, da war es. Ein kleines Kofferradio an der einen Seitenwand. Sie ging hinüber. »*Che gelida mannina*...«, sang irgendeine ferne Stimme. Sie wußte nicht, was die Worte bedeuteten. Sie wußte nur, daß dies hier keine Liebesszene war, sondern eine Todesszene.

Sie riß den Knopf mit einem brutalen kleinen Ruck herum, als würde sie einem Hühnchen den Hals umdrehen, und mit einem Mal herrschte eine benommene Stille in seinen beiden schäbigen Zimmern. In diesem hier und in dem da hinten.

Jetzt wird er hereinkommen, um nachzusehen, wer das gemacht hat.

Sie wandte ihr Gesicht der Öffnung zu. Sie hob die Handtasche vor ihre Brust. Sie machte sie auf, nahm den Revolver heraus und legte ihre Hand um ihn, so wie man es tun muß. Ohne Flattern, ohne Zittern, jede Bewegung perfekt koordiniert.

Sie richtete den Revolver auf die Öffnung.

»Steve«, sagte sie zu ihm in die vollkommene Stille hinein, nicht laut, so wie man sich von einem Zimmer zum andern unterhält. »Komm mal kurz raus. Ich will dich sprechen.«

Keine Angst, keine Liebe, kein Haß, nichts.

Er kam nicht. Hatte er sie in seinem Spiegel gesehen? Hatte er es erraten? War er ein so großer Feigling, daß er sogar vor einer Frau kniff?

Die halbausgedrückte Zigarette glimmte immer noch und räuchelte vor sich hin. Der Eiswürfel, quadratisch und ungeschmolzen, schimmerte weiterhin durch das Glas.

Sie ging auf die Öffnung zu.

»Steve«, sagte sie barsch. »Deine Frau ist hier. Um mit dir zu sprechen.«

Er rührte sich nicht, antwortete nicht.

Die Waffe wie eine Art verkürzten Steuerknüppel vor sich ausgestreckt, bog sie um den Eingang. Der zweite Raum lag nicht parallel zum ersten, sondern befand sich in einem rechten Winkel zu ihm. Er war sehr klein, nicht mehr als eine Schlafnische.

Von der Zimmerdecke hing eine Glühbirne herab, als hätte sich eine leuchtende Blase auf dem Putz gebildet. Neben dem Eisenbett brannte auch eine Lampe, aber sie war umgestoßen. Sie stand auf dem Boden auf dem Kopf, die Schnur grotesk hochgewölbt.

Sie hatte ihn gerade beim Insbettgehen ertappt. Sein Hemd lag über dem Fußende des Betts. Mehr hatte er noch nicht ausgezogen. Und jetzt versuchte er, sich vor ihr zu verstecken, irgendwo da unten auf dem Boden, hinter dem Bett. Seine Hand schaute hervor – er merkte nicht, daß sie zu sehen war –, die Finger umklammerten das Bettzeug und verzogen es zu langen Falten. Und der obere Teil seines Kopfes war auch zu sehen, nur ein kleines bißchen davon, er drückte ihn an den Bettrand, duckte sich – allerdings nicht tief genug – in dem Versuch, sich zu verbergen. Und auf der anderen Seite neben seinem Kopf verliefen an einer Stelle, obwohl seine andere Hand nicht zu sehen war, noch mehr von diesen Falten über den Rand des Bettzeugs, als wäre sie irgendwo da unten verzweifelt daran festgeklammert.

Und als ihr Blick auf den Boden hinter dem Bett fiel, sah sie, lang und träge ausgestreckt, die hintere Partie eines Beines. Das andere war nicht zu sehen, er mußte es näher unter sich herangezogen haben.

»Steh auf«, sagte sie höhnisch. »Ich dachte, ich würde wenigstens einen Mann hassen. Jetzt weiß ich gar nicht mehr, was du bist.« Sie ging um das Fußende des Bettes herum, und jetzt wurde sein Rücken sichtbar. Er bewegte sich nicht, aber jede Linie seines Körpers sprach nur einen Wunsch aus, den Wunsch zu fliehen.

Ihre Handtasche sprang auf, und sie zog etwas heraus, schleuderte es auf ihn. »Hier sind deine fünf Dollar, die du mir gegeben hast. Erinnerst du dich?« Der Schein fiel zwischen seine Schulterblätter und lag da längs über seinem Rückgrat, in der Wölbung seines Rückens, eigenartig, wie ein Zettel oder Schild, das man lose auf ihn draufgeklebt hatte.

»Du liebst das Geld doch so«, sagte sie scharf. »Hier sind jetzt deine Zinsen. Dreh dich um und nimm's dir.«

Sie hatte bereits geschossen, bevor sie überhaupt wußte, daß sie es tun würde. Als hätte der Revolver nur auf ein Stichwort von ihr gewartet, um selbständig zu handeln, ohne auf sie zu warten. Der Schlag überraschte sie. Sie spürte, wie er ihren ganzen Arm hinaufschoß, als hätte ihr jemand hart auf den Handgelenksknochen gehauen. Und als die feurige Spucke aus der Mündung blitzte, blinzelte sie und riß unwillkürlich den Kopf zur Seite.

Er rührte sich nicht. Nicht einmal die Fünf-Dollar-Note flatterte von ihm herunter. Von dem Rohr am Kopfende der Pritsche kam ein merkwürdiges tiefes Stöhnen, wie wenn eine Schwingung allmählich verhallt, und an der Wand, knapp daneben, war eine schwarze Pockennarbe im Putz, die sich erst in dem Moment, in dem sie sie entdeckte, gebildet zu haben schien.

Ihre Hand war jetzt an seiner Schulter, während sie sich einredete: »Ich habe ihn nicht... ich habe ihn nicht...« Er rollte träge herum und glitt sachte zu Boden, in einer fast spielerischen Bewegung, als hätte sie gedroht, ihn zu kitzeln, und er versucht, ihr auszuweichen.

Träge Tändelei – das schien seine Haltung auszudrükken. Da war sogar so etwas wie ein klaffendes Grinsen auf seinem Gesicht.

Er schien sie anzusehen, sie zu beobachten, mit demselben distanzierten, spöttischen Ausdruck, mit dem er sie immer angesehen hatte. Als wollte er sagen: »Und was machst du jetzt?«

Es war kaum zu erkennen, daß irgend etwas nicht

stimmte. Da war nur ein kleiner dunkler Streifen am äußeren Rand eines Auges, als hätte er ein Stück Lackleder benutzt statt Pflaster, als hätte er sich da verletzt und die Stelle bedeckt. Und auf dem Wulst des Bettzeugs, den er mit dieser Seite seines Kopfes berührte, war ein seltsamer, unregelmäßiger Fleck, der an den Rändern heller war als in der Mitte.

In dem kleinen engen Zimmer schrie jemand. Nicht schrill, sondern mit einem kehligen Reißen, das fast wie das Bellen eines entsetzten Hundes klang. Das mußte sie gewesen sein, da sonst niemand außer ihr da war, der schreien konnte. Ihre Stimmbänder schmerzten, als wären sie ihr entzweigerissen worden.

»Oh, mein Gott«, schluchzte sie. »Ich hätte gar nicht kommen brauchen ...«

Sie wich geduckt vor ihm zurück, wankend, Schritt um Schritt. Nicht wegen dieses kleinen, glitzernden Streifens, dieses Teerspritzers, auch nicht wegen der Art, wie er da lag, entspannt und träge, als hätten sie soviel Spaß miteinander gehabt, daß er jetzt zu erschöpft war, um aufzustehen und sie hinauszubegleiten. Sondern wegen seiner Augen, die mit Stichen und Schnitten der Angst auf sie einhieben, immer und immer wieder, bis wie durch ein Sieb herausströmende Panik in ihr aufgestiegen war. Wie sie beharrlich auf sie gerichtet blieben, wie sie sie zu verfolgen schienen, Schritt um Schritt. Sie ging ein wenig zu einer Seite hinüber, aber dadurch entkam sie ihnen nicht. Sie ging ein wenig zur anderen Seite hinüber, aber dadurch entkam sie ihnen auch nicht. Verächtlich, herablassend, spöttisch, bis zum Ende ohne jegliche Zärtlichkeit. Er betrachtete sie im Tode, wie er sie im Leben betrachtet hatte.

Sie konnte die trägen Worte, die zu diesem Blick paßten, beinahe hören. ›Was bildest du dir ein, wo du jetzt hingehst? Warum so eilig? Komm zurück, du!‹

In Gedanken schrie sie zurück: »Weg von hier! Hier raus! Bevor jemand kommt! Bevor mich jemand sieht!«

Sie wirbelte herum und flüchtete durch den Durchgang, kämpfte sich mit rudernden Armen durch das äußere Zimmer, als müsse sie nicht lediglich eine Strecke von ein paar Metern zurücklegen, sondern als ginge sie durch eine in die entgegengesetzte Richtung laufende endlose Tretmühle, die versuchte, sie zu ihm zurückzutragen.

Ohne ihre Schritte zu verlangsamen, rannte sie gegen die Tür. Doch blieb sie nach diesem ersten Zusammenprall nicht etwa stehen, sondern rannte immer wieder gegen die Tür an, immer wieder, als bestünde sie aus Dutzenden von Körpern, die sich in endloser Folge dagegenschleuderten.

Holz sollte nicht so klopfen, Holz sollte nicht so hämmern – sie riß die Hände hoch und umklammerte ihre Ohren. Sie war im Begriff, den Verstand zu verlieren.

Es war kein abwartendes Hämmern, es war aggressiv, fordernd, hartnäckig. Ein erzürntes Hämmern, dessen Zorn mit jeder weiteren Verzögerung genährt wurde. Es übertönte, in ihren Ohren, ihren zweiten, erstickten Verzweiflungsschrei. Ein Schrei, der eine konkretere Angst ausdrückte als der erste, den sie kurz zuvor im andern Zimmer ausgestoßen hatte. Angst, jetzt nicht vor dem Übernatürlichen, sondern vor dem Unausweichlichen. Eine unmittelbarere, stärkere Angst. Qualvolle Angst, eine Angst, die sich nicht mehr abschütteln läßt, eine, wie sie sie noch nie zuvor erlebt hatte. *Die Angst, das zu verlieren, was du liebst.* Die größte Angst, die es gibt.

Denn es war Bills Stimme, die da beherrscht, doch mit

steinerner, strenger Ungeduld die Tür durchlöcherte, durchschoß.

Ihr Herz wußte es, noch bevor die ersten Worte kamen, und ihre Ohren wußten es im selben Moment, in dem sie kamen, und die Worte sagten es ihr, als sie heraus waren.

»Patrice! Mach auf! Mach die Tür auf, Patrice! Hörst du mich? Ich hab gewußt, daß ich dich hier finde. Mach endlich die Tür auf, und laß mich rein. Oder ich trete sie ein!«

Gerade zu spät dachte sie an das Schloß, und gerade rechtzeitig dachte auch er daran. Nämlich daß die Tür die ganze Zeit unverschlossen gewesen war, so wie sie sie bei ihrer Ankunft vorgefunden hatte. Mit einem verzweifelten Wimmern warf sie sich platt dagegen. Gerade zu spät, gerade als der Türknopf herumgedreht wurde und der Türspalt sich zu weiten begann.

»Nein!« befahl sie atemlos. »Nein!« Sie versuchte, die Tür mit dem ganzen Gewicht ihres bebenden Körpers zuzuhalten.

Sie glaubte, seinen angestrengten Atem auf ihrem Gesicht zu spüren. »Patrice, laß – mich – hier – endlich – rein!«

Und zwischen jedem Wort verlor sie an Boden, ihre Hacken schabten ohnmächtig über die Dielen.

Er konnte sie jetzt sehen, und sie konnte ihn sehen, durch den Spalt hindurch, der bei dem Schieben und Drücken entstanden war. Er weitete sich, verengte sich und wurde dann weiter denn je. Der Blick in seinen Augen, die sie jetzt aus nächster Nähe ansahen, war eine furchtbare Anschuldigung, viel schlimmer als der des Toten hinten in dieser Kammer. Sieh mich nicht an! Sieh mich nicht an! flehte sie verzweifelt in Gedanken. Oh, geh weg, ich kann deinen Blick nicht ertragen!

Sie wurde zurückgedrängt, langsam, aber sicher, und trotzdem versuchte sie bis zuletzt, ihm den Eintritt zu verwehren, auch dann noch, als er mit Arm und Schulter schon drin war, stemmte sie ihren ganzen Körper wie betäubt gegen ihn, preßte ihre Hände platt gegen die Tür, bis jegliches Blut aus ihnen gewichen war.

Schließlich drückte er mit aller Kraft gegen die Tür, um den ungleichen Kampf zu beenden. Die Tür schwenkte langsam auf und schob sie dabei wie ein Blatt oder einen schlaffen Lappen zurück, der dazwischen geraten ist. Und dann war er drin, stand da schweratmend neben ihr.

»Nein, Bill, nein!« flehte sie ihn immerzu mechanisch an, selbst nachdem das, was sie verhindern wollte, schon längst geschehen war. »Komm nicht rein, wenn du mich liebst. Bleib draußen.«

»Was machst du hier?« fragte er schroff. »Was hast du hier zu suchen?«

»Ich will, daß du mich liebst«, konnte sie nur wie ein verzweifeltes Kind wimmern. »Bitte komm nicht rein. Ich will, daß du mich liebst.«

Er packte sie plötzlich an der Schulter und schüttelte sie heftig. »Ich hab dich gesehen. Was wolltest du hier tun? Weswegen bist du noch so spät hierhergekommen?« Er ließ sie wieder los. »Was ist das?« Er hob den Revolver auf, den sie in ihrer Bedrängnis völlig vergessen hatte. Er mußte ihr heruntergefallen sein, oder sie mußte ihn bei der Flucht aus dem andern Zimmer weggeschleudert haben.

»Hast *du* den mitgebracht?« Er kam wieder auf sie zu. »Patrice, *antworte* mir!« sagte er mit einer versteinerten

Wildheit, die sie noch nie bei ihm erlebt hatte. »Wozu bist du hierhergekommen?«

Ihre Stimme stieg und fiel in ihrer Kehle, als sei sie außerstande, sich daraus zu befreien. Schließlich strömte sie heraus. »Um... um... ihn zu töten.« Sie taumelte benommen gegen ihn, und er mußte den Arm ganz fest um sie legen, um sie aufrecht zu halten.

Ihre Hände versuchten, an seinen Jackenaufschlägen und seinem Hemd zu seinem Gesicht emporzukriechen, wie sich windende bleiche Bettler, die um Almosen flehen.

Ein Schlag seiner Hand, und sie waren wieder unten. »Und hast du's getan?«

»Irgend jemand... irgend jemand hat's schon vor mir getan. Da drinnen. Er ist tot.« Sie verbarg schaudernd das Gesicht an seiner Schulter. Ab einem gewissen Punkt ist man einfach nicht mehr in der Lage, allein zu sein. Du brauchst jemand, an den du dich klammern kannst. Du mußt jemand haben, der dich festhält, selbst wenn du genau weißt, daß er dich im nächsten Moment verstoßen wird.

Plötzlich ließ er den Arm fallen und ging fort. Es war furchtbar, allein zu sein, auch nur für diesen einen Augenblick. Sie fragte sich, wie sie es all diese Monate, all diese Jahre hatte ertragen können.

Das Leben ist schon verrückt. Grotesk. Ein Mann ist tot. Eine Liebe wurde vernichtet. Aber von einer Zigarette in einem Aschenbecher steigt noch Rauch auf. Und ein Eiswürfel schwimmt noch ungeschmolzen in einem Glas Whisky. Die wichtigen Dinge, die ein Leben lang halten sollen, die vergehen, und die unwichtigen, die halten ewig.

Er erschien wieder im Durchgang des andern Zimmers,

blieb dort stehen und sah sie an. Sah sie so seltsam an. Etwas zu lange, etwas zu still. Sie wußte nicht genau, was ihr daran nicht gefiel, aber sie wollte nicht, daß er sie so ansah. Wenn andere sie so ansahen, war ihr das egal. Aber nicht, wenn er es tat.

Er hatte den Revolver immer noch in der Hand. Er hielt sich die Laufmündung an die Nase und schnüffelte daran.

Sie sah ihn grimmig nicken.

»Nein. Nein, ich war's nicht. Oh, bitte glaub mir...«

»Er ist gerade abgefeuert worden«, sagte er ruhig.

Sein Blick hatte jetzt etwas Wehmütiges, als wollte er ihr sagen: ›Warum gibst du's nicht zu? Wenn du's zugibst, ist die Sache aus dem Weg geschafft, und dann werd ich's schon verstehen.‹ Das sagte er nicht, aber sein Blick schien es zu sagen.

»Ich war's nicht. Ich hab auf ihn geschossen, aber ich hab ihn nicht getroffen.«

»Na gut«, sagte er ruhig, mit einer Spur von Überdruß in der Stimme, so wie wenn man jemand nicht glaubt und versucht, es zu überspielen, um ihn zu schonen.

Er stopfte den Revolver in die Seitentasche seines Mantels, als wäre er plötzlich nicht mehr wichtig, als wäre er jetzt nur noch ein Detail, das abgetan und erledigt war, als gäbe es viel wichtigere Dinge, um die man sich kümmern mußte. Er knöpfte entschlossen seinen Mantel zu und ging zu ihr zurück. Sein Gang war auf einmal geschmeidig und energisch.

Da war jetzt Schwung, Tatkraft.

Er legte wieder schützend den Arm um sie. (Diese Freistatt, die sie ihr ganzes Leben lang gesucht und erst jetzt, zu spät, gefunden hatte.) Doch diesmal, um sie eilig zur Tür zu führen, nicht nur, um sie zu schützen.

»Du mußt hier schleunigst weg. Schnell!« befahl er grimmig. »Verlaß das Haus. So schnell wie möglich.«

Er zog sie, trieb sie in der schützenden Beuge seines Arms mit sich. »Los. Man darf dich hier auf keinen Fall finden. Du mußt ja völlig von Sinnen gewesen sein! Mit dem Ding da hier aufzukreuzen!«

»Das war ich auch«, schluchzte sie. »Ich bin's immer noch.«

Sie begann, sich zu sträuben, versuchte, sich von der Tür fernzuhalten. Sie stemmte sich plötzlich von ihm los, trat zurück und sah ihn an. Er versuchte mehrmals, sie wieder zu packen, wurde aber jedesmal abgewehrt.

»Nein. Warte. Ich muß dir noch was sagen. Was du unbedingt wissen mußt. Ich wollte dich nicht reinlassen, aber jetzt bist du doch drin, hier mit mir. Ich bin schon so weit gegangen, ich gehe keinen Schritt mehr weiter.« Und dann fügte sie hinzu: »Nicht so wie bisher.«

Er packte sie und schüttelte sie ungeduldig, als wolle er ihr Vernunft einbleuen. »Nicht jetzt! Verstehst du denn nicht? Da drüben im Zimmer liegt ein Toter. Jeden Augenblick kann hier jemand vorbeikommen und...«

»Ach, du Dummkopf!« schrie sie jammernd. »*Du* verstehst nicht. Das Unglück ist doch schon längst geschehen. *Siehst* du das denn nicht? Ich *bin* hier doch schon gefunden worden!« Und dann murmelte sie, kaum hörbar: »Von dem einzigen Menschen, der mir etwas bedeutet. Vor wem soll ich denn jetzt noch weglaufen und mich verstecken?« Sie wischte sich mit der Hand erschöpft über die Augen. »Sollen sie kommen. Hol sie ruhig.«

»Wenn du schon nicht an dich selber denken willst«, sagte er brutal, »dann denk wenigstens an Mutter. Ich denke, du liebst sie. Ich denke, sie bedeutet dir etwas. Ist dir denn nicht klar, was ihr so was antun würde? Was hast du vor? Willst du sie umbringen?«

»Mit dem Argument ist mir schon einmal jemand gekommen«, sagte sie grübelnd. »Ich weiß aber nicht mehr, wer es war und wo es war.«

Er öffnete behutsam die Tür und spähte hinaus. Er zog sie wieder ran und kam zurück. »Kein Mensch zu sehen. Kann doch nicht sein, daß niemand den Schuß gehört hat. Wahrscheinlich wohnt hier sonst keiner.«

Sie weigerte sich hartnäckig, sich auch nur einen Schritt zu rühren. »Nein, es muß jetzt sein. Es muß hier sein. Ich hab schon zu lange gewartet. Ich muß es dir jetzt endlich sagen. Vorher gehe ich nicht über diese Schwelle!«

Sein Kiefer spannte sich. »Ich *trag* dich raus, wenn's sein muß! Hörst du mir jetzt mal endlich zu? Nimmst du jetzt bitte endlich Vernunft an?«

»Bill, ich hab kein Anrecht auf deinen Schutz. Ich bin nicht –«

Seine Hand schloß sich plötzlich um ihren Mund und versiegelte ihn. Er hob sie hoch, so daß ihre Füße den Boden nicht mehr berührten, und hielt sie so in seinen Armen. Ihre Augen blickten in mundtoter Hilflosigkeit schmerzvoll zu ihm auf.

Dann schlossen sie sich. Sie leistete ihm keinen Widerstand mehr.

Er trug sie zur Tür hinaus, den Flur entlang und die Treppe hinunter, die sie erst vor kurzem in einer so anderen Gemütsverfassung hinaufgestiegen war. Knapp vor der Haustür setzte er sie wieder ab.

»Bleib hier stehen. Ich schau mal raus.« Sie befolgte willig seine Anweisung, und er wußte jetzt, daß es mit ihrer Widerspenstigkeit vorbei war.

Er zog den Kopf zurück. »Kein Mensch auf der Straße. Du hast den Wagen um die Ecke in der Seitenstraße gelassen, oder?« Sie hatte keine Zeit, sich zu fragen, woher er das wußte. »Halt dich dicht neben mir. Ich bring dich hin.« Sie legte beide Arme in seinen Arm, und dann schlüpften sie unauffällig hinaus und eilten dicht an der Hausfront, wo die Schatten am tiefsten waren, die Straße hinunter.

Der Weg erschien ihnen länger, als er war. Niemand sah sie. Genauer gesagt, es war niemand da, der sie sehen konnte. Einmal huschte vor ihnen eine Katze aus einer Kellerluke heraus. Sie hielten nur einen Moment lang erschreckt inne und gingen weiter. Sie hatte sich lediglich ein bißchen enger an ihn geschmiegt, ohne einen Laut von sich zu geben.

Sie bogen um die Ecke, und da stand der Wagen, um seine eigene Länge von der Ecke entfernt.

Sie überquerten rasch die Straße. Er schloß ihr die Tür auf und half ihr beim Einsteigen. Dann war die Tür plötzlich wieder zu, war jetzt zwischen ihnen.

»Hier sind die Schlüssel. Fahr jetzt nach Hause und...«

»Nein!« flüsterte sie wild. »Nein! Nicht ohne dich! Wo gehst du hin? Was willst du tun?«

»Verstehst du denn nicht? Ich versuche, dich aus der Sache rauszuhalten. Ich geh da jetzt wieder hoch. Ich muß. Um sicherzugehen, daß da auch nichts ist, was mit dir in Verbindung gebracht werden kann. Du mußt mir helfen. Patrice, was hat er mit dir gemacht? Ich will nicht wissen, warum – dafür ist jetzt keine Zeit –, ich will nur wissen, was?«

»Geld«, sagte sie lakonisch.

Seine Finger klammerten sich um den Türrand, bis es aussah, als wolle er ihn umbiegen.

»Wie hast du's ihm gegeben, bar oder als Scheck?«

»Einen Scheck«, sagte sie angstvoll. »Nur einmal, ungefähr vor einem Monat.«

Er redete jetzt schroffer. »Du hast ihn natürlich vernichtet, als er wieder ...«

»Ich hab ihn gar nicht wiederbekommen. Er hat ihn absichtlich nicht eingelöst. Er muß ihn noch irgendwo haben.«

An der Art, wie er erstarrte und langsam einatmete, merkte sie, daß ihm das mehr Angst einjagte als alles andere, was sie ihm bis dahin gesagt hatte. »Mein Gott!« sagte er mit angehaltenem Atem. »Ich muß ihn finden, und wenn's die ganze Nacht dauert.« Er senkte wieder den Kopf, beugte ihn zu ihr hinein. »Was noch? Briefe?«

»Nichts. Ich hab ihm noch nie eine Zeile geschrieben. Irgendwo bei ihm liegt eine Fünf-Dollar-Note. Aber die will ich nicht wiederhaben.«

»Ich nehm sie trotzdem lieber mit. Sonst nichts? Bist du ganz sicher? Denk nach, Patrice. Denk gut nach.«

»Warte. Damals bei dem Tanzabend, da hat er meine – unsere – Telefonnummer gehabt. Sie war in ein kleines schwarzes Notizbuch gekritzelt, das er bei sich trägt.« Sie zögerte. »Und noch was.«

»Was? Hab keine Angst. Sag's mir. Was?«

»Bill – er hat mich heute abend gezwungen, ihn zu heiraten. Drüben in Hastings.«

Diesmal hob er die Hand und ließ sie wie einen Hammer auf den Türrand niederkrachen. »Ich bin froh, daß er ...«, sagte er grimmig. Er beendete den Satz nicht. »Hast du mit deinem richtigen Namen unterschrieben?«

»Mit dem der Familie. Ich mußte. Darum ging's ja gerade. Der Richter schickt ihm die Urkunde in ein paar Tagen zu, hier an seine Adresse.«

»Ist also noch genug Zeit, sich drum zu kümmern. Ich fahr morgen hin und schaff die Sache aus der Welt. Geld wirkt Wunder.«

Plötzlich schien er sich entschieden zu haben, was er tun wollte. »Fahr nach Hause, Patrice«, befahl er. »Geh ins Haus zurück, Patrice.«

Sie klammerte sich ängstlich an seinen Arm. »Nein. Was hast du vor?«

»Ich gehe wieder da hoch. Ich muß.«

Sie versuchte, ihn zurückzuhalten. »Nein! Tu's nicht, Bill! Es könnte jemand vorbeikommen. Dann findet man *dich* da, statt mich. Bill«, flehte sie, »geh da nicht wieder hoch.«

»Verstehst du denn nicht, Patrice? Dein Name muß da rausgehalten werden. Da oben in dem Zimmer liegt ein Toter. Man darf nichts finden, was dich irgendwie mit ihm in Verbindung bringen könnte. Du hast ihn nicht gekannt, du hast ihn nie gesehen. Ich muß diese Sachen finden – diesen Scheck, dieses Notizbuch. Ich muß sie verschwinden lassen. Noch besser wäre es, wenn ich ihn da rausholen und irgendwo anders hinschaffen könnte, weit weg von hier. Dann wird er vielleicht nicht so schnell identifiziert. Vielleicht nie. Er ist nicht von hier. Es ist also ziemlich unwahrscheinlich, daß sich jemand erkundigt, falls er plötzlich verschwindet. Er ist gegangen, wie er gekommen ist. Ein Wandervogel. Aber wenn er in dem Zimmer da gefunden wird, ist sofort geklärt, wer er ist. Und wenn die erst mal so weit sind, dann kriegen die auch noch eine Menge anderer Sachen raus.«

Sie sah, wie sein Blick nachdenklich über das Auto schweifte, als schätze er ab, ob es sich als Sarg eignen würde.

»Ich helf dir, Bill«, sagte sie mit plötzlicher Entschlossenheit. »Ich helf dir ... bei dem, was du tun willst.« Und als er sie zweifelnd ansah, fuhr sie fort: »Bitte, laß mich helfen, Bill. Damit ich wenigstens ein bißchen von dem wiedergutmachen kann, was ich verschuldet habe.«

»Na gut«, sagte er. »Ohne Auto geht's sowieso nicht. Das brauche ich unbedingt.« Er zwängte sich neben sie. »Laß mich mal kurz ans Steuer. Ich zeig dir, was du tun sollst.«

Er fuhr den Wagen nur ein paar Meter vor und hielt wieder an. Der Wagen stand jetzt so an der Ecke, daß von der Querstraße aus gesehen nur die vordere Partie mit Kühlerhaube und Windschutzscheibe aus der Seitenstraße hervorschaute. Der Fahrersitz befand sich exakt auf einer Linie mit der Hausfront.

»Sieh da entlang. Ohne dich vorzulehnen«, wies er sie an. »Kannst du von hier aus den Eingang sehen?«

»Nein, aber ich kann sehen, wo er ungefähr ist.«

»Genau. Ich stell mich da hin und zünde mir eine Zigarette an. Wenn du die siehst, fährst du mit dem Wagen vor. Bis dahin bleibst du, wo du bist. Wenn dir irgendwas komisch vorkommt, wenn du siehst, daß irgendwas schiefgeht, dann fährst du einfach los. Direkt nach Hause. Klar? Du bleibst auf keinen Fall hier und fährst auch nicht da vorbei. Du fährst sofort nach Hause.«

Nein, dachte sie stur, nein, das tu ich nicht. Ich werde nicht davonlaufen und dich hier alleinlassen. Aber sie sagte es ihm nicht.

Er war wieder ausgestiegen und sah sich jetzt vorsichtig

nach allen Seiten um, ohne den Kopf zu sehr zu drehen, nur ein kurzer Blick über die Schulter, erst zur einen, dann zur andern Seite.

»Also gut«, sagte er schließlich. »Alles klar soweit. Ich geh jetzt los.«

Er berührte tröstend ihre Hand.

»Hab keine Angst, Patrice. Vielleicht haben wir ja Glück. Anfängerglück.«

»Ja, vielleicht haben wir Glück«, wiederholte sie, zu Tode geängstigt.

Sie sah ihm nach, als er kehrtmachte und fortging.

Sein Gang war nicht anders als sonst. Er schlich nicht. Er kroch nicht. Sie fragte sich, warum ihr das so wichtig war, ausgerechnet jetzt. Sie wußte nur, daß dadurch das, was er jetzt tun wollte, was sie jetzt gemeinsam tun wollten, irgendwie ein bißchen weniger schrecklich wurde.

Er bog in den Hauseingang ein und betrat das Haus, in dem der Tote lag.

41

Er schien eine Ewigkeit lang da oben zu bleiben. Sie hatte nicht gewußt, daß Zeit so langsam vergehen konnte.

Die Katze, die ihnen vorher so einen Schreck eingejagt hatte, erschien wieder, und sie beobachtete, wie sich das Tier langsam und vorsichtig zu dem Platz zurückschlich, von dem sie es aufgescheucht hatten. Auf der Straße war die Katze noch zu erkennen, aber als sie sich dann der Hausfront näherte, wurde sie von den tiefen Schatten verschluckt.

Du kannst eine Ratte töten, dachte sie neidisch, und

wirst auch noch dafür gelobt. Und die Ratten, die du tötest, beißen nur, die saugen kein Blut.

Etwas glühte auf und verschwand gleich wieder.

Sie war erstaunt, wie deutlich sie die Streichholzflamme sehen konnte. Das hatte sie nicht erwartet. Die Flamme war klein, aber einen Augenblick lang äußerst hell. Wie ein leuchtendgelber Schmetterling, der sich eine Sekunde lang mit ausgebreiteten Flügeln auf einen Hintergrund von schwarzem Samt niederläßt und im nächsten Moment wieder davonflattert.

Sie startete den Wagen. Er glitt um die Ecke und fuhr verstohlen vor. Nicht mehr als ein sanftes Sirren und Flüstern der Reifen.

Er war wieder hineingegangen. Vor dem Eingang auf dem Bürgersteig lag die Zigarette, die er benutzt hatte, um ihr das Zeichen zu geben.

Sie wußte nicht, wo er das, was er gleich herausschleppen würde, hintun wollte. Ob nach vorne oder nach hinten. Sie griff auf seiner Seite nach hinten und öffnete die Tür, ließ sie für ihn offenstehen.

Dann blickte sie geradeaus durch die Windschutzscheibe, seltsam erstarrt, als sei sie plötzlich unfähig, den Hals zu bewegen.

Als sie die Eingangstür aufgehen hörte, konnte sie nicht den Kopf wenden. Sie versuchte es, zerrte an ihm, aber er war in starrem Entsetzen blockiert, wollte sich nicht zur Seite drehen.

Sie hörte langsame, schwere Schritte auf dem knirschenden Bürgersteig – seine – und daneben noch ein leiseres Geräusch. Eine Art Schaben, wie wenn zwei Schuhe über den Boden geschleift werden, ohne mit vollem Gewicht heruntergedrückt zu werden.

Plötzlich hauchte seine drängende Stimme – ihr fast ins Ohr, wie ihr schien: »Vorne. Die Vordertür.«

Sie konnte ihren Kopf immer noch nicht bewegen. Aber sie konnte wenigstens ihre Arme bewegen. Ohne hinzusehen, streckte sie sie aus und machte ihm die Tür auf. Sie hörte ihren eigenen Atem in ihrer Kehle säuseln, ein Laut wie aus der Tülle eines Wasserkessels kurz vor dem Überkochen.

Jemand ließ sich auf dem Platz neben ihr nieder. Das Lederpolster knarzte unter dem Gewicht, so wie immer, wenn sich jemand draufsetzte. Er berührte ihre Seite, stupste sie hier und dort an.

Die Muskelblockade löste sich, und ihr Kopf schwang herum.

Sie sah ihm ins Gesicht. Nicht Bills, nicht Bills Gesicht. Seine spöttischen Augen, da im Dunkeln, waren weit aufgerissen. Warum mußte das geschehen, daß sein Kopf zu ihr herumschwang so wie ihrer zu ihm? Warum konnte er nicht starr und unbeweglich bleiben? Warum mußte sie so vollständig vollzogen werden, diese grausige Begegnung von Angesicht zu Angesicht? Nicht einmal im Tode ließ er sie in Frieden.

Ein erstickter Schrei zerrte an ihrer Luftröhre.

»Das lassen wir schön bleiben«, sagte Bills Stimme neben ihm auf der anderen Seite. »Setz dich nach hinten. Ich will ans Steuer. Ich will ihn neben mir haben.«

Der Klang seiner Stimme hatte eine beruhigende Wirkung auf sie. »Entschuldige, das wollte ich nicht«, murmelte sie verschwommen. Sie stieg aus und hinten wieder ein, und während des kurzen Wechsels von einem Platz zum andern hielt sie sich am Wagen fest. Sie wußte nicht, wie sie das tat, aber sie tat es.

Obwohl er sie nicht ansah, mußte er geahnt haben, was sie da gerade durchmachte.

»Ich hab dir ja gesagt, du sollst nach Hause fahren«, erinnerte er sie in ruhigem Ton.

»Es geht schon wieder«, sagte sie. »Es geht schon wieder. Mach weiter.« Es kam blechern heraus, wie etwas auf einer abgenutzten Schallplatte, die mit einer ausgefransten Nadel abgespielt wird.

Die Tür schlug zu, und schon waren sie in Bewegung.

Die ersten paar Meter fuhr Bill im Schrittempo, hielt das Steuer nur mit einer Hand fest. Sie sah, wie er mit der andern hinübergriff und dem Toten den Hut tief ins Gesicht zog.

Er fand jetzt Zeit für ein Wort der Ermutigung für sie, dachte an sie da hinter sich, obwohl er sich immer noch nicht umdrehte, um ihr einen Blick zuzuwerfen.

»Hörst du mich?«

»Ja.«

»Versuch, keine Angst zu haben. Versuch, nicht dran zu denken. Bis jetzt haben wir Glück gehabt. Er hatte Scheck und Notizbuch bei sich. Entweder wir schaffen es oder nicht. Versuch's so zu sehen. Das ist die einzige Möglichkeit. So hilfst du mir auch. Verstehst du, wenn du zu angespannt bist, dann bin ich auch zu angespannt. Das ist so bei mir.«

»Alles in Ordnung«, sagte sie mit demselben mechanischen Scheppern in der Stimme wie zuvor. »Ich werde ruhigbleiben. Ich hab mich schon wieder im Griff. Ist schon gut.«

Danach redeten sie nicht mehr. Wie konnte man auch, auf so einer Fahrt?

Sie hielt den Blick abgewendet. Sie sah so lange seitlich

hinaus, wie sie nur konnte. Wenn ihr das zu anstrengend wurde, blickte sie zur Erholung kurz an die Wagendecke. Oder hinunter auf den Boden direkt vor sich. Überallhin, nur nicht geradeaus, wo diese zwei Köpfe, wie sie wußte, zur selben Erschütterung im Gleichtakt zitterten.

Sie bemühte sich, das zu tun, was er ihr gesagt hatte. Sie versuchte, nicht daran zu denken. Wir kommen gerade von einem Tanzabend nach Hause, sagte sie sich. Er fährt mich vom Country Club nach Hause, weiter nichts. Ich habe dieses schwarze Tüllkleid mit den Goldplättchen an. Seht ihr? Ich habe das schwarze Tüllkleid mit den Goldplättchen an. Wir haben uns gestritten. Deswegen – deswegen sitze ich hinten, und er sitzt vorne. Alleine.

Ihre Stirn war etwas kühl und feucht. Sie wischte sie sich ab.

Er fährt mich vom Kino nach Hause, sagte sie sich. Im Kino lief... lief... lief... Wieder so eine Blockade. Diesmal war's die Phantasie. Es wollte nicht heraus. Im Kino lief... lief... lief...

Plötzlich sagte sie laut zu ihm: »Wie hieß doch gleich der Film, den wir gerade gesehen haben?«

»Sehr gut«, antwortete er sofort. »So ist's richtig. Das ist eine gute Idee. Geh den Film in Gedanken durch. Ich sag dir einen.« Er brauchte selbst eine Weile, bis ihm einer einfiel. »Mark Stevens in *I Wonder Who's Kissing Her Now*«, sagte er plötzlich. Den hatten sie gesehen, als ihnen noch die Sonne schien, vor tausend Jahren (letzten Donnerstag). »Fang vorne an und geh ihn durch. Wenn du stecken bleibst, helf ich dir weiter.«

Sie atmete schwer, und ihre Stirn wurde immer wieder feucht. Er hat Songs geschrieben, sagte sie sich. Und er hat seine Stiefschwester zu einer ... zu einer ... Varieté-Show mitgenommen, und da wurde einer seiner Songs gesungen ...

Der Wagen ging in eine Kurve, und die beiden Köpfe vorne schwenkten in dieselbe Richtung, der eine mehr, der andere weniger. Der Kopf, der fast auf die Schulter des Fahrers gekippt war, wurde wieder weggeschoben.

Sie kniff schnell die Augen zu. »Wann ... wann kam der Titelsong?« stammelte sie. »War das die Eröffnungsnummer, die sie vom Rang aus gehört haben?«

Sie mußten an einer Ampel halten. Neben ihnen hielt ein Taxi, Radkappe an Radkappe. »Nein, das war ...« Er sah zum Taxi hinüber. »Das war ...« Er warf wieder einen Blick auf das Taxi, so wie wenn man versucht, sich an etwas zu erinnern, und dabei vage irgendeinen Gegenstand betrachtet, der nichts damit zu tun hat. »Das war ›Hello, Ma Baby‹. Die Cakewalk-Nummer, erinnerst du dich nicht? Der Titelsong kam erst ganz am Schluß. Ihm fiel doch kein Text ein, weißt du's nicht mehr?«

Die Ampel schaltete auf Grün. Das Taxi fuhr schneller an als sie. Sie preßte sich die Hand gegen den Mund und biß hinein. Ich kann nicht, seufzte sie innerlich. Ich kann nicht. Sie wollte ihm zuschreien: Mach bitte die Tür auf! Laß mich raus! Ich bin nicht tapfer! Ich dachte, ich könnte es, aber ich kann's nicht! Es ist mir egal, laß mich nur hier raus, jetzt, gleich hier auf der Stelle!

Panik, das nennt man Panik.

Sie biß sich noch tiefer in die Haut, und die kurze heiße Aufwallung von Wahnsinn war vorüber.

Er fuhr jetzt etwas schneller. Aber nicht zu schnell, nicht so schnell, daß er sich verdächtig machte oder einen schweifenden Blick auf sich zog. Sie hatten inzwischen den Stadtrand erreicht und befanden sich auf der Schnellstraße, die parallel zu der tieferliegenden Eisenbahnstrecke verlief. Es war üblich, hier etwas schneller zu fahren.

Es dauerte eine Weile, bis ihr klar wurde, daß die Hauptgefahr vorbei war. Daß sie jetzt schon außerhalb von Caulfield waren, daß sie es, oder zumindest die Innenstadt, hinter sich gelassen hatten. Es war nichts passiert. Keinerlei Zwischenfälle. Sie hatten kein anderes Auto gestreift, es war kein Polizist aufgetaucht, um sie wegen irgendeiner Gesetzesübertretung zu vernehmen oder einen Blick in den Wagen zu werfen. Keines dieser Dinge, vor denen sie sich so gefürchtet hatte, hatte sich ereignet. Die Fahrt war bis jetzt ohne jegliche Zwischenfälle verlaufen. Sie hätten ebensogut alleine im Auto sitzen können, so gering war das Risiko gewesen, das sie eingegangen waren... äußerlich. Aber innerlich...

Sie fühlte sich innerlich ganz zusammengeschrumpft und alt. Als hätte ihr Herz bleibende Falten bekommen.

Er ist nicht der einzige, der heute nacht gestorben ist, dachte sie. Ich bin auch gestorben, irgendwann unterwegs, hier in diesem Auto. Es hat also doch nicht funktioniert. Es war alles umsonst. Es wäre besser gewesen, wenn ich dageblieben wäre, noch lebendig, und die Schuld und die Strafe auf mich genommen hätte.

Sie waren inzwischen ganz außerhalb. Die letzte Kartonfabrik, in geziemendem Abstand von der Stadtgrenze entfernt, die letzten Schornsteine stillgelegter Brauereien – auch die waren schon längst vorbeigeglitten. Der Wall, auf dem die Straße verlief, war ganz allmählich angestiegen, wodurch sich der breite Streifen der Eisenbahngeleise noch weiter zu senken schien. Die gepflegte, akkurate

Betoneinfassung, die den Wall am Stadtrand noch gesäumt hatte, reichte nicht mehr bis hier hinaus. Hier war nur noch ein natürlicher Hang, äußerst steil, aber mit Gras und Büschen bewachsen.

Er hatte plötzlich ohne ersichtlichen Grund angehalten. War mit den Außenrädern auf den schmalen Seitenstreifen gefahren und hatte da gehalten. Es war ein gefährliches Manöver, denn der Hang begann fast unmittelbar vor der Wagentür.

»Warum hier?« flüsterte sie.

Er zeigte nach unten. »Hör mal. Hörst du's?« Es klang wie knackende Nüsse. Als wäre da ein riesiges Feld Nüsse, die alle umherrollen und geknackt werden.

»Ich würde ihn gerne ganz aus der Stadt rausbekommen«, sagte er. Er stieg aus, kletterte ein Stück den Hang hinunter, bis sie ihn nur noch bis zur Hüfte sah, und blickte hinunter. Dann hob er etwas auf – vielleicht einen Stein oder so etwas –, und sie sah ihn werfen. Dann legte er den Kopf schief, als würde er lauschen.

Dann kletterte er wieder herauf, stemmte die Füße seitwärts in den Boden, um einen besseren Halt zu bekommen.

»Ein langsamer Güterzug«, sagte er. »Stadtauswärts. Auf dem Innengleis. Also auf dem direkt unter uns. An einem der vorbeifahrenden Waggons hat ein Licht gebrannt. Der Zug ist endlos lang – wahrscheinlich leer – und fährt sehr langsam, fast im Schrittempo. Ich hab einen Stein runtergeworfen und gehört, wie er auf einem Waggondach aufgeschlagen ist.«

Sie hatte schon erraten, was er vorhatte, und spürte, wie sie Gänsehaut bekam.

Er beugte sich über die Gestalt auf dem Vordersitz und

durchsuchte ihre Taschen. Er riß etwas aus der Innentasche heraus. Ein Etikett oder so etwas.

»Solche Züge bekommen nicht immer Vorfahrt, so wie die schnellen Passagierzüge. Vielleicht muß er bei dem großen Verteiler da vorne halten, du weißt schon, welchen ich meine. Die Lok müßte ihn jetzt gerade erreicht haben.«

Sie hatte ihren Ekel hinuntergekämpft, sie hatte sich ein weiteres Mal entschieden, obwohl das hier noch schlimmer werden würde als das vorhin beim Hauseingang. »Soll ich... Willst du, daß ich...?« Und sie schickte sich an, auszusteigen.

»Nein«, sagte er. »Nein. Bleib du drin, und beobachte die Straße. Ab einer bestimmten Stelle ist der Hang so steil, wenn man da – mit – irgendwas –, fällt es das restliche Stück von selber runter. Der Hang ist unten abgeschnitten, völlig senkrecht.«

Er hatte die Vordertür so weit wie möglich aufgemacht.

»Wie sieht's auf der Straße aus?« fragte er.

Sie sah erst nach hinten. Dann nach vorne. Die Straße war gut zu überblicken, da sie vor ihnen leicht anstieg.

»Leer«, sagte sie. »Weit und breit kein Licht, das sich bewegt.«

Er beugte sich hinunter, machte sich mit einem Arm an der Gestalt zu schaffen, und dann waren es zwei Köpfe und zwei Schulterpaare, die sich zusammen aufrichteten. Eine Sekunde später war der Vordersitz leer.

Sie wandte sich ab und blickte auf die Straße, blickte mit aller Gewalt auf die Straße.

Ich werde nie wieder auf dem Vordersitz dieses Autos sitzen können, dachte sie. Die andern werden sich wundern, aber ich werde mich immer sträuben. Ich werde nie vergessen, was heute nacht da drauf war.

Er hatte große Mühe, ihn den Hang hinunterzubekommen. Er mußte bei doppeltem Körpergewicht für beide bremsen. Einmal stolperte er mit seiner Last ein Stück hinunter, und das Herz schoß ihr in der Kehle hoch, als gäbe es einen Flaschenzug, ein Gegengewicht, zwischen den beiden und ihrem Herzen.

Dann fand er sein Gleichgewicht wieder.

Und als sie nur noch seinen Oberkörper sehen konnte, beugte er sich vor, als würde er etwas vor sich hinlegen, und als er sich wieder aufrichtete, war er wieder allein, konnte sie nur noch ihn sehen.

Er stand einfach da und wartete.

Es war ein Glücksspiel, eine kühne Spekulation.

Es könnte plötzlich der letzte Wagen kommen, ein Dienstwagen – und kein Zug mehr, der ihre Fracht davontrug. Nur wieder Gleise, auf denen, sobald es hell wurde, für alle Welt zu sehen sein würde, was drauflag.

Aber seine Vermutung erwies sich als richtig. Das Geräusch krachender Nüsse wurde dünner und erstarb allmählich. Ein wellenartiges, hölzernes Schaudern, das ganz weit vorne begann, lief an ihnen vorbei nach hinten. Dann ein zweites. Dann Stille.

Er beugte sich wieder hinunter.

Sie riß die Hände hoch, um sich die Ohren zuzuhalten, aber es war zu spät. Das Geräusch war schneller als sie.

Ein widerwärtiger, dumpfer Aufschlag. Wie wenn ein schwerer Sack fallengelassen wird. Nur daß ein Sack bei so einem Sturz zerplatzt. Das hier zerplatzte nicht.

Die Hände gegen die Augen gedrückt, hielt sie den Kopf tief über ihren Schoß gebeugt.

Als sie wieder aufsah, stand er da neben ihr. Er sah aus wie ein Mann, der sich zwar in der Hand hat, aber nicht weiß, ob ihm nicht bald schlecht wird.

»Ist draufgeblieben«, sagte er. »Ist an diesem Laufsteg hängengeblieben, oder was das ist, was da auf den Waggondächern drauf ist. Ich hab ihn sogar gesehen. Nur sein Hut ist aufs Gleis gefallen.«

Sie wollte schreien: Nicht! Erzähl's mir nicht! Ich will's nicht wissen! Ich weiß schon zuviel! Aber sie tat es nicht. Dafür war es ohnehin zu spät.

Er stieg ein und setzte sich ans Steuer, ohne darauf zu warten, daß der Zug wieder weiterfuhr.

»Er wird doch weiterfahren«, sagte er. »Er muß. Er war doch schon unterwegs. Er wird doch nicht einfach die restliche Nacht da stehenbleiben.«

Er lenkte den Wagen wieder auf die Straße und wendete in Richtung Caulfield. Und noch immer kam nichts vorbei. In keiner andern Nacht kann diese Straße so leer gewesen sein.

Er schaltete das Fernlicht ein.

»Willst du nach vorne und dich neben mich setzen?« fragte er sie mit ruhiger Stimme.

»Nein«, stieß sie hervor. »Das könnt ich nicht. Nicht auf diesen Sitz.«

Er schien sie zu verstehen. »Ich wollte nur nicht, daß du alleine bist«, sagte er mitfühlend.

»Ab jetzt werd ich sowieso ganz alleine sein, egal, wo ich sitze«, murmelte sie. »Und du auch. Wir werden beide ganz allein sein, auch wenn wir zusammen sind.«

42

Sie hörte die Bremsen und spürte, wie der Wagen zum Stillstand kam. Er stieg aus und setzte sich zu ihr nach hinten. Und so verharrten sie eine ganze Weile lang. Sie, das Gesicht in seine Brust vergraben, als wollte sie es vor der Nacht und vor allem, was in dieser Nacht geschehen war, verbergen. Und er hatte eine Hand um ihren Hinterkopf gelegt, hielt und stützte ihn.

Sie saßen bewegungslos und schweigend da.

Jetzt muß ich es ihm sagen, überlegte sie immerzu voller Grauen. Jetzt ist die Zeit gekommen. Aber wie?

Schließlich hob sie den Kopf und öffnete die Augen. Er hatte um die Ecke in der Nähe des Hauses geparkt. *Seines* Hauses. Wie könnte es jemals wieder ihres sein? Wie könnte sie da jemals wieder hineingehen, nach dem, was heute geschehen war? Er hatte um die Ecke geparkt, außer Sichtweite des Hauses, und nicht direkt vor der Tür. Er gab ihr die Chance, es ihm zu sagen. Weswegen hätte er es sonst tun sollen?

Er zog eine Zigarette hervor, zündete sie für sie an und hielt sie ihr mit einem fragenden Blick hin. Sie schüttelte den Kopf. Er warf sie aus dem Fenster.

Sein Mund war ihrem so nah, daß sie den frischen Geruch von Tabak in seinem Atem riechen konnte. So nah werden wir uns nie wieder sein, dachte sie. Nie wieder. Wenn ich erst mal alles gesagt habe, was ich ihm jetzt sagen muß.

»Bill«, flüsterte sie.

Es war zu schwach, zu flehend. Mit dieser schwachen Stimme würde sie es nie schaffen. Und sie hatte doch so steinige Worte vor sich.

»Ja, Patrice«, antwortete er ruhig.

»Nenn mich nicht so.« Sie drehte sich verzweifelt zu ihm um, zwang sich dazu, in ruhigem Ton zu sprechen. »Bill, ich muß dir etwas sagen. Ich weiß nicht, wo ich anfangen soll. Ich weiß nicht, wie... Aber du mußt mir zuhören, so wie du mir noch nie zugehört hast.«

»Pscht, Patrice«, sagte er besänftigend. »Pscht, Patrice.« Als spreche er zu einem verängstigten und verstörten Kind. Er strich ihr sanft übers Haar. Immerzu.

Sie stöhnte, fast als hätte sie Schmerzen. »Nein... nicht... nicht... nicht.«

»Ich weiß«, sagte er wie geistesabwesend. »Ich weiß, was du mir so verzweifelt sagen willst. Daß du nicht Patrice bist. Daß du nicht Hughs Frau bist. Hab ich recht?«

Sie suchte seinen Blick. Er starrte durch die Windschutzscheibe hinaus in die Ferne. Sein Blick hatte beinahe etwas Abwesendes.

»Das weiß ich schon. Das weiß ich schon lange. Schon nach ein paar Wochen, nachdem du damals bei uns aufgetaucht bist, war mir das klar.«

Er legte sein Gesicht in einer stillschweigenden Umarmung an ihren Kopf und blieb so.

»Du mußt dich also nicht so anstrengen, Patrice. Brech dir nicht das Herz dabei. Es gibt nichts zu erzählen.«

Sie stieß einen erschöpften Schluchzer aus, schauderte ein wenig vor dem Gefühl ihrer eigenen Ausweglosigkeit. »Jetzt hast du mir auch noch die allerletzte Chance genommen, meine Schuld loszuwerden«, murmelte sie entmutigt. »Nicht einmal das bißchen bleibt mir.«

»Du brauchst dich nicht von irgendeiner Schuld reinzuwaschen, Patrice.«

»Jedesmal, wenn du mich so nennst, ist es eine Lüge. Ich kann mit dir nicht mehr in dieses Haus zurück. Ich kann da niemals wieder rein. Es ist zu spät – zwei Jahre zu spät, zwei Jahre –, aber ich will's dir trotzdem sagen. Ich *muß* es wenigstens einmal aussprechen! Patrice Hazzard wurde bei dem Zugunglück getötet, zusammen mit deinem Bruder. Ich wurde von einem Mann verlassen, der ...«

Wieder legte er ihr die Hand auf den Mund, wie er es in Georgessons Wohnung getan hatte. Nur sanfter.

»Ich will's nicht wissen«, sagte er. »Ich will's nicht hören. Kannst du das nicht verstehen, Patrice?« Er nahm seine Hand von ihrem Mund, aber jetzt war sie still, weil er es wollte. Es war auch leichter, still zu sein. »*Willst* du denn nicht verstehen, wie ich mich fühle?« Er sah sich fahrig um, als suche er hilflos nach irgendeinem Mittel, sie zu überzeugen. Nach irgendeinem Mittel, das nicht zur Hand war. Dann wandte er sich wieder ihr zu, um es ein weiteres Mal zu versuchen. Er sprach leise und voller Inbrunst.

»Was macht es für einen Unterschied, wenn es einmal irgendwo und irgendwann eine andere Patrice gegeben hat, eine andere Patrice als dich, ein Mädchen, das ich nie kennengelernt habe? Und *wenn* es zwei gegeben hat. Es gibt tausend Marys, tausend Janes, aber jeder Mann, der Mary liebt, liebt nur seine Mary, und für ihn gibt's keine andere. Und mir geht's genauso. Ein Mädchen namens Patrice ist eines Tages in mein Leben getreten. Und das ist die einzige Patrice, die es auf der Welt für mich gibt. Ich liebe nicht den Namen, ich liebe das Mädchen. Was glaubst du denn, was das für eine Liebe ist, die ich für dich empfinde? Glaubst du vielleicht, daß sie nur gilt, wenn du den Namen von einem Geistlichen hast, aber nicht, wenn du dich selber bedient hast?«

»Aber sie hat den Namen *gestohlen*, hat ihn einer Toten weggenommen. Und sie hat vorher in den Armen von jemand anderem gelegen und ist dann mit ihrem Kind in dein Haus gekommen...«

»Nein, das stimmt nicht. Nein«, widersprach er ihr hartnäckig, aber zärtlich. »Du verstehst immer noch nicht, du willst es nicht verstehen. Weil du nicht der Mann bist, der dich liebt. Es stimmt nicht, weil es sie gar nicht gegeben hat, bevor ich sie kennengelernt habe. Erst da hat sie angefangen zu existieren. Erst als meine Augen sie zum ersten Mal gesehen haben, als meine Liebe anfing zu keimen. Davor hat es sie nicht gegeben. Mit meiner Liebe hat sie begonnen zu existieren, und wenn meine Liebe stirbt, stirbt auch sie. Das kann gar nicht anders sein, denn sie ist meine Liebe. Vorher war Leere. Ein leerer Raum. Das ist bei jeder Liebe so.

Und ich liebe *dich*. Die Frau, die ich in mein Herz eingeschlossen habe. Die Frau, die ich jetzt hier im Auto in den Armen halte. Die Frau, die ich küsse, so wie... jetzt... und jetzt... und jetzt.

Nicht einen Namen auf irgendeiner Geburtsurkunde. Nicht einen Namen auf einem Pariser Trauschein. Nicht einen Haufen toter Knochen, die man aus einem Eisenbahnwaggon geholt und irgendwo neben den Gleisen begraben hat.

Meine Liebe heißt für mich Patrice. Meine Liebe kennt keinen anderen Namen, meine Liebe will keinen andern.«

Er zog sie an sich, diesmal mit solch heftiger Leidenschaft, daß es sie ganz benommen machte. Und während seine Lippen ihre fanden, sagte er zwischen den Küssen: »Du bist Patrice. Du wirst immer Patrice sein. Du wirst *nur* Patrice sein. Ich gebe dir diesen Namen. Behalte ihn für mich. Für immer.«

Sie lagen sich lange in den Armen. Jetzt eins, vollkommen eins. Eins geworden durch Liebe, eins geworden durch Blut und Gewalt.

Schließlich murmelte sie: »Und du hast es gewußt, und du hast nie …?«

»Nicht sofort. Nicht mit einem Mal. Im Leben geht das nicht so glatt. Es kam langsam, allmählich. Ich glaube, ich hatte schon in den ersten zwei Wochen Verdacht geschöpft. Ich weiß nicht mehr, wann ich mir richtig sicher war. Ich glaube, an dem Tag, als ich den Füller gekauft habe.«

»Du mußt mich damals gehaßt haben.«

»Ich hab dich nicht gehaßt. Ich hab mich selber gehaßt, dafür, daß ich zu so einem gemeinen Trick gegriffen habe. Aber ich konnte nicht anders. Ich wollte es nicht tun, aber ich konnte nicht anders! Und weißt du, was mir das eingebracht hat? Nur Angst. Statt daß *du* Angst hattest, hatte ich welche. Ich hatte Angst, daß ich dir mit dem, was ich da gemacht hatte, soviel Angst eingejagt hatte, daß ich dich verlieren könnte. Ich wußte, daß *ich* dich bestimmt nie entlarven würde. Ich hatte zu große Angst, dich dadurch zu verlieren. Tausendmal wollte ich dir sagen: ›Ich weiß es. Ich weiß Bescheid‹, und ich hatte Angst, du würdest mir davonlaufen. Nicht dich hat dein Geheimnis belastet, *mir* hat es das Leben schwergemacht.«

»Aber ganz am Anfang. Wieso hast du da nichts gesagt? Du hast es doch bestimmt nicht von Anfang an geduldet?«

»Nein, nein, das stimmt. Meine erste Reaktion war Feindseligkeit. Was zu erwarten war. Aber, wie gesagt, ich war mir meiner Sache nicht sicher genug. Und außerdem waren da noch die andern, die auch mit betroffen gewesen wären. Vor allem Mutter. Ich konnte es nicht riskieren, ihr das anzutun. So bald nach Hughs Tod. Das hätte sie umbringen können. Und wenn ich auch nur Mißtrauen gesät hätte, wäre das genauso schlimm gewesen. Das hätte ihr Glück zerstört. Dann wollte ich auch sehen, worauf du hinauswillst, was gespielt wird. Ich dachte, wenn ich dir genügend Leine lasse... Naja, ich hab dir Leine gelassen und Leine gelassen – und da wurde nichts gespielt. Gar nichts. Du warst einfach du. Es wurde täglich ein bißchen schwieriger, vor dir auf der Hut zu sein. Täglich wurde es ein bißchen leichter, dich anzusehen, an dich zu denken und dich zu mögen. Dann dieser Abend, die Sache mit dem Testament...«

»Du hast gewußt, woran du warst, und du hast deinen Vater trotzdem...«

»Das war nicht weiter gefährlich. Patrice Hazzard war der Name, der da schwarz auf weiß aufgeschrieben wurde. Wenn es notwendig geworden wäre, hätte man die Klausel ohne weiteres annullieren können oder sie vielmehr auf ihre wörtliche Anwendung beschränken können. Man hätte nur beweisen müssen, daß du nicht Patrice Hazzard bist und daher nicht diejenige, der das Testament gegolten hat. Das Gesetz verhält sich nicht wie ein verliebter Mann. Das Gesetz legt Wert auf Namen. Ich hab unseren Anwalt ein bißchen ausgefragt, ganz unauffällig, ohne mir anmerken zu lassen, was ich auf dem Herzen hatte, und was er mir sagte, hat mich beruhigt. Aber dieser Vorfall hat mir ein für allemal klargemacht, daß da kein falsches Spiel getrieben wurde, daß es keine Hintergedanken gab. Ich meine, daß es offenbar nicht um Geld ging. Patrice, als ich an dem Abend zu dir kam, um dir von der Sache zu berichten, da lag in deinem Gesicht so viel Schrecken und aufrichtiger Widerwillen – das konnte einfach nicht gespielt sein. Das hätte nicht einmal die begabteste Schauspielerin der Welt geschafft. Du bist kreidebleich geworden, und dein Blick ist umhergeirrt, als wolltest du auf der Stelle aus dem Haus rennen, wie wenn's um dein Leben ging. Ich hab deine Hand berührt. Sie war eiskalt. Ab einem bestimmten Punkt kann man nicht mehr schauspielern, da übernimmt das Herz die Regie.

Und dann war mir alles klar. Von dem Abend an wußte ich, was du eigentlich wolltest, was dich verleitet hat zu tun, was du getan hast: Sicherheit, Geborgenheit. Als ich erstmal dahintergekommen war, stand es dir täglich hundertmal im Gesicht geschrieben. Immer wieder hab ich's gesehen. Jedesmal wenn du dein Kind angesehen hast. Jedesmal wenn du gesagt hast: ›Ich geh in mein Zimmer.‹ Wie du ›*mein* Zimmer‹ gesagt hast. Ich hab's in deinen Augen gesehen, auch wenn du nur ein paar Vorhänge am Fenster betrachtet hast, sie geglättet und gestreichelt hast. Ich konnte dich fast sagen hören: ›Die gehören mir. Ich gehöre hierher.‹ Und jedesmal, wenn ich das gesehen habe, ist bei mir was passiert. Dann hab ich dich wieder ein bißchen mehr geliebt. Und ich wollte, daß dir das alles rechtmäßig gehört, für immer, so daß niemand und nichts mehr die Macht hätte, es dir wieder wegzunehmen ...«

Er senkte seine Stimme noch mehr, bis sie kaum mehr die Botschaft hören konnte, die er ihr zuhauchte.

»An meiner Seite. Als meine Frau. Und ich will's immer noch. Heute nacht mehr denn je, hundertmal mehr als zuvor. Willst du mir jetzt antworten? Sagst du mir jetzt endlich, ob ich es darf?«

Sein Gesicht verschwamm vor ihren Augen.

»Bring mich nach Hause«, sagte sie glücklich, mit gebrochener Stimme. »Nimm deine Patrice mit nach Hause, Bill.«

43

In dem kurzen Moment, als er bremste und sie zum Haus hinübersah, hatte sie mit ihren überreizten Sinnen den entsetzlichen Eindruck, daß es brannte, daß das gesamte Innere des Hauses in Flammen stand. Doch als sie sich schon schutzsuchend an ihn drückte, sah sie, daß das Licht, so hell es auch war, hell wie ein Kohlenfeuer in dunstiger Morgendämmerung, nicht flackerte. Aus jedem Fenster strömte es heraus, oben und unten, und ergoß sich über den Rasen, sogar bis auf den Bürgersteig und auf die Straße dahinter, doch es war die statische Helligkeit erleuchteter Zimmer. Notbeleuchtung.

Er stieß sie wortlos an und zeigte auf das hintere Nummernschild des Autos, das da vor ihnen am Straßenrand abgestellt war. Hell angestrahlt im Lichtkegel des Scheinwerfers, bedrohlich, das unheilverkündende ›Arzt‹. Auffallend wie der Totenschädel über gekreuzten Knochen auf einem Giftflaschenetikett. Und ebenso angsteinflößend.

Doktor Parker – schoß es ihr durch den Kopf.

Er stieß die Tür auf und sprang hinaus, sie dicht hinter ihm.

»Und wir haben die ganze Zeit da rumgesessen und geredet«, hörte sie ihn ausrufen.

Sie hasteten den Steinplattenweg hinauf. Sie konnte kaum mit seinen großen Schritten mithalten. Er kam nicht dazu, seinen Schlüssel zu benutzen. Als er ihn endlich hervorgeholt hatte und dort hinhielt, wo zuletzt das Schlüsselloch gewesen war, stand da jetzt Aunt Josie, in einem alten geblümten Bademantel, das Gesicht von Angst gezeichnet und grau wie ihre Haare.

Sie fragten sie nicht, was passiert war. Das war nicht nötig.

»Seit halb zwölf«, sagte sie, ohne die Sache beim Namen zu nennen. »*Er* ist schon seit Mitternacht bei ihr.«

Sie machte die Tür hinter ihnen zu.

»Wenn ihr doch nur mal angeruf'n hättet«, sagte sie vorwurfsvoll. »Wenn ihr mir doch nur gesagt hättet, wo ich euch erreich'n kann.« Und sie fügte hinzu, jetzt mehr an Bill gewandt als an Patrice: »Is ja schon wieder Morg'n. Ich hoffe, die Party isses wert gewes'n. Muß ja wirklich toll gewes'n sein. Aber eins kann ich dir sag'n: Diese Party is euch teuer zu steh'n gekomm'. Das war garantiert das teuerste Vergnügen eures Lebens.«

Patrice fuhr zusammen und schrie innerlich: ›Wie recht du hast! Nur, ein Vergnügen war's nicht, überhaupt nicht – aber teuer war's, sehr teuer!‹

Im oberen Flur kam ihnen Dr. Parker entgegen, begleitet von einer Krankenschwester. Sie hatten gedacht, er wäre im Zimmer der Kranken.

»Schläft sie?« hauchte Patrice, jetzt noch erschreckter als zuvor.

»Seit einer halben Stunde ist Ty Winthrop bei ihr da drin. Sie hat darauf bestanden. Wenn jemand sehr krank ist, setzt man sich über seine Wünsche hinweg. Aber nicht, wenn es jemandem so schlecht geht wie ihr. Ich hab in Zehn-Minuten-Abständen Puls und Atmung gemessen.«

»So schlimm?« flüsterte sie entsetzt. Während sie das

sagte, entging ihr nicht der schmerzerfüllte Ausdruck auf Bills Gesicht, und trotz all ihrer Bestürzung fand sie in diesem Moment sogar noch die Zeit, Mitleid für ihn zu empfinden.

»Es besteht keine unmittelbare Gefahr«, antwortete Parker. »Aber ich kann nichts darüber sagen, wie's in ein, zwei Stunden aussehen wird.« Er sah den beiden geradeheraus in die Augen und sagte: »Diesmal ist es ein schlimmer. Der schlimmste bis jetzt.«

Es ist der letzte, dachte Patrice. Sie wußte es genau.

Sie brach plötzlich zusammen. Der Arzt und Bill führten die Schluchzende zu dem Stuhl, der da im Flur neben der Tür zum Krankenzimmer stand, und setzten sie hin.

»Lassen Sie das«, ermahnte der Arzt sie, mit einer Spur von – vielleicht beruflicher, vielleicht persönlicher – Distanz. »Dafür gibt's jetzt noch keinen Anlaß.«

»Ich bin nur so schrecklich erschöpft«, erklärte sie undeutlich.

Sie hörte geradezu, was er jetzt dachte: Dann hättest du etwas früher nach Hause kommen sollen.

Die Schwester hielt ihr kurz ein Ätherfläschchen unter die Nase, nahm ihr vorsichtig den Hut ab und strich ihr besänftigend über das Haar.

»Ist mit meinem Kind auch alles in Ordnung?« fragte sie dann etwas ruhiger. Die Frage wurde von Aunt Josie beantwortet. »Bei mir ist er ja wohl bestens aufgehoben«, sagte sie kurz angebunden. Patrice erkannte, daß sie in Ungnade gefallen war. Die Tür ging auf, und Ty Winthrop kam heraus. Er steckte seine Brille weg.

»Sind sie schon zurück...?« setzte er an. Dann sah er sie. »Sie will sie sehen.«

Sie wollten beide sofort hinein.

»Nicht dich«, sagte er zu Bill und wies ihn zurück. »Nur Patrice. Sie will sie alleine sprechen, unter vier Augen. Das hat sie mehrmals wiederholt.«

Parker bedeutete ihr zu warten. »Ich will erst nochmal ihren Puls überprüfen.«

Während sie da standen und warteten, warf sie einen Blick zu Bill hinüber, um zu sehen, wie er es aufnahm. Er lächelte unbesorgt. »Ich versteh sie schon«, murmelte er. »Das ist ihre Art, mit *mir* zu reden. Eine bessere gibt es gar nicht.«

Parker war inzwischen wieder aus dem Zimmer gekommen.

»Nicht länger als ein, zwei Minuten«, sagte er mißbilligend mit einem Seitenblick zu ihr. »Und vielleicht sorgen wir dann alle gemeinsam dafür, daß sie etwas Ruhe bekommt.«

Sie ging hinein. Jemand machte hinter ihr die Tür zu.

»Patrice, Liebes«, sagte eine ruhige Stimme.

Sie ging zum Bett hinüber.

Die Lampe war so gestellt, daß ihr Gesicht im Schatten lag.

»Du kannst sie ein bißchen höherstellen, Liebes. Noch bin ich nicht in meinem Sarg.«

Ihre Augen blickten zu Patrice auf, genau wie an jenem allerersten Tag am Bahnhof. Sie waren freundlich. Sie lächelten an den Rändern. Sie waren so vertrauensvoll, daß ihr Blick schon etwas weh tat.

»Ich... Wenn ich geahnt hätte...«, hörte sie sich sagen. »Wir sind weiter rausgefahren, als wir vorgehabt hatten... Es war so eine wunderschöne Nacht...«

Zwei Hände streckten sich ihr schwach entgegen, um umfaßt zu werden.

Sie fiel plötzlich auf die Knie und bedeckte die ihr dargebotenen Hände mit Küssen.

»Ich liebe dich«, flehte sie. »Soviel ist wahr. Wenigstens das! Wenn ich doch nur etwas tun könnte, damit du mir glaubst! Meine Mutter. Du bist meine Mutter!«

»Du brauchst nichts mehr zu tun, Liebes. Ich weiß es schon. Ich liebe dich auch, und meine Liebe hat immer gewußt, daß du mich liebst. Deswegen bist du meine kleine Tochter. Denk immer dran, daß ich dir das gesagt habe: *Du bist meine kleine Tochter.*«

Und dann sagte sie, sehr leise: »Ich vergebe dir, Liebes. Ich vergebe meiner kleinen Tochter.«

Sie streichelte Patrice tröstend die Hand.

»Heirate Bill. Ich gebe euch beiden meinen Segen. Hier...« Sie deutete schwach in die Richtung ihrer eigenen Schulter. »Unter meinem Kopfkissen. Ich habe Ty veranlaßt, da etwas für dich hinzutun.«

Patrice griff unter das Kissen und zog einen langen, versiegelten Umschlag ohne Adressaten hervor.

»Behalte ihn«, sagte Mutter Hazzard und berührte kurz den Rand. »Zeig ihn niemand. Er ist nur für dich. Mach ihn erst auf – wenn ich nicht mehr bin. Für den Fall, daß du ihn brauchst. Wenn du in größter Not bist, erinnere dich daran, daß ich ihn dir gegeben habe – öffne ihn erst dann.«

Sie seufzte tief, als habe die Anstrengung sie unsäglich ermüdet.

»Küß mich. Es ist spät. So furchtbar spät. Ich spüre es in jedem Zentimeter meines armen alten Körpers. *Du* kannst nicht fühlen, wie spät es ist, Patrice. Aber *ich*.«

Patrice beugte sich tief über sie, berührte mit dem Mund ihre Lippen.

»Leb wohl, meine Tochter«, flüsterte sie.

»Gute Nacht«, verbesserte Patrice.

»Leb wohl«, beharrte sie sanft. Auf ihrem Gesicht lag ein schwaches, stolzes Lächeln, ein wissendes Lächeln, als wüßte sie jenseits allen Zweifels, daß sie besser informiert war.

44

Einsame Wache beim Fenster, bis lange nach Tagesanbruch. Dasitzen, vor sich hin starren, warten, hoffen, verzweifeln, ein bißchen sterben. Beobachten, wie die Sterne verlöschen und die Dämmerung langsam vom Osten heraufkriecht. Eine häßliche graue Blässe. Noch nie hatte sie so widerwillig dem Tagesanbruch entgegengesehen, denn die Dunkelheit hatte wenigstens wie ein Mantel ihre Sorgen bedeckt, aber mit jedem Augenblick, mit dem das Licht an Stärke zunahm, wurde dieser Mantel dünner, bis er völlig verschwunden war, bis nichts mehr von ihm übrig war.

Bewegungslos wie eine Statue, da in dem blaugetönten Fenster, die Stirn an die Scheibe gepreßt, leicht gewellt, dort, wo sie das Glas berührte. Augen, die auf nichts starrten, denn das Nichts war überall da draußen.

Endlich habe ich meine Liebe gefunden und sogleich wieder verloren. Hab sie weggeworfen. Warum habe ich heute nacht herausgefunden, daß ich ihn liebe? Warum mußte ich es erfahren? Hätte mir nicht wenigstens *das* erspart bleiben können?

Der Tag war jetzt nicht nur bitter. Der Tag war Asche, die überall um sie herumlag, kalt und zerfallen und verbraucht. Zwecklos zu versuchen, sie mit Rosa und Blau und Gelb zu tönen, wie mit Wasserfarben, leicht aufgetupft von einer himmlischen Palette. Zwecklos. Der Tag war tot. Und sie saß da neben seiner Bahre.

Und wenn es so etwas wie Buße gibt, Absolution für Fehler, die, einmal begangen, nie wieder gutgemacht, nur bedauert werden können, hätte sie sie während dieser langen Totenwache verdient. Aber vielleicht gibt es keine.

Ihre Chancen waren tot, ihre Hoffnungen waren tot, und sie konnte nicht länger büßen.

Sie wandte sich langsam um, und ihr Blick folgte nun widerstrebend nach. Ihr Kind war wach und lächelte sie an, doch diesmal hatte sie für ihn ausnahmsweise kein antwortendes Lächeln bereit. Sie konnte nicht lächeln, ein Lächeln hätte jetzt am allerwenigsten in ihr Gesicht gepaßt.

Sie wandte sich wieder ab, um ihn nicht zu lange ansehen zu müssen. Denn was hätte es für einen Zweck zu weinen? Vor einem kleinen Kind zu weinen. Kinder weinen vor ihren Müttern, aber Mütter sollten nicht vor ihren Kindern weinen.

Draußen, da unten, erschien der Mann auf seinem Rasen. Er zog einen Gartenschlauch hinter sich her, und als er ihn ganz ausgerollt hatte, ließ er ihn liegen und ging zur Hauswand zurück, um den Wasserhahn anzudrehen. Noch bevor er wieder zur Stelle war, begann das Gras dort, wo die Düse lag, zu glitzern. Man konnte nicht direkt sehen, wie das Wasser heraussprudelte, weil die Düse so flach auf der Erde lag, aber im Gras war ein schillerndes Wogen zu erkennen, welches verriet, daß darunter irgend etwas in Bewegung war.

Dann entdeckte er sie an ihrem Fenster, und er hob den Arm und winkte ihr zu, so wie er es ganz am Anfang getan hatte, an jenem allerersten Tag. Nicht weil sie ihm irgend etwas bedeutete, sondern weil seine eigene Welt in Ordnung war und weil es ein wunderschöner Morgen war und er jemand zuwinken wollte, um ihm zu zeigen, wie wohl er sich fühlte.

Sie wandte den Kopf ab. Nicht um seinem kleinen freundlichen Gruß auszuweichen, sondern weil an ihre Tür geklopft wurde. Jemand klopfte an ihre Tür.

Sie erhob sich steif, ging hinüber und machte auf.

Ein einsamer, verlorener alter Mann stand da draußen, still, zurückhaltend. Bills Vater stand da draußen, sehr verwelkt, sehr erschöpft. Ein Fremder, der sie für seine Schwiegertochter hielt.

»Sie ist gerade gestorben«, flüsterte er hilflos. »Deine Mutter ist gerade gestorben, meine Liebe. Ich wußte nicht, zu wem ich gehen sollte, wem ich es sagen sollte – und da bin ich zu dir gekommen.« Er schien unfähig zu sein, irgend etwas anderes zu tun, als einfach kraftlos und verwirrt dazustehen.

Sie stand auch bewegungslos da. Auch sie konnte nichts anderes tun. Das war die ganze Hilfe, die sie ihm geben konnte.

45

Die Blätter starben, wie sie gestorben war. Die Jahreszeit starb. Das alte Leben starb, war tot. Sie hatte es gerade da hinten begraben.

Wie seltsam, dachte Patrice. Bevor man zu etwas Neuem weitergehen kann, muß es erst einen Tod geben. Immer muß es zuerst eine Art Tod geben. So wie bei mir.

Die Blätter starben mit leuchtenden Farben. Das halbdurchsichtige Schwarz ihres Schleiers trübte die heftigen Ergüsse von Rot, Orange und Ocker ein, dämpfte sie und den feurigen Sonnenuntergang zu einem erträglicheren Ton, während die Trauerlimousine in feierlichem Tempo durch die Landschaft glitt.

Sie saß zwischen Bill und seinem Vater.

Ich bin jetzt die ›Hausherrin‹, dachte sie. Die einzige Frau in der Familie und im Haus. Deswegen sitze ich jetzt hier zwischen ihnen und nicht irgendwo an der Seite.

Und obwohl sie nicht gewußt hätte, wie sie es hätte formulieren sollen, selbst sich selber gegenüber, sagte ihr ihr Instinkt, daß die Gesellschaft, der sie hier jetzt angehörte, im Grunde matriarchalisch war, daß die Frau den Mittelpunkt jeder Familie bildete und ihr Oberhaupt war. Nicht sichtbar, nicht nach außen hin, sondern innerhalb der eigenen vier Wände, wo wirklich das Zuhause war. In diese Stellung war sie jetzt aufgerückt. Die schlaksige Jugendliche, die einmal vor einer Tür gestanden hatte, die sich ihr nicht öffnen wollte.

Den einen würde sie heiraten, sie würde seine Frau werden. Den andern würde sie treu umsorgen, sie würde ihm, so gut sie konnte, seine Einsamkeit erleichtern und seinen Niedergang auffangen. Es gab keinen Verrat, keine Täuschung in ihren Zukunftsplänen. Damit war es endgültig vorbei.

Auf einer Seite hielt sie sanft Vater Hazzards Hand. Und auf der andern war ihre Hand anmutig um die Beuge von Bills kräftigem Arm geschlungen. Um zu zeigen: Ihr gehört zu mir. Ich gehöre zu euch.

Die Limousine hatte angehalten. Bill stieg aus und half ihr heraus. Dann halfen sie zusammen seinem Vater beim Aussteigen, nahmen ihn in die Mitte und gingen mit ihm langsam die vertrauten terrassierten Steinplatten entlang zur vertrauten Haustür.

Bill betätigte den Klopfer, und Aunt Josies Vertreterin öffnete ihnen mit der Beflissenheit des Neulings. Aunt Josie, die gleichsam zur Familie gehörte, hatte mit ihnen zusammen am Trauergottesdienst teilgenommen und war jetzt gerade mit der kleineren der beiden Limousinen auf dem Weg nach Hause.

Sie schloß in respektvollem Schweigen die Tür. Sie waren zu Hause.

Sie, Patrice, sah die beiden zuerst. Sie waren in der Bibliothek. Bill war mit seinem Vater, dem er stützend den Arm um die Hüfte gelegt hatte, vorangegangen, und sie waren, ohne sich weiter umzublicken, an der offenen Bibliothekstür vorbeigegangen. Sie war etwas zurückgeblieben, um mit gedämpfter Stimme dem Mädchen einige Anweisungen zu geben.

»Ja, Mrs. Hazzard«, sagte Aunt Josies Vertreterin dienstfertig.

Ja, Mrs. Hazzard. Sie hörte es jetzt zum ersten Mal (Aunt Josie nannte sie immer ›Miss Pat‹), und sie würde es jetzt für den Rest ihres Lebens hören, weil es ihr gebührte. Sie ließ es sich im Geiste auf der Zunge zergehen, kostete es. Ja, Mrs. Hazzard. Eine gesellschaftliche Stellung. Sicherheit. Uneinnehmbarkeit. Das Ende einer Reise.

Dann ging sie weiter, und als sie an der Tür vorbeikam, sah sie sie.

Sie saßen da drinnen, beide mit dem Gesicht zur Tür. Zwei Männer. Die Art und Weise, wie sie den Kopf hielten – das war für diesen Moment, für diesen Ort und für so einen Besuch nicht bedauernd, nicht bescheiden genug. Als sich ihre Blicke trafen, sagten ihre Mienen nicht: Wenn Sie dann soweit wären ... Ihre Mienen sagten: *Wir* wollen jetzt mit Ihnen reden. Kommen Sie rein.

Angst streckte einen langen Finger aus und berührte ihr Herz. Sie blieb stehen.

»Wer sind diese beiden Männer?« flüsterte sie dem Mädchen zu, das sie eingelassen hatte. »Was wollen die hier?«

»Ach, das hab ich ganz vergessen. Die sind vor etwa zwanzig Minuten gekommen und wollten Mr. Hazzard sprechen. Ich hab ihnen das von wegen der Beerdigung gesagt und gemeint, daß sie vielleicht besser später noch einmal vorbeikommen. Aber sie haben gesagt, sie wollen lieber warten. Da konnte ich auch nichts weiter machen und hab sie einfach gelassen.«

Sie ging an der Tür vorbei. »Er ist jetzt nicht in der Verfassung, mit jemand zu reden. Gehen Sie rein, und sagen Sie ihnen, daß ...«

»Sie wollten nicht den alten Mr. Hazzard sprechen, sondern seinen Sohn.«

Da wußte sie es. Ihre Gesichter hatten es ihr schon verraten, wie die sie in diesem kurzen Moment, als sie in der Tür gestanden hatte, mit kühlem Blick taxiert hatten. Normale Leute starren einen nicht so an. Nur Strafvollstrecker. Die vom Gesetz bemächtigt sind, zu jagen, zu identifizieren und zu verhören.

Der Finger war inzwischen eine eisige Hand geworden, die sich ihr ums Herz legte, es verdrehte und zerdrückte.

Polizei. Schon. So bald, so unerbittlich bald. Und ausgerechnet heute, gerade heute.

Es stimmt also, was in den Lehrbüchern steht – daß die Polizei unfehlbar ist.

Sie drehte sich um und eilte die Treppe hinauf, um Bill und seinen Vater zu überholen. Sie waren fast oben, immer noch im sorgenvollen, mühsamen Aufstieg verbunden.

Bill drehte sich mit einem fragenden Blick um, als er ihre hastigen Schritte auf den Stufen hinter sich hörte. Vater Hazzard nicht. Was bedeuteten ihm jetzt noch irgendwelche Schritte? Die einzigen, die er hören wollte, würden nie wieder ertönen.

Sie machte Bill hinterm Rücken seines Vaters ein kleines Zeichen. Eine kleine kurze Fingerdrehung, um anzuzeigen, daß diese Sache unter ihnen beiden bleiben sollte. Dann sagte sie, wobei sie versuchte, ihrer Stimme einen möglichst beiläufigen Ton zu geben: »Bill, wenn du Vater in sein Zimmer gebracht hast, möchte ich dich mal kurz sprechen. Kommst du dann?«

Als er in ihr Zimmer kam, setzte er gerade ein Brandyglas von den Lippen ab. Er sah sie verwundert an.

»Was ist passiert? Hast du irgendeinen Schock erlitten? Bei der Beerdigung?«

»Nein«, sagte sie. »Hier im Haus. Gerade eben.«

»Sag mal, du zitterst ja richtig.«

»Ja. Mach die Tür zu.« Und dann: »Schläft er?«

»In ein paar Minuten. Aunt Josie gibt ihm gerade noch was von dem Beruhigungsmittel, das der Doktor dagelassen hat.«

Sie knetete ihre Hände, als wollte sie sich jeden Knochen einzeln brechen. »Sie sind hier, Bill. Wegen gestern nacht. Sie sind schon da.«

Er brauchte nicht zu fragen, er wußte, was sie mit ›gestern‹ meinte. Es gab nur ein ›Gestern‹ für sie. In dem Maße, wie sich die Nächte vermehrten, würde daraus vielleicht ›damals‹ werden, das wäre die einzige Änderung.

»Woher weißt du das? Haben sie's dir gesagt?«

»Das war nicht nötig. Ich weiß es.« Sie packte seine Jackenaufschläge, als wolle sie sie abreißen. »Was sollen wir bloß tun.«

»*Wir* werden gar nichts tun«, sagte er bedeutungsvoll. »*Ich* werde tun, was getan werden muß.«

»Wer ist da?« fragte sie schaudernd und drückte sich an ihn, als an die Tür geklopft wurde. Ihr klapperten fast die Zähne vor nervlicher Anspannung.

»Wer ist da?« fragte er laut.

»Aunt Josie«, kam es durch die Tür.

»Laß mich los«, ermahnte er sie leise. »Komm rein, Aunt Josie.«

Sie steckte den Kopf herein und sagte: »Diese beiden Männer da unt'n, die sag'n, daß se nich noch länger auf Mr. Hazzard wart'n könn'.«

Einen Moment lang schlängelte sich ein wenig Hoffnung durch ihr erschüttertes Herz.

»Die sag'n, wenn er nich runterkommt, müssen se hier eb'n raufkomm'.«

»Was wollen sie? Haben sie dir das gesagt?« fragte er Aunt Josie.

»Ich hab se zweimal gefragt, un jedesmal ham se das gleiche gesagt. ›Mr. Hazzard‹. Was is denn das für ne Antwort? Die sind ja ganz schön frech.«

»In Ordnung«, sagte er knapp. »Du hast uns Bescheid gesagt.« Sie machte die Tür wieder zu.

Er stand eine Weile unschlüssig da, die Hand um den Nacken gelegt. Dann richtete er sich widerstrebend, aber entschlossen auf, straffte die Schultern, zupfte seine Manschetten herunter und wandte sich zur Tür. »Also«, sagte er, »dann wollen wir's mal hinter uns bringen.«

Sie lief zu ihm. »Ich komm mit.«

»Kommt überhaupt nicht in Frage!« Er ergriff ihre Hand und nahm sie mit einer schroffen, abweisenden Geste von seinem Arm herunter. »Damit das ein für allemal klar ist: Du bleibst hier oben und hältst dich da raus. Hast du mich verstanden? Egal, was passiert, du hältst dich da raus.«

Er hatte noch nie zuvor in diesem Ton mit ihr gesprochen.

»Willst du, daß ich dein Mann werde?« wollte er plötzlich wissen.

»Ja«, murmelte sie. »Das hab ich doch schon gesagt.«

»Dann ist das ein Befehl. Hoffentlich der erste und letzte, den ich dir geben muß. Paß auf, wir können hier nicht zwei Geschichten erzählen. Wir erzählen nur eine. Und zwar meine. Und von der sollst du eigentlich nichts wissen. Du kannst mir also nicht helfen, du kannst mir nur schaden.«

Sie ergriff seine Hand und führte sie wie zu einem Segenswunsch an ihre Lippen.

»Was wirst du ihnen sagen?«

»Die Wahrheit.« Er sah sie mit einem etwas seltsamen Blick an. »Was sonst? Bei mir gibt's nichts zu lügen.«

Er ging hinaus und machte die Tür zu.

46

Ihre Hände führten sie, eine über die andere, das Treppengeländer entlang nach unten, ihre Füße folgten ihnen, immer um einen Schritt hinterher, und da war ihr klar, daß sie seine Anweisung, da oben im Zimmer zu bleiben, ohne etwas zu erfahren, ohne zu lauschen, nie hätte befolgen können. Wie zwecklos, es von ihr zu erwarten! Sie hätte ihm unmöglich gehorchen können. Schließlich steckte sie in der Sache am allertiefsten drin. Schließlich war sie eine Frau. Das war kein Spionieren. Man spioniert nicht, wenn einen etwas so sehr betraf wie das hier. Man hatte ein Recht darauf, Bescheid zu wissen.

Hand über Hand am Treppengeländer hinunter, der Rest von ihr kroch hinterher, der Körper gekrümmt und zusammengekauert, wie der einer Behinderten, die sich eine Treppe hinunterschleppt.

Nachdem sie ein Viertel des Weges zurückgelegt hatte, wurde das Murmeln zu einzelnen Stimmen. Auf halbem Wege wurden aus den Stimmen Worte. Weiter ging sie nicht.

Die Stimmen waren nicht laut. Es gab kein großes Geschrei oder zornigen Widerspruch. Es waren Männer, die sich ruhig und höflich unterhielten. Irgendwie machte ihr das noch mehr angst.

Sie wiederholten etwas, was er offenbar gerade eben gesagt hatte.

»Dann kennen Sie also doch jemand namens Harry Carter, Mr. Hazzard?«

Sie hörte ihn nicht antworten. Als betrachtete er eine einmalige Bestätigung als ausreichend.

»Könnten Sie uns vielleicht erläutern, was für eine Beziehung – was für eine Verbindung zwischen Ihnen und Mr. Carter besteht?«

Er schlug einen ironischen Ton an, als er das beantwortete. Sie hatte ihn noch nie so reden hören, aber sie wußte, daß dieser für sie neue Ton in seiner Stimme Ironie war. »Aber ich bitte Sie, meine Herren. Das wissen Sie doch schon. Das müssen Sie doch wissen, sonst wären Sie doch gar nicht hier. Sie wollen, daß ich Ihnen das alles nochmal wiederhole?«

»Wir wollen es direkt von Ihnen hören, Mr. Hazzard.«

»Na schön. Er ist Privatdetektiv. Wie Sie bereits wissen. Ich habe ihn ausgewählt und angeworben. Wie Sie bereits wissen. Und er bekam ein Honorar bezahlt, wurde beauftragt, diesen Georgesson, um den es Ihnen geht, zu beobachten, im Auge zu behalten. Wie Sie bereits wissen.«

»Nun gut, das wissen wir bereits, Mr. Hazzard. Aber was wir noch nicht wissen, was er uns nicht sagen konnte, weil er es selber nicht wußte, ist die Antwort auf die Frage, weswegen Sie sich für Georgesson interessiert haben, warum Sie ihn beobachten ließen.«

Der andere übernahm von seinem Kollegen das Wort. »Würden *Sie* uns das bitte sagen, Mr. Hazzard? Warum ließen Sie ihn beobachten? Was waren Ihre Gründe?«

Draußen auf der Treppe hatte sie das Gefühl, als würde sich ihr Herz umdrehen und sich platt aufs Gesicht legen. Mein Gott! hallte es in ihr, so daß ihr ganz schwindlig wurde. Jetzt ist gleich von mir die Rede!

»Das ist eine äußerst private Angelegenheit«, sagte er standhaft.

»Aha. Sie wollen es uns also nicht sagen.«

»Das habe ich nicht behauptet.«

»Aber Sie ziehen es trotzdem vor, es uns nicht zu sagen.«

»Sie legen mir irgendwelche Worte in den Mund.«

»Weil Sie uns offenbar keine eigenen liefern wollen.«

»Ist es unbedingt erforderlich, daß Sie das erfahren?«

»Wenn das nicht der Fall wäre, wären wir nicht hier, das versichere ich Ihnen. Ihr Mann, dieser Carter, hat uns Georgessons Tod gemeldet.«

»Aha.« Sie hörte ihn tief Luft holen. Und sie tat es ihm gleich. Zwei Atemzüge und ein und dieselbe Angst.

»Er war ein Spieler«, sagte er.

»Das wissen wir.«

»Ein Gauner, ein Betrüger, ein durch und durch zwielichtiger Bursche.«

»Das wissen wir.«

»Dann kommt jetzt der Teil, den Sie nicht wissen. Vor drei oder vier Jahren war mein älterer Bruder Hugh Student in Dartmouth College. Er hatte vor, die Weihnachtsferien hier zu Hause mit uns zusammen zu verbringen. Er kam nur bis New York. Er hätte am nächsten Tag mit dem Zug hier ankommen sollen, aber da war keine Spur von ihm. Dann rief er von New York an und sagte, daß er in Schwierigkeiten sei. Er wurde dort praktisch gegen seinen Willen festgehalten. Anscheinend hatte er sich am Abend zuvor auf eine Partie Karten eingelassen – mit diesem Georgesson und ein paar seiner Kumpane. Es war natürlich eine abgekartete Sache. Sie haben ihm was weiß ich wieviel tausend abgeknöpft, die er natürlich nicht hatte. Sie wollten ihn solange festhalten, bis er das Geld bezahlte. Er hat ganz schön in der Klemme gesteckt. Das Ganze war wirklich eine Riesensauerei. Hugh war bloß ein temperamentvoller Junge, der nur Umgang mit anständigen Leuten gewohnt war, mit Gentlemen, nicht mit so einem Abschaum, und er hat einfach nicht gewußt, wie er sich verhalten sollte. Sie hatten ihn den ganzen Abend lang bearbeitet, ihn betrunken gemacht, ihm ein paar dürre Revuemädchen zugeschoben, in den diversen Kaschemmen, wo sie ihn zuerst hingezerrt hatten. – Naja, jedenfalls, wegen der schlechten Gesundheit meiner Mutter und dem guten Ruf unserer Familie kam es natürlich nicht in Frage, zur Polizei zu gehen. Das wäre einfach zu heikel gewesen. Und deswegen ist mein Vater dann selber hingefahren – ich bin übrigens mitgefahren – und hat die Sache dann für Hugh wieder in Ordnung gebracht. Für fünfzig Cents pro Dollar oder so ähnlich. Hat die Schuldscheine wiedergeholt, die sie ihm abgepreßt hatten. Und dann hat er ihn wieder nach Hause gebracht.

Das wär's ungefähr. Keine besonders neue Geschichte. So was ist schon x-mal passiert. Aber daß ich diesen Georgesson nicht so schnell wieder vergessen konnte, ist ja wohl klar. Und als ich dann vor ein paar Wochen erfahren habe, daß er sich hier in Caulfield rumtreibt, wußte ich nicht, ob das nun Zufall ist oder nicht, aber ich wollte auf Nummer Sicher gehen. Ich hab mich mit einer Detektei in New York in Verbindung gesetzt und hab Carter kommen lassen, um herauszufinden, was der Kerl im Schilde führt.

Das war's. Ist damit Ihre Frage beantwortet? Reicht das?«

Ihr fiel auf, daß sie nichts dazu sagten. Sie wartete darauf, daß sie sich äußerten, ob ihre Frage damit beantwortet war, aber sie sagten nichts dazu.

»Er ist nicht irgendwie an Ihre Familie herangetreten? Er hat Sie nicht irgendwie belästigt?«

»Er ist kein einziges Mal in unsere Nähe gekommen.«

Was genau genommen der Wahrheit entsprach, stimmte sie verbittert zu. Sie mußte jedesmal zu ihm gehen.

»Falls ja, hätten Sie bestimmt schon früher von der Sache erfahren. Das kann ich Ihnen versichern. Ich hätte nicht darauf gewartet, daß Sie zu mir kommen. Ich wäre zu Ihnen gekommen.«

Mit katastrophaler Beiläufigkeit folgte dann eine Frage, die überhaupt nicht zu passen schien. Sie hörte plötzlich einen von ihnen sagen: »Möchten Sie Ihren Hut mitnehmen, Mr. Hazzard?«

»Er ist draußen im Flur«, antwortete er trocken. »Ich nehm ihn beim Rausgehen mit.«

Sie waren im Begriff, aus dem Zimmer zu kommen. Mit einem kindlichen Wimmern, wie ein kleines Mädchen, das im Dunkeln vor irgendwelchen Kobolden Reißaus nimmt, machte sie kehrt und flüchtete die Treppe hinauf zu ihrem Zimmer.

»Nein! Nein! Nein!« stöhnte sie immer wieder mit fiebernder Stimme.

Sie verhaften ihn, sie klagen ihn an, sie nehmen ihn mit.

47

Völlig außer sich warf sie sich auf die Bank vor ihrem Frisiertisch. Ihr Kopf schlenkerte unbeherrscht umher, als wäre sie auf einmal volltrunken. Ihre Haare waren in Unordnung, hingen ihr über ein Auge.

»Nein! Nein!« klagte sie immer wieder. »Das dürfen sie nicht... Das ist nicht fair...«

»Sie werden ihn nicht wieder freilassen... Sie werden

ihn nie wieder freilassen... Er wird nicht wiederkommen... Er wird nie wieder zu mir zurückkommen...«

»O Gott! Hilf mir doch! Ich halte das nicht mehr aus!«

Und dann, wie im Märchen, wie in den alten Geschichtenbüchern, wo am Schluß immer alles gut ausgeht, wo gut gut ist und böse böse, und der böse Zauber immer rechtzeitig fürs Happy End gebrochen wird – da war er, direkt unter ihrer Nase. Lag da, wartete. Mußte nur noch aufgehoben werden. Ein länglicher, weißer, versiegelter Briefumschlag. Ein Brief von der Toten.

Ganz schwach, von weit weg, schien ihr durch die Ritzen hindurch eine darin gefangene Stimme zuzuflüstern: »Wenn du in der größten Not bist und ich nicht mehr da bin, öffne das hier. Wenn deine Not am größten ist und du ganz alleine bist. Leb wohl, meine Tochter, leb wohl...«

Ich, Grace Parmentier Hazzard, Ehefrau von Donald Sedgwick Hazzard, die ich mich auf meinem Sterbebett befinde, in der Gegenwart meines Anwalts und lebenslangen Beraters Tyrus Winthrop, der für den Fall, daß er von den verfassungsmäßig eingesetzten Behörden dazu aufgefordert wird, meine Unterschrift auf diesem Schriftstück beglaubigen wird, gebe hiermit, freiwillig und aus eigenem Entschluß, folgende Erklärung ab und versichere, daß sie voll und ganz der Wahrheit entspricht:

Am Abend des 24. Septembers, an dem ich mich, bis auf meine treue Freundin und Haushälterin Josephine Walker und meinen Enkel, alleine im Haus befand, erhielt ich gegen 22.30 Uhr einen Anruf aus Hastings im Nachbarstaat.

Der Anrufer war ein gewisser Harry Carter, uns als

Privatdetektiv bekannt und von meiner Familie und mir selbst als solcher angeworben. Er teilte mir mit, daß nur einige Minuten zuvor meine geliebte Schwiegertochter Patrice, Witwe meines verstorbenen Sohnes Hugh, gegen ihren Willen von einem Mann, der sich des Namens Stephen Georgesson bediente, nach Hastings gefahren worden sei und dort dazu genötigt worden sei, sich einer Trauzeremonie zu unterziehen, und daß sich beide zu dem Zeitpunkt, da er mit mir spreche, bereits wieder auf dem Rückweg hierher nach Caulfield befänden.

Nach Erhalt dieser Mitteilung und nachdem ich von besagtem Mr. Carter die Adresse des obengenannten Stephen Georgesson erhalten hatte, kleidete ich mich an, rief Josephine Walker herbei und sagte ihr, daß ich ausginge und nur kurze Zeit außer Hauses wäre. Sie versuchte mich davon abzubringen und mich dazu zu veranlassen, ihr Absicht und Ziel meines Ganges mitzuteilen, was ich ablehnte. Ich wies sie an, direkt bei der Haustür auf mich zu warten, um mich unmittelbar bei meiner Rückkehr einlassen zu können, und unter keinen Umständen, weder da noch zu einem späteren Zeitpunkt, irgend jemandem zu verraten, daß ich das Haus zu dieser Zeit oder unter diesen Umständen verlassen hatte. Ich veranlaßte sie, mir dies bei der Bibel zu schwören, und dadurch hatte ich, wissend um die Art ihrer Religiosität und ihrer Erziehung, die Gewißheit, daß sie, ungeachtet der Umstände, ihr einmal abgegebenes Versprechen nie brechen würde.

Bevor ich das Haus verließ, nahm ich einen Revolver an mich, der gewöhnlich in einem Schreibtisch in der Bibliothek unseres Hauses aufbewahrt wird und den ich zuvor mit Patronen geladen hatte. Um eine Wiedererkennung so weitgehend wie möglich auszuschließen, legte ich den dichten Trauerschleier an, den ich anläßlich des Todes meines älteren Sohnes getragen hatte.

Allein und ohne jegliche Begleitung entfernte ich mich eine kurze Wegstrecke von meinem Haus und nahm bei der ersten Gelegenheit ein öffentliches Taxi. Damit fuhr ich zur Wohnung von Stephen Georgesson, um ihn zur Rede zu stellen. Ich stellte bei meiner Ankunft fest, daß er noch nicht zurückgekehrt war, und wartete daher in geringer Entfernung vom Haus im Taxi, bis er kam und das Haus betrat. Sowie er das Haus betreten hatte, folgte ich ihm und wurde von ihm in seine Wohnung eingelassen. Ich hob meinen Schleier, damit er mein Gesicht sehen konnte, und ich merkte, daß er erriet, wer ich war, obwohl er mich noch nie gesehen hatte.

Ich fragte ihn, ob es zutreffe, daß er soeben die Witwe meines verstorbenen Sohnes gezwungen hatte, den Bund der Ehe mit ihm zu schließen, wie mir berichtet worden war.

Er gab dies bereitwillig zu und nannte Ort und Zeit.

Das waren die einzigen Worte, die zwischen uns fielen. Es wurde nichts weiter gesagt. Es brauchte nichts weiter gesagt zu werden.

Ich zog sofort die Waffe hervor, hielt sie ihm unmittelbar vors Gesicht und schoß auf ihn, so wie er da vor mir stand.

Ich schoß nur einmal. Wenn nötig, hätte ich öfter als einmal geschossen, um ihn zu töten. Doch nachdem ich gewartet hatte, ob er sich noch einmal bewegen würde, und sah, daß das nicht der Fall war, sondern daß er so liegenblieb, wie er gefallen war, nahm ich davon Abstand, die Waffe noch einmal abzufeuern, und verließ die Wohnung.

Ich fuhr mit demselben Taxi nach Hause, mit dem ich

gekommen war. Wenig später wurde ich aufgrund der Aufregung und der nervlichen Belastung, der ich ausgesetzt war, ernstlich krank. Und jetzt, da ich weiß, daß ich im Sterben liege, und im vollen Besitz meiner Sinne und im vollen Bewußtsein dessen, was ich tue, möchte ich, bevor ich verscheide, diese Erklärung abgeben, und ferner möchte ich, daß sie, im Falle einer ungerechtfertigten Verdächtigung anderer – sollte es dazu kommen –, den mit der Befassung der Angelegenheit betrauten Organen zur Kenntnis gebracht wird. Doch nur in solch einem Fall, sonst nicht.

unterzeichnet:
Grace Parmentier Hazzard

bezeugt und beglaubigt:
Tyrus Winthrop, Rechtsanwalt und Notar

Sie erreichte die Haustür zu spät. Der Eingang war leer, als sie endlich hingewankt war. Benommen und zerzaust klammerte sie sich an die Tür. Sie waren gegangen. Sie waren mit ihm fortgegangen.

Sie stand da im Eingang. Leer in einem leeren Eingang.

48

Und dann, dann war er endlich wieder da.

Er war so leibhaftig da unten, so fotografisch leibhaftig, daß es ihr paradoxerweise schwerfiel zu glauben, daß sie ihn da tatsächlich sah. Sogar das Fischgrätenmuster seines Mantels konnte sie in allen Einzelheiten sehen, als würde für sie ein Vergrößerungsglas davorgehalten, damit sie alles genauestens überprüfen könne. Das abgemergelte Gesicht, den schwachen Bartschatten – alles an ihm konnte sie so deutlich sehen, als wäre er viel näher, als er tatsächlich war. Vielleicht war das eine Folge ihrer extremen Erschöpfung, vielleicht wurde die Wahrnehmung der Sinne ab einem bestimmten Punkt immer weiter geschärft statt geschwächt. Oder ihre Augen, die sich verzweifelt nach seinem Anblick sehnten, hatten sich dadurch so geweitet, daß sie ihn jetzt mit anormaler Deutlichkeit wahrnahm.

Da war er jedenfalls.

Er bog in den Weg ein, der zum Haus hochführte. Und kurz bevor er am unteren Rand ihres Blickfeldes verschwand, ging sein Blick zum Fenster, und er sah sie.

»Bill«, sagte sie unhörbar, und ihre beiden Hände preßten sich gegen die Scheibe, als rahmten sie das ungehörte Wort in einen Segen ein.

»Patrice«, sagte er unten, ebenso stumm. Und obwohl sie ihn nicht hörte, nicht einmal seine Lippen sich bewegen sah, wußte sie, daß er genau das gesagt hatte. Nur ihren Namen. So wenig. So viel.

Plötzlich stürzte sie wie von Sinnen aus dem Zimmer, als hätte sie sich gerade verbrüht. Noch bevor der hochgeworfene Vorhang wieder herunterfiel und die zurückgeworfene Tür wieder zuschlug, war sie schon verschwunden. Das verwunderte Kind drehte seinen Kopf viel zu langsam, um noch einen Blick von seiner hinauseilenden Mutter zu erhaschen.

Hinter der Biegung der Treppe hielt sie inne, wartete dort auf ihn, unfähig, sich noch weiter zu bewegen. Wartete dort darauf, daß er zu ihr kam.

Er legte seinen Hut ab, als würde er ganz normal nach

Hause kommen, und stieg die Treppe hinauf, dorthin, wo sie stand. Und als wäre sie es müde, ganz allein zu sein, senkte sich ihr Kopf auf seine Schulter und drückte sich an seinen.

Keiner von beiden sagte etwas. Sie standen nur da, aneinandergeschmiegt, die Köpfe zusammen. Es gab nichts zu sagen, es gab nur ... Zusammensein.

»Ich bin wieder da, Patrice«, sagte er schließlich nur.

Sie schauderte ein wenig und schmiegte sich noch enger an ihn. »Bill, was werden die jetzt ...«

»Nichts. Es ist vorbei. Es ist überstanden. Zumindest soweit es mich betrifft. Es ging nur um die Identifizierung. Ich mußte nur mitgehen, um ihn mir anzusehen. Das war alles.«

»Bill, ich hab das hier aufgemacht. Sie schreibt ...«

Sie gab ihm das Schreiben. Er las es.

»Hast du es irgend jemand gezeigt?«

»Nein.«

»Tu's nicht.« Er riß es einmal durch und stopfte die Schnipsel in seine Tasche.

»Aber was ist, wenn ...?«

»Es wird nicht benötigt. Inzwischen wird die Sache schon seinen Spielkumpanen angehängt. Man hat mir gesagt, man hätte Beweise dafür gefunden, daß an dem Abend da oben eine große Kartenpartie stattgefunden hat.«

»Ich hab keine gesehen.«

Er warf ihr einen vielsagenden Blick zu. »Die haben aber welche gefunden. Ich war ja nochmal oben.«

Sie sah ihn mit großen Augen an.

»Sie geben sich damit zufrieden. Dann wollen wir uns doch auch damit zufriedengeben, Patrice.« Er stieß einen tiefen Seufzer aus. »Ich bin total erschöpft. Ich hab das Gefühl, als wär ich eine Woche lang pausenlos auf den Beinen gewesen. Ich will jetzt nur noch schlafen. Für immer und ewig.«

»Nicht für immer, Bill, nicht für immer. Weil ich auf dich warten würde, und das würde mir viel zu lange dauern...«

Seine Lippen suchten ihr Gesicht, und er küßte sie in blinder Verblüffung.

»Begleite mich noch bis zu meiner Zimmertür, Patrice. Ich möchte noch einen Blick auf den Kleinen werfen, bevor ich mich aufs Ohr lege.«

Sein Arm glitt müde um ihre Hüfte.

»*Unser* Kleiner, ab jetzt«, fügte er leise hinzu.

49

»Mr. William Hazzard heiratete gestern Mrs. Patrice Hazzard, Witwe des verstorbenen Hugh Hazzard, in einer von Reverend Francis Allgood geleiteten stillen Feier in der Episkopalkirche St. Bartholomew in Caulfield. Die Trauung fand im engsten Kreise der Familie statt. Unmittelbar nach ihrer Hochzeit brachen Mr. und Mrs. Hazzard zu ihrer Hochzeitsreise in die kanadischen Rocky Mountains auf.«

(An alle Morgen- und Abendzeitungen in Caulfield)

50

Einen Monat später, an dem Montag nach ihrer Rückkehr, fand die Testamentsverlesung statt. Nachdem sich das Zimmer geleert hatte, bat Winthrop die beiden, noch zu bleiben. Er ging zur Tür und machte sie hinter dem letzten, der das Zimmer verließ, zu. Dann ging er zur Wand, öffnete einen Tresor, nahm einen Umschlag heraus und setzte sich an seinen Schreibtisch.

»Bill, Patrice«, sagte er. »Das hier ist nur an euch beide gerichtet.«

Sie wechselten Blicke.

»Es geht nicht um den Nachlaß. Es betrifft also niemand außer euch. Er ist natürlich von ihr. Er wurde aufgesetzt, als sie auf ihrem Sterbebett lag, weniger als eine Stunde vor ihrem Tod.«

»Aber wir haben schon –«, setzte Bill an.

Winthrop bedeutete ihm mit erhobener Hand zu schweigen.

»Es gab zwei. Dies ist der zweite. Beide wurden mir in jener Nacht diktiert oder vielmehr in den frühen Morgenstunden. Dieser war der zweite. Den ersten gab sie Ihnen persönlich noch in derselben Nacht, wie Sie wissen. Den andern übergab sie mir. Ich sollte ihn bis heute zurückbehalten. Und das habe ich getan. Sie gab mir folgende Anweisungen: Er ist an euch beide zusammen gerichtet. Er darf nicht einem allein ausgehändigt werden, ohne daß der andere dabei ist. Und wenn er ausgehändigt wird, soll er von beiden zusammen geöffnet werden. Und schließlich soll er nur im Falle eurer Heirat ausgehändigt werden. Für den Fall, daß ihr zu diesem Zeitpunkt noch nicht verheiratet gewesen wärt, so wie sie es sich gewünscht hat

– und ihr wißt, wie sehr sie es sich gewünscht hat –, sollte er von mir ungeöffnet vernichtet werden. Er ist für keinen von euch beiden allein. Doch wenn ihr in der Ehe vereint seid, ist es von ihr ein letztes Geschenk an euch beide.

Ihr braucht ihn jedoch nicht zu lesen, wenn ihr nicht wollt. Ihr könnt ihn ungeöffnet vernichten. Ich befinde mich unter Eid, euch den Inhalt nicht mitzuteilen, obwohl ich ihn natürlich kenne, weil ich die Worte an ihrem Bett niederschrieb und in meiner Eigenschaft als Anwalt ihre Unterschrift notariell beglaubigt habe. Ihr müßt ihn entweder zusammen lesen oder gar nicht. Und wenn ihr ihn doch lest, sollt ihr ihn danach vernichten.«

Er wartete einen Augenblick.

»Also, soll ich ihn euch aushändigen, oder soll ich ihn lieber vernichten?«

»Wir wollen ihn natürlich haben«, flüsterte Patrice.

»Wir wollen ihn lesen«, wiederholte Bill.

Er überreichte ihn längs. »Du nimmst ihn bitte an dieser Ecke und Sie an dieser.« Er ließ ihn los, und sie hielten ihn nun beide zwischen sich.

»Ich hoffe, er beschert euch das zusätzliche Glück, das sie euch beiden gewünscht hat. Ich weiß, daß sie ihn deswegen geschrieben hat. Sie hat mich gebeten, euch beide bei der Übergabe zu segnen. Was ich hiermit tue. Damit ist mein Verwalteramt in dieser Angelegenheit beendet.«

Sie warteten einige Stunden, bis sie abends allein in ihrem Zimmer waren. Als er seinen Morgenmantel angelegt hatte und sah, daß sie sich auch etwas über ihr Nachtgewand gestreift hatte, nahm er den Umschlag aus der Jackentasche und sagte: »So. Wollen wir? Du willst ihn doch lesen, oder?«

»Natürlich. Er ist von ihr. Lesen wir ihn jetzt. Ich hab schon den ganzen Abend lang die Minuten gezählt.«

»Das hab ich mir gedacht. Komm. Wir lesen ihn zusammen.«

Er setzte sich in einen Ledersessel und verstellte den Lampenschirm neben sich. Sie hockte sich neben ihn auf die Sessellehne und legte den Arm um seine Schulter. Die Flocken des Siegelwachses zerkrümelten, und die Umschlagkappe klappte unter seinen Fingern auf.

Sie steckten die Köpfe zusammen und lasen:

Meine geliebten Kinder,

wenn dieser Brief Euch erreicht, seid Ihr verheiratet (denn wenn Ihr es nicht seid, wird er Euch nicht erreichen; Mr. Winthrop wird Euch das alles erzählen). Ihr seid glücklich. Ich hoffe, ich habe Euch dieses Glück gegeben. Ich möchte Euch sogar noch etwas mehr geben. Und darauf vertrauen und beten, daß Ihr von Eurem Übermaß an Glück auch ein wenig für mich abzweigt, obwohl ich dahingegangen und nicht mehr bei Euch bin. Ich möchte nicht, daß sich ein Schatten über Eure Gedanken legt, jedesmal wenn Ihr an mich denkt. Ich könnte es nicht ertragen, wenn Ihr schlecht von mir denkt.

Ich habe es natürlich nicht getan. Ich habe diesem jungen Mann nicht das Leben genommen. Vielleicht habt Ihr das schon geahnt. Vielleicht kennt Ihr beide mich gut genug, um zu wissen, daß ich so etwas nie getan hätte.

Ich war letzte Nacht allein im Haus (während Mr. Winthrop dies schreibt, ist es immer noch letzte Nacht, obwohl Ihr diesen Brief erst sehr viel später lesen werdet). Selbst Vater, der sonst nie ohne mich weggeht, mußte an einer wichtigen Krisensitzung in der Firma teilnehmen.

Man glaubte, den Streik dadurch schneller beenden zu können, und ich flehte ihn an, daß er unter allen Umständen gehen müsse, obwohl er nicht wollte. Ich war allein, nur Aunt Josie, das Kind und ich.

Gegen 22.30 Uhr rief Mr. Carter an und sagte mir, er habe eine schlechte Nachricht: daß in Hastings gerade eine Trauung zwischen Patrice und dem jungen Mann vollzogen worden sei. Ich hatte den Anruf am unteren Apparat angenommen. Durch den Schock bekam ich einen Anfall. Ich wollte Aunt Josie nicht beunruhigen und versuchte, ohne Hilfe die Treppe hinauf in mein Zimmer zu kommen. Als ich oben war, war ich so erschöpft, daß ich nicht weiter konnte. Ich lag da, unfähig, mich zu bewegen oder zu rufen.

Während ich da hilflos lag, hörte ich, wie die Haustür aufging. Ich erkannte Bills Schritte. Ich versuchte, mich bemerkbar zu machen, aber meine Stimme war zu schwach. Ich konnte ihn nicht erreichen. Ich hörte, wie er in die Bibliothek ging, dort einige Augenblicke blieb und dann wieder hinausging. Später erinnerte ich mich, wie etwas zwischen seinen Fingern klickte, wie er da bei der Tür stand. Ich wußte, daß er normalerweise nie ein Feuerzeug benutzte. Dann verließ er das Haus.

Einige Zeit später erschien Aunt Josie, fand mich, trug mich in mein Bett, und während wir auf den Doktor warteten, schickte ich sie in die Bibliothek. Sie sollte nachsehen, ob dieser Revolver, der dort aufbewahrt wurde, noch an seinem Platz war. Sie begriff nicht, warum ich das von ihr verlangte, und ich sagte es ihr nicht. Aber als sie wiederkam und mir sagte, daß der Revolver nicht da war, hatte ich Angst davor, was das bedeuten könnte.

Zu dem Zeitpunkt wußte ich bereits, daß ich im Sterben

lag. Das weiß man. Ich hatte Zeit zum Nachdenken, während ich die nächsten langen Stunden da lag. Ich wußte, daß entweder mein Bill oder meine Patrice meinen Schutz brauchen würde, wenn ich erst mal nicht mehr da war, um ihn zu geben. Ich wußte, daß ich ihn trotzdem geben mußte, so gut ich konnte. Sie sollten das Glück behalten können, das sie verdient haben. Vor allem sollte mein kleines Enkelkind in der Sicherheit aufwachsen, die es für seinen Start im Leben braucht. Ich wußte, wie ich ihnen diesen Schutz geben konnte.

Sobald Doktor Parker es zuließ, ließ ich also Ty Winthrop an mein Bett kommen. Unter vier Augen diktierte ich ihm die beeidigte Erklärung, die Ihr inzwischen erhalten habt.

Ich hoffe, meine Lieben, Ihr habt sie nicht gebraucht. Ich bete darum, daß Ihr sie nie brauchen werdet.

Das hier ist der Widerruf. Das hier ist die Wahrheit, die nur für Euch beide bestimmt ist. Denen, die man liebt, sagt man die Wahrheit, ohne daß man sie beschwören und notariell beglaubigen muß. Es lastet keine Schuld auf mir. Dies ist mein Hochzeitsgeschenk für Euch. Um euer Glück noch vollkommener zu machen, als es bereits ist.

Verbrennt diesen Brief, wenn Ihr ihn gelesen habt.

Dies ist der letzte Wunsch einer Sterbenden. Seid beide gesegnet.

Eure ergebene Mutter

Es gab ein winziges Kratzen, als das Streichholz entzündet wurde. Schwarze Streifen krochen das Papier hoch, liefen zusammen bevor irgendeine Flamme zu sehen war. Dann war da ein kleines, fast lautloses Puffen, und plötzlich glühte gelbes Licht rundherum.

Und während es brannte, drehten beide den Kopf und sahen sich über dieses gelbe Licht hinweg an. Mit einem unheimlichen neuen Grauen, das sie noch nie zuvor empfunden hatten. Als würde die Welt versinken und mit ihr der Boden unter ihren Füßen.

»Sie war's also doch nicht«, flüsterte er entsetzt.

»Wenn sie's nicht war...«, hauchte sie bestürzt.

»Dann...?«

»Dann...?«

Und jedes Augenpaar antwortete: »Du.«

Die Sommernächte in Caulfield sind so angenehm. Sie duften nach Heliotrop, nach Jasmin und Klee. Die Sterne sind warm und stehen hier niedriger, sind uns näher. Das Lüftchen ist sanft wie der Kuß eines Säuglings. Das wohltuende Rascheln der dichtbelaubten Bäume, der Lichtschein der Lampen auf dem Rasen, die Stille vollkommenen Friedens und grenzenloser Sicherheit.

Aber nicht für uns.

Das Haus, in dem wir hier in Caulfield leben, ist so angenehm. Der blaugrüne Rasen, stets frisch gesprengt. Das blendende Weiß der Veranda in der Sonne. Die anmutige Symmetrie des Treppengeländers, das von oben herabschwingt. Der Glanz prächtiger alter Böden. Die üppigen Florteppiche. In jedem Zimmer ein Lieblingsstuhl, den man wie einen alten Freund begrüßt. Die Leute, die kommen, sagen: »Was will man mehr? *Das* ist ein Zuhause.«

Aber nicht für uns.

Ich liebe ihn so. Mehr als je zuvor. Nicht weniger. So erbittert liebe ich ihn. Und er liebt mich. Und doch weiß ich, daß er irgendwann, vielleicht dieses Jahr, vielleicht nächstes, aber irgendwann gewiß, plötzlich seine Sachen packen und mich verlassen wird. Er wird mich zwar immer noch lieben, auch noch wenn er schon fortgegangen ist.

Oder wenn nicht *er* mich, dann ich ihn. Ich werde meinen Koffer nehmen und zur Tür hinausgehen und nie wiederkommen. Ich werde mein Herz zurücklassen, und mein Kind zurücklassen, und mein Leben zurücklassen, aber ich werde niemals wiederkommen.

Das ist sicher, das ist gewiß. Unsicher ist nur, wer von uns als erster auseinanderbrechen wird.

Wir haben dagegen angekämpft. Mit allen Mitteln, die wir kannten, mit allen Mitteln, die es gibt. Zwecklos, ganz und gar zwecklos. Es gibt keinen Ausweg. Wir sind gefangen, wir stecken in der Falle. Denn wenn *er* unschuldig ist, muß ich es gewesen sein. Und wenn *ich* unschuldig bin, muß er es gewesen sein. Aber ich *weiß*, daß ich unschuldig bin. Doch weiß er vielleicht, daß auch er unschuldig ist. Wir können nicht ausbrechen. Es gibt keinen Ausweg.

Es ist sogar in dem Kuß, den wir uns geben. Irgendwie fangen wir es genau zwischen unseren Lippen ein. Jedesmal. Es ist überall, es ist immer da. *Wir* sind es.

Ich weiß nicht, welches Spiel gespielt wurde. Ich bin mir nicht sicher, wie es gespielt wird. Es wird einem nie gesagt. Ich weiß nur, daß wir es wohl falsch gespielt haben, irgendwann. Ich weiß nicht einmal, was auf dem Spiel steht. Ich weiß nur, daß es für uns nichts mehr zu gewinnen gibt.

Wir haben verloren. Soviel weiß ich. Wir haben verloren. Und jetzt ist das Spiel zu Ende.

Cornell Woolrich im Diogenes Verlag

Der schwarze Vorhang
Roman. Aus dem Amerikanischen von Signe Rüttgers
detebe 21625

Der schwarze Engel
Roman. Deutsch von Harald Beck
und Claus Melchior. detebe 21626

Der schwarze Pfad
Roman. Deutsch von Daisy Remus
detebe 21627

Das Fenster zum Hof
und vier weitere Kriminalstories
Deutsch von Jürgen Bauer
und Edith Nerke. detebe 21718

Walzer in die Dunkelheit
Roman. Deutsch von Harald Beck
und Claus Melchior. detebe 21719

Die Nacht hat tausend Augen
Roman. Deutsch von Michael K. Georgi
detebe 21720

Ich heiratete einen Toten
Roman. Deutsch von Matthias Müller
detebe 21742

Im Dunkel der Nacht
Kriminalstories. Deutsch von Signe Rüttgers
detebe 21759

Dashiell Hammett im Diogenes Verlag

Der Malteser Falke
Roman. Aus dem Amerikanischen von Peter Naujack. detebe 20131

Rote Ernte
Roman. Deutsch von Gunar Ortlepp
detebe 20292

Der Fluch des Hauses Dain
Roman. Deutsch von Wulf Teichmann
detebe 20293

Der gläserne Schlüssel
Roman. Deutsch von Hans Wollschläger
detebe 20294

Der dünne Mann
Roman. Deutsch von Tom Knoth
detebe 20295

Fliegenpapier
Detektivstories I. Deutsch von Harry Rowohlt, Helmut Kossodo, Helmut Degner, Peter Naujack und Elizabeth Gilbert. Vorwort von Lillian Hellman. detebe 20911

Fracht für China
Detektivstories II. Deutsch von Elizabeth Gilbert, Antje Friedrichs und Walter E. Richartz. detebe 20912

Das große Umlegen
Detektivstories III. Deutsch von Walter E. Richartz, Hellmuth Karasek und Wulf Teichmann. detebe 20913

Das Haus in der Turk Street
Detektivstories IV. Deutsch von Wulf Teichmann. detebe 20914

Das Dingsbums Küken
Detektivstories V. Deutsch von Wulf Teichmann. Nachwort von Prof. Steven Marcus. detebe 20915

Meistererzählungen
Ausgewählt von William Matheson. Deutsch von Wulf Teichmann, Walter E. Richartz und Elizabeth Gilbert. detebe 21722

Außerdem liegt vor:

Diane Johnson
Dashiell Hammett
Eine Biographie. Aus dem Amerikanischen von Nikolaus Stingl. Mit zahlreichen Abbildungen. detebe 21618